Meike Messal

Düsterstrand

Handlung und Figuren dieses Romans entspringen der Phantasie der Autorin. Darum sind eventuelle Übereinstimmungen mit lebenden oder verstorbenen Personen zufällig und nicht beabsichtigt. Nicht erfunden sind Institutionen, Straßen und Schauplätze auf Fehmarn.

Originalausgabe Juli 2020
8. Auflage Juni 2022

© Prolibris Verlag Rolf Wagner, Kassel
Tel.: 0561/766 449 0, Fax: 0561/766 449 29

Titelfoto: © Thomas Reimer, adobe stock
Druck: OSDW Azymut Sp.z o o., Lodz

ISBN: 978-3-95475-205-8
www.prolibris-verlag.de

Meike Messal

Düsterstrand

Fehmarn-Krimi

Prolibris Verlag

Die Autorin

Meike Messal wurde 1975 in Minden geboren. Nach dem Abitur lebte sie für einige Zeit in Israel und Südafrika und studierte im Hamburg Germanistik, Anglistik und Amerikanistik. Anschließend unterrichtete sie in Schleswig-Holstein. Die Wege an die Küste waren kurz und Messal, die das Meer liebt, verbrachte ihre Freizeit am liebsten am Wasser. Besonders hatte und hat es ihr Fehmarn angetan.

Inzwischen lebt sie mit ihrem Mann und ihren beiden Kindern wieder in ihrer Heimat und unterrichtet an einem Mindener Gymnasium. Wann immer es die Zeit zulässt, findet man sie jedoch an ihrem Sehnsuchtsort – auf Fehmarn.

Nach *Nachtfahrt ins Grauen* und *Atemlose Stille* legt Messal mit Düsterstrand ihren dritten Kriminalroman vor. Sie ist außerdem als Herausgeberin aktiv und veröffentlichte zahlreiche Kurzgeschichten.

Weitere Informationen zu der Autorin unter www. messal.com

Für Annika, Helena, Karo und Kiki -
den tollsten Geschwistern.
Und natürlich für meine Kinder.
Ihr seid die Besten, wisst ihr das?

We're all of us guinea pigs in the laboratory of God. Humanity is just a work in progress.

Wir sind alle Versuchskaninchen im Labor Gottes. Die Menschheit ist eben als Prozess konzipiert.

Tennessee Williams, Camino Real (1953)

Teil I

1

Nicht die Dunkelheit im Keller war das Schlimmste. Nicht die Einsamkeit. Und nicht der Eisenring, an den sein Fuß gekettet war und der seinen Knöchel blutig gescheuert hatte. Nein, all das hätte er ertragen können. Aber nicht den Hunger. Er wusste nicht, wann er zuletzt gegessen hatte. Die Zeit war in der ständigen Dunkelheit verschwunden, hatte sich in dem weißen Dampf aufgelöst, der aus seinem Mund kam, wenn er atmete. Doch die Kälte drang nicht mehr zu ihm vor, auch nicht der Schmerz. Das Einzige, was er spürte, war der Hunger, der ihn von innen aufzufressen schien, an jeder Zelle seines Körpers nagte.

Er lehnte seine Stirn gegen die raue Mauer. Wenn er doch nur wüsste, was der Mann von ihm wollte. Diese hagere, große Gestalt, die ihn hierhergebracht hatte. Wie ein Mönch hatte er ausgesehen mit dem braunen Gewand über den kantigen Schultern und dem Strick um die Hüfte.

Er hatte bisher gedacht, dass Mönche friedliche und nette Leute seien. Aber dieser nicht. Nein, der war ganz bestimmt nicht freundlich. Schon in der ersten Sekunde, als er in seine grauen stahlharten Augen schaute, die sich in ihn bohrten, hatte er gewusst: Dieser Mönch war ein Monster.

Er sackte zusammen, schrammte an der kalten Mauer entlang. Und in dem Moment entschied er, nicht wieder aufzuwachen. Nichts mehr zu spüren. In der Schwärze zu verschwinden und sich aufzulösen.

Doch der Hunger tobte in ihm. Ließ ihm keine Ruhe. Schrie. Rebellierte. Krallte sich an seinem Magen fest.

Er ballte seine Hände zu Fäusten und grub sie in seinen Bauch. »Bitte«, flüsterte er, »bitte lass mich zufrieden.«

Doch der Hunger hörte nicht, schrie weiter. Dehnte sich in ihm aus, bis er ganz Hunger war.

Und so brauchte er einen Moment, bis er begriff, dass es nicht mehr sein Magen war, der diese fürchterlichen Geräusche verursachte, sondern die schwere Eisentür, in deren rostigem Schloss sich ein Schlüssel drehte.

Bleich blickte er nach oben. Der Mönch kam zurück.

2

Achtzehn. Die Zahl war in ihrem Kopf, noch bevor sie die Augen geöffnet hatte. Sie blieb regungslos liegen, atmete tief ein und versuchte, dabei zu ergründen, ob sich etwas verändert hatte. Fühlte es sich anders an, wenn man volljährig war?

Mit einem Schulterzucken stellte sie fest, dass das nicht der Fall war. Ihre linke Schulter schmerzte noch genauso wie gestern, seit sie beim Trampolin-Training darauf gestürzt war, und auch sonst bemerkte sie keinen einen einzigen Unterschied zu den Tagen zuvor. Aber was machte das schon? Mit einem Ruck schlug sie die Bettdecke zur Seite, sprang aus dem Bett und stellte sich vor den großen Spiegel. Autsch, verdammt fies, direkt nach dem Aufstehen: Der Pickel oben an ihrer Stirn schillerte rötlicher als gestern und ihre braunen, lockigen Haare standen wie immer widerspenstig in alle Richtungen ab. Sie versuchte sich an einem Grinsen, schüttelte bei dem Ergebnis den Kopf, griff nach der Jeans und dem ausgewaschenen, ehemals schwarzen T-Shirt und zog sich in Windeseile an.

Sobald sie die Tür geöffnet hatte, roch sie den Duft von Kaffee und, noch besser, den von Crêpes. Cool, ihr Lieblingsessen. Mit einem lauten Geräusch machte ihr Magen auf sich aufmerksam. Sie beruhigte ihn mit kreisenden Handbewegungen, während sie grinsend den Gang hinunter zur Küche ging. Als sie die Tür öffnete, fuhr ihre Oma, die am Herd werkelte, herum. Dann legte sich ein breites Lächeln auf ihr Gesicht. »Halt, warte!«, rief sie. »Ich bin noch nicht ganz so weit.« Energisch schob sie Laura wieder in den Flur zurück und zwinkerte ihr dabei verschwörerisch zu. »Eine Minute noch!«

Laura ließ sich auf den Stuhl neben der Kommode fallen. Die gute, liebe Charlotte. Jedes Jahr überbot sie sich an ihrem Geburtstag mit einem wunderschön geschmückten Tisch und natürlich gab es Lauras Lieblingsfrühstück, Crêpe mit Schokolade. Schmunzelnd zog Laura ein Haarband aus der Tasche und band ihre Haare zu einem Zopf. Für Charlotte war sie immer noch das kleine Mädchen, das sich höllisch über die Geburtstagskerzen freute. Und das würde sie ihrer Oma auch nicht nehmen und sie mit achtzehn ebenso anstrahlen wie mit zehn. Das war sie ihr schuldig.

Lauras Blick blieb an den Fotos hängen, die den gesamten Eingangsbereich säumten. Das größte in der Mitte stach durch den goldenen Rahmen besonders hervor. Es zeigte ihren Vater, der Laura in die Luft hob, in den Armen ihrer Mutter reckte sich Paul. Ihr Bruder und sie hatten ihre Hände verschränkt zu einer gemeinsamen Faust geballter Lebensfreude vor blauem Himmel. Alle vier strahlten unter vom Wind zerzausten Haaren. Das war ihr letzter gemeinsamer Urlaub auf Fehmarn gewesen. Noch gut konnte Laura sich an den Moment erinnern, als das Foto entstanden war, obwohl es jetzt ziemlich genau zehn Jahre her war. Sie hatten so viel Spaß gehabt dort am Strand, waren ausgelassen, hatten sich frei gefühlt. Hatten gedacht, dass es immer so weiterginge, dass sie das Glück gepachtet hätten.

Kurz darauf war alles zerbrochen. An dem Tag, als ihr kleiner Bruder spurlos verschwand. Laura schluckte. Als wäre es ausgeknipst worden, wich das Lächeln aus ihrem Gesicht.

In dem Moment wurde die Küchentür aufgerissen. Charlotte hatte die Schürze abgenommen, trotzdem war ihr geblümtes Kleid mit winzigen Teigflecken gesprenkelt. »Nun kann es losgehen«, rief sie fröhlich.

»Super!« Schnell riss Laura sich von den Fotos los und folgte Charlotte in die große, geräumige Küche. »Wow«, sagte sie, und blickte auf den Tisch, der über und über mit bunt gepackten Geschenken beladen war. In der Mitte prangte eine riesige Schokoladentorte mit einer 18 darauf. Überall brannten Kerzen – ebenfalls achtzehn Stück, wie Laura vermutete, und auf einem Teller türmten sich die Crêpes.

»Oh Mann, Oma ... du bist einfach die Beste!« Mit einem Satz war Laura am Tisch, rollte einen der dünnen Pfannkuchen zusammen und schob ihn sich in den Mund.

Charlotte rollte theatralisch mit den Augen. »Nun setz dich doch erst!«, rief sie. »Aber halt, herzlichen Glückwunsch, du Große!« Liebevoll drückte Charlotte ihre Enkelin an sich. Dann schob sie Laura ein Stück nach vorne, hielt sie aber an der Schulter fest und blickte sie ernst an. »Ich bin so stolz auf dich«, sagte sie. »Du bist eine Kämpferin und hast das Herz einer Löwin.«

Laura atmete tief ein und schloss für einen Moment die Augen. Sie kam sich gerade überhaupt nicht wie eine Löwin vor. Jetzt nur nicht an das Foto denken. Nicht an ihre Eltern, nicht an Paul. Sie schluckte erneut, spülte den Schmerz hinunter.

»Ich habe einen Bärenhunger!«, rief sie, löste sich aus der Umarmung und setzte sich an den Tisch.

»Das ist immer noch mein Mädchen!« Zufrieden schob Charlotte ihr gleich mehrere Crêpes auf den Teller. »Aber erst musst du die Kerzen auspusten und dir etwas wünschen!«

»Natürlich!« Laura lehnte sich nach vorne und holte tief Luft. Den Wunsch brauchte sie nicht mehr formulieren. Er war sofort da, in ihrem Kopf, nicht nur an ihrem Geburtstag, sondern an jedem verdammten Tag. Seit zehn Jahren.

»Ich will Paul wiederhaben«, dröhnte es in ihr. »Ich will ihn zurück. Bitte lass ihn nach Hause kommen.«

3

Die Stille in ihrem Zimmer klingelte in den Ohren. Schnell drückte Laura ein paar Tasten auf dem Handy, stellte die Lautstärke hoch und genoss den Gesang von Lena, der sich wohltuend über ihre aufgewühlten Gedanken legte. Zum Takt der Musik wippend ging sie zu ihrem Kleiderschrank hinüber und fuhr mit den Fingern über die Kleiderbügel. Was sollte sie bloß anziehen? Es war ja nicht so, dass man jeden Tag achtzehn wurde. Heute Nacht würden sie feiern. Auf der Reeperbahn. Endlich, so lange sie wollte und in jedem Club. Sie war die Letzte ihrer Freundinnen, die den großen Schritt in die Volljährigkeit machte. Jetzt durfte sie gemeinsam mit Emily, Klara und Jule tun, was sie wollte, feiern bis in den Morgen, trinken, wonach ihnen der Sinn stand. Seit Monaten hatte sie sich auf diesen Tag gefreut.

Doch warum hatte sie dann dieses komische Kratzen in der Kehle? Lauras Blick wanderte an den Kleiderbügeln hinunter, ganz nach unten in den Schrank. Dort auf dem Boden lag eine zusammengeknüllte Decke achtlos zwischen mehreren alten T-Shirts und einem Schlafsack.

Langsam hockte sich Laura hin und schob die Decke beiseite. Darunter kam eine Holzschatulle zum Vorschein, die in der hintersten Ecke des Schrankes verborgen war. Laura zog sie hervor und ließ dann ihre Finger sachte auf dem Deckel ruhen. Mit einem Seufzer sank sie zu Boden und klappte die Kiste auf, langsam, als hätte sie Angst, sie würde die Büchse der Pandora öffnen und alles Unheil über sich und die Welt bringen.

Da lag es, das kleine Stofftier. Ein Igel, mit schwarzen, kullerrunden Knopfaugen, einem grünen Halstuch und weichen, braunen Stacheln. Laura nahm ihn heraus, drückte ihn erst an ihre Wange, dann an die Nase. Ein bisschen roch er immer noch nach Paul. Das glaubte sie zumindest. Paul hatte so oft nach »draußen« gerochen, nach frischem Wind, gemähtem Gras, über das er so gerne rannte, und nach feuchter Erde. Wenn er abends im Bett lag, war sie zu ihm gekrochen und dann hatte ihre Mutter ihnen vorgelesen. Anschließend hatte sie die Geschwister mit den gar nicht stacheligen Stacheln des Igels so lange durchgekitzelt, bis einer von ihnen es nicht mehr aushielt und mit vom Lachen nassen Wangen Stopp gerufen hatte.

Laura lächelte bei der Erinnerung. Sie legte den Igel auf ihr Knie und griff nach einem Stapel Fotos, der sich ebenfalls in der Kiste befand. Sie alle auf Fehmarn, gerötete Wangen, blitzende Zähne. Jedes Jahr hatten sie den Sommer dort verbracht. Ihre Mutter hatte erzählt, dass sie schon mit ihr auf die Insel gefahren waren, als sie erst zwei Monate alt war. Auch davon gab es ein Bild in der Schachtel. Laura auf dem Arm ihres Vaters, ein winziges Bündel, vor dem Ferienhaus in der Nähe von Burg. Hinter dem Haus glänzte das Meer hellblau.

Das Kratzen in Lauras Kehle wurde stärker. Schnell legte sie die Fotos neben sich auf den Boden und nahm den erstbesten Gegenstand in die Hand. Eine Kette ihrer Mutter. Ihre Lieblingskette, ein silbernes Band mit einem runden Anhänger, in den Blumen eingraviert waren. Jede Blüte war ein kleiner Diamant. Laura wog die Kette in ihrer Hand und es war, als würde das federleichte Gewicht ihren Arm tonnenschwer nach unten drücken. Sie ließ die Kette auf die Fotos gleiten, zögerte, schloss kurz die Augen, musste schlucken, als ihre

Finger den Zettel in der Schatulle berührten. Sie nahm ihn heraus, wollte ihn auseinanderfalten, aber ihre Hände zitterten so stark, dass er ihnen entglitt.

Hastig hob sie ihn auf, steckte ihn in die Kiste zurück, stopfte die Kette und den Igel hinein und griff dann nach den Fotos. In der Eile fielen die jedoch ebenfalls herunter, verteilten sich auf dem Boden. Lauras Puls raste. Überall ihre Eltern und Paul. Sie lachten sie an, ihre Gesichter, auf dem Teppich, von überall lachten sie. Doch es war ein trauriges Lachen, ein böses Lachen.

Wo bist du, Laura?, riefen sie. *Warum bist du noch da und wir nicht? Warum hast du uns nicht geholfen, Laura?*

4

»Oh mein Gott!« Jule hatte sich links bei Laura untergehakt, rechts zog Emily an ihr und Klara lief vor ihnen über den Bürgersteig. Sogar ihr Rücken strahlte Glück aus.

»Es ist so krass, ist euch das klar? Wir sind alle volljährig«, fuhr Jule fort. Beim letzten Wort war ihre Stimme in die Höhe geschossen. Sie waren an der U-Bahn St. Pauli ausgestiegen und standen nun mitten auf der Reeperbahn. Es war Samstagabend, auf der Straße bewegten sich die Menschenmassen vorwärts. Touristen, die einmal die berühmte Hamburger Meile sehen wollten, junge Menschen, die in Feierstimmung waren, aufgetakelte Frauen, bei denen sich Laura immer wieder fragte, wie sie in den hochhackigen Schuhen auch nur einen Meter laufen konnten, und größere Gruppen alkoholisierter Männer, die alberne Hütchen oder rosa T-Shirts trugen und unentwegt aus Bauchläden Schnaps tranken.

Die vier Mädchen drängelten sich durch die Menschenmenge vorwärts. Neben ihnen grölten ein paar junge Männer so laut, dass Klara fast schreien musste: »Sag mal, kommt Jan eigentlich auch?«

»Ich weiß nicht.« Laura versuchte, cool zu klingen, aber es gelang ihr nicht recht.

Klara schüttelte den Kopf. »Mensch, Laura, du wolltest ihm doch Bescheid sagen. Einen besseren Grund als deinen achtzehnten Geburtstag gibt es wohl nicht.«

Laura fuhr sich durch die Haare. Sie hatte versucht, sie zu glätten, allerdings wandten einige Locken sich bereits wieder unkontrolliert von ihrem Kopf ab. »Ich weiß, ich weiß. Ich wollte ja auch, aber dann war plötzlich schon der Abiball, alle lagen sich in den Armen, und diese blöde Kuh hat sich die ganze Zeit an ihn rangeschmissen ... ich bin gar nicht mehr dazwischengekommen ...«

»Du redest nicht schon wieder von Katharina, oder?« Mit Schwung drehte sich Klara zu ihrer Freundin um. »Wie oft soll ich es dir noch sagen, von der will er nichts.«

»Ach, als ob du das so genau wüsstest. Wahrscheinlich hat er es dir in einer ruhigen Minute gesagt, oder was?«, fragte Laura sarkastisch.

»Nein, das nicht gerade.« Klara blieb stehen und grinste ihre Freundin an. »Aber er hat sofort zugesagt, als ich ihn für heute Abend eingeladen habe. Und er hat dabei ziemlich glücklich ausgesehen.«

»Du hast was?« Plötzlich floss das Blut heißer durch Lauras Körper. Ihr war, als würde ihr Herz sich selbstständig machen und davongaloppieren.

»Schon gut, habe ich gern gemacht.« Klaras Grinsen wurde breiter. »Er wartet schon im *Molotow* auf uns. War ja klar, dass wir da zuerst hingehen.«

Laura schüttelte den Kopf und blickte kritisch an sich hinunter. Sie hatte ewig vor dem Kleiderschrank gestanden und dann doch wieder nach ihrem Lieblingsoutfit gegriffen: ausgewaschene Slim-Jeans, dazu ein schwarzes T-Shirt und ihre dunklen Sneakers. Nichts Besonderes. *Jan brezelt sich auch nie auf,* versuchte sie, sich zu beruhigen, als sie weitergingen. *Deshalb magst du ihn doch. Er gibt nie vor, etwas zu sein, was er nicht ist.* Shirt, Jeans und sein Lächeln. Das reichte. Reichte vollkommen, um ihre Beine in einen Wackelpudding zu verwandeln.

Klara riss sie aus ihren Gedanken. »Hey, nun zieh nicht so ein Gesicht. Du bist doch sonst so selbstbewusst. Und kein Typ dieser Welt sollte das zerstören.«

Laura lachte. »Du hast Recht«, sagte sie und straffte ihre Schultern. »Dann man tau, auf geht's!«

5

»Bitte!« Dieses eine Wort hatte all seine Kraft erfordert. Er hörte es schwach wie eine Melodie, die fast verklungen war.

Der Mönch stand in der Tür und starrte auf ihn herab, seine Augen funkelten gefährlich. »Du hast es noch nicht verstanden«, sagte er. Die Stimme war leise, fast flüsternd, trotzdem hallte sie von den kahlen Wänden wider und grub sich in sein Gehirn. »Regel Nummer eins: Du sprichst nur, wenn du dazu aufgefordert wirst.«

Er bemühte sich, zu nicken, aber sein Schädel schien eine Tonne zu wiegen.

Der Mönch hob seine Stimme nicht, trotzdem klang sie noch kälter, noch bedrohlicher. »Hast du das verstanden?«

Ja, ja, ich habe verstanden. Aber ich kann mich nicht mehr bewegen. Ich habe Hunger, solchen Hunger. Der Krug mit Wasser reicht mir nicht. Bitte. Ich muss etwas essen. Weißt du das denn nicht? Bitte gib mir etwas zu essen, dann mache ich auch alles, was du willst.

»Ah.« Der Mönch starrte ihn ausdruckslos an. »Du willst nicht mit mir zusammenarbeiten. Nun gut, dann nicht.«

Doch, doch, ich will. Ich tue alles, was du sagst. Nur etwas Essen, bitte, nur … Nein! Nicht gehen! Ich …

Doch der Mönch drehte sich um und schob die Tür auf. Sie knarrte, das schwere Eisen kratzte über den Boden. Er versuchte zu schlucken, endlich ein Wort zu formulieren. Benetzte seine trockenen Lippen, bewegte die Zunge. »Warte«, flüsterte er heiser. Hatte er das Wort ausgesprochen oder war es in seinem Hals stecken geblieben? Er wusste es nicht. Sah nur den Mönch, wie der den Raum verließ. Wie er die große Tür hinter sich zuwarf, ohne sich noch einmal umzudrehen.

Wieder das Knirschen des Schlüssels im alten Schloss. Schritte, die sich entfernten. Stille.

6

Laura spürte die Wand an ihrem Rücken, und das war gut. Ohne diesen Halt würde sie taumeln. Unwirsch schüttelte sie Klaras Hand ab. »Nun komm schon, tanz mit uns!« Ihre Freundin kam näher an sie heran, griff sie um die Hüfte. »Es tut mir leid, ich wusste nicht, dass Jan hier gleich mit der halben Jahrgangstufe aufkreuzt.«

Laura antwortete nicht, konnte ihren Blick jedoch nicht von der Tanzfläche wenden. Jan hüpfte darauf ausgelassen, eine Bierflasche in der einen Hand. Die andere lag auf Katharinas Schulter. Sie bewegte sich vor ihm wie eine Katze, strich um ihn herum, wahrscheinlich schnurrte sie sogar.

»Er tanzt nur mit ihr, weil du nicht kommst«, sagte Klara.

»Warum fragt er mich denn nicht?«

»Das ist dein Abend! Vergiss Jan, diesen Idioten – wer dich nicht will, ist selber schuld.« Als Laura nicht reagierte, legte sie ihren Kopf schief. »Komm schon, Laura, wir machen Party mit dir. Wir, deine besten Freudinnen. Und schau doch mal, wie viele andere hübsche Kerle hier noch rumlaufen.«

»Die will ich nicht. Und Jan auch nicht.« Laura zog ihr T-Shirt glatt, löste sich vorsichtig von der Wand und wagte einen Schritt nach vorne. Verdammt, so viel hatte sie doch gar nicht getrunken. Trotzdem kam sie sich vor wie in einem Wolkenkratzer, der mit dem Wind hin- und herschwang. »Ich gehe.«

»Okay, okay. Ich sag den anderen Bescheid und bring dich nach Hause. Warte, ich hole fix meine Jacke.«

»Nicht nötig.« Laura wagte einen weiteren Schritt. Wenn sie langsam ging, dann würde sie es schaffen, ohne zu torkeln.

»Ich lass dich jetzt nicht allein.« Klara schaute kritisch auf Lauras klägliche Versuche, gerade zu gehen, und legte erneut eine Hand auf den Arm ihrer Freundin. »Hör zu«, sagte sie eindringlich, »ich bestelle uns ein Taxi.«

Falls das möglich war, wurde Lauras Gesicht noch blasser. »Nein!«, entfuhr es ihr scharf. »Du weißt, dass ich in kein Auto steige!«

Klara atmete tief ein. »Ich weiß, ich weiß. Aber du kannst kaum noch gehen. Und ich bin bei dir.«

Ruckartig schüttelte Laura den Kopf. »Mein Gott, lasst mich doch alle zufrieden!« Sie riss sich von Klara los, schloss einen Moment die Augen, fokussierte dann den Ausgang und schwankte davon.

»Warte doch!« Klara versuchte, Laura einzuholen, wurde aber von einem grölenden jungen Mann aufgehalten, der sich an ihr festhielt und sie angrinste. »Ich habe meine Telefonnummer verloren, darf ich deine haben?«, lallte er. Genervt stieß Klara ihn weg, boxte sich durch die tanzenden Menschen und rannte nach draußen.

Als sie endlich auf der Straße stand, war Laura verschwunden.

Mit einem erleichterten Seufzer schloss Laura die Haustür auf. Noch nie war ihr der Weg von der Reeperbahn bis zur Mundsburg, in deren Nähe sie wohnte, so weit vorgekommen. Sie rieb sich gähnend die Augen, während sie in die erste Etage lief, ließ die Wohnungstür hinter sich zufallen und schloss ab. Hinter der ersten Tür hörte sie Charlotte leise schnarchen. Ein kleines Lächeln huschte über Lauras Gesicht, das noch ein wenig anhielt, während sie in ihr Zimmer schlich. Müde fiel sie auf ihr Bett. Was für ein Reinfall. Sie hatte sich ihren großen Tag so toll vorgestellt. Feiern bis in den Morgen, ausgelassen, sie und ihre drei Freundinnen. Ohne Jan. Aber vor allem ohne Katharina.

Lauras Blick fiel auf die Fotos, die noch immer auf dem Boden verstreut lagen. Sie hatte es bisher geschafft, ihren Schmerz zu verschließen in einer tiefen dunklen Ecke ihres inneren Kellers, den sie kaum noch betrat. Sie war stolz darauf, stolz, dass sie sich nicht hatte fallen lassen und in dem Dunkel versunken war – weder vor zehn Jahren noch jetzt. Nein, sie hatte sich nicht unterkriegen lassen, lebte, lachte, liebte. Sie war stark. Meistens. Doch ausgerechnet heute fühlte sie sich so elend wie schon lange nicht mehr. So würde sie nicht einschlafen können. Nicht mit den anklagenden Blicken ihrer Eltern und Paul. Mühsam rappelte sie sich auf, streckte die Hände aus und begann, die Fotos einzusammeln.

Ihre Unterlippe zitterte, bevor sie es kontrollieren konnte. Dann bebte auch das Kinn und im nächsten Augenblick liefen ihr die Tränen die Wange hinunter.

»Scheiße, warum seid ihr nicht da?«, flüsterte sie. »Mama, ich bin achtzehn. Ich hab die Schule geschafft, Abi gemacht. Ein richtig gutes sogar.« Sie zeichnete mit ihrem Finger das Gesicht ihrer Mutter nach. »Ich glaube, ihr wärt stolz auf mich gewesen. Ihr habt mir gefehlt beim Abiball.« Sie lachte heiser auf. »Charlotte war da, natürlich, sie ist immer da. Du hast schon eine tolle Mama, Paps.« Vorsichtig wischte sie eine Träne weg, die auf ihren Vater gefallen war. »Aber ihr fehlt mir so. So sehr.« Ihre Stimme brach, und sie räusperte sich. »Du fehlst mir auch, kleiner Bruder«, wisperte sie schließlich und strich sacht mit dem Finger über das Foto. Paul lachte sie an. Er hatte fast immer gelacht. »Wo bist du?«, fragte sie und richtete ihre Konzentration auf sein Gesicht. »Wo bist du nur?«

Du wirst es nie herausfinden, wenn du mich nicht suchst. Du hast zu schnell aufgegeben!

»Nein, nein das stimmt nicht!« Sie antwortete laut, obwohl Pauls Stimme nur in ihrem Kopf dröhnte. »Wir haben nach dir gesucht. Wir alle – Mama, Papa, ich, die Polizei. Ganz Fehmarn hat nach dir gesucht, Paul.«

Aber ihr habt mich nicht gefunden. Ihr wart nicht gründlich genug. Du musst mich finden. Bitte. Finde mich!

»Aber wo? Wo soll ich denn suchen? Wie kann ich dich finden, wenn die Polizei es nicht geschafft hat?« Nun tropften viele Tränen von Lauras Wangen, benetzten das ganze Foto. Sie wischte sie nicht mehr weg. »Wie soll ich dich finden, Paul?«, flüsterte sie.

Aber sie wusste, dass das nicht die Frage war. Nicht wie oder wo. Die Frage war – was sollte sie machen, wenn ihre Suche ergab, dass er nicht mehr lebte? Wie konnte sie dann weiterleben?

Ein Junge, der spurlos verschwunden war. Nicht weggelaufen, bestimmt nicht. Das hätte er niemals getan. Er war doch gerade erst sieben Jahre gewesen, ein fröhliches, offenes Kind. Die Polizei hatte deshalb in alle Richtungen ermittelt. Ein Unfall? Oder hatte ihn jemand entführt? Aber sie hatten nie etwas gehört. Keine Lösegeldforderung. Kein Lebenszeichen. Es war, als hätte es Paul nie gegeben.

Nicht für Laura. Sie wusste, er lebte. So musste es sein. Er lebte und es ging ihm gut. Er hatte eine Familie, die sich um ihn kümmerte. Die immer so einen kleinen Jungen gewollt hatte wie ihn. Die ihn liebte. Irgendwo auf dieser Welt lebte und lachte er.

Ihm ging es gut. Ihr ging es gut. Und so würde es bleiben.

Mit einer energischen Handbewegung schob sie die Fotos zusammen, legte sie zurück in die Schachtel, schloss die Schatulle und schob sie in den Schrank. Sorgfältig breitete sie die Decke darauf aus, zog dann ihre alten T-Shirts herbei und stapelte sie darüber.

Ohne sich auszuziehen ließ Laura sich ins Bett fallen, wischte die Tränen von ihrem Gesicht und löschte das Licht.

8

Unschlüssig stand Laura auf dem Rathausplatz. Sie war mit ihrer Großmutter in der Sparkassenhauptzentrale gewesen, weil Charlotte der Ansicht war, dass Laura mit achtzehn über ihre Finanzen Bescheid wissen müsse. Erstaunt hatte sie von Herrn Meyer erfahren, dass ihre Eltern ein Sparbuch für sie angelegt hatten, das sie mit Beginn ihrer Volljährigkeit bekommen sollte. Obwohl seit Jahren nichts mehr eingezahlt worden war, hatten sich darauf doch mehr als 10.000 Euro angesammelt. Als sie geboren wurde, hatten ihre Eltern schon eine ordentliche Summe bereitgestellt und auch in den Jahren danach nicht geknausert.

Wow, was für ein Batzen! Damit würde ihr das Studium gleich viel leichter fallen, sie würde nicht von Anfang an arbeiten müssen. Obwohl sie sich in Hamburg sehr wohl fühlte, wollte sie auf eigenen Füßen stehen und hatte sich in Kiel für einen Platz der Medienwissenschaft beworben. Mit ihren Noten sah es gut aus, sie würde zum Wintersemester beginnen können.

Charlotte war nach dem Sparkassentermin gleich wieder nach Hause gefahren, aber Laura hatte noch ein wenig durch die Stadt bummeln wollen. Inzwischen brannte die Sonne auf sie herunter. Es war ungewöhnlich heiß für die Hansestadt. Viele Touristen hatten es den Asiaten gleichgetan und Regenschirme als Sonnenschutz aufgespannt. In dieser für Nordlichter doch recht lächerlichen Montur standen sie an der Alster und fütterten die Schwäne und Enten.

Gedankenverloren betrachtete sie die vielen Menschen. An der Treppe, die zur Alster hinunterführte, befand sich ein junges Paar, das sich angeregt unterhielt. Die Frau hielt dabei den Buggy ihres Sohnes fest in der Hand. Der kleine Junge stand derweil neben den beiden und schleckte friedlich an seinem Eis. Als er jedoch einen großen, weißen Schwan entdeckte, der majestätisch zu den Enten hinüberschwamm, kam Bewegung in ihn. Bevor Laura sich versah, war er die Stufen hinuntergestolpert und lief mit seinem kleinen, ausgestreckten Armen genau auf das Wasser zu. Niemand nahm davon Notiz, die Eltern waren nach wie vor in ihr Gespräch vertieft. Laura sprintete los, raste, immer drei Stufen auf einmal nehmend, die Treppe hinunter und warf sich vor ihn, gerade, als er einen Schritt über die Steinkante hinaus in das Wasser machen wollte. Der Junge fiel über sie und blieb auf ihr liegen. Schweratmend hielt Laura ihn fest.

In der Sekunde war die Mutter bei ihr. »Oh mein Gott«, rief sie, »Was machst du denn, Lian?« Sie hob das Kind hoch, dann drehte sie sich zu Laura um. »Vielen Dank«, sagte sie, lächelte kurz, drückte den Jungen an sich und eilte mit ihm zurück zu dem Vater, der mit offenem Mund dastand. Laura betastete vorsichtig ihr Knie. Sie hatte es sich bei dem Sturz aufgeschlagen. »Ja, hey, hab ich doch gern gemacht«, rief sie der Frau hinterher, die jedoch schon das Kind in den Buggy steckte und wild auf ihn einschimpfend mit dem Vater davondampfte.

Kopfschüttelnd sah Laura ihnen nach. Ihr Blick fiel auf das Café schräg gegenüber. Vorsichtig stand sie auf. Jetzt ein riesengroßer Eisbecher mit frischen Erdbeeren. Schon bei dem Gedanken lief ihr das Wasser im Mund zusammen.

Sie humpelte über die Brücke, die Stufen zum Café hinunter und setzte sich an einen der wenigen freien Tische über dem Wasser. Entspannt lehnte sie sich nach hinten und genoss die warmen Sonnenstrahlen. Wie sie den Sommer liebte! Das Lachen der Menschen, die warmen, braungebrannten Gesichter, auf denen das Lächeln viel häufiger erschien als im Winter. Die langen, hellen Tage, die die Dunkelheit fernhielten. Draußen und im Herzen. Überall. Im Sommer war der Schmerz leichter als im Winter, verlor ein wenig von seinen tiefschwarzen Schattierungen.

Noch während die freundliche Kellnerin den Eisbecher vor ihr abstellte und mitleidig auf ihr blutendes Knie schaute, fiel Lauras Blick auf das »Hamburger Abendblatt«. Es lag achtlos hingeworfen am Rand ihres Tisches. Sie schob es beiseite und wollte sich gerade einen Löffel in den Mund schieben, den sie mit Eis vollgeladen und einer Erdbeere gekrönt hatte, als ihr eine Überschrift ins Auge stach. Klein war sie und stand ganz links unten. Aber Lauras Herz setzte einen Schlag aus. *Junge noch immer verschwunden,* las sie. Ruckartig folgten ihre Augen den Zeilen. Vor lauter Schreck vergaß sie, zu schlucken, hustete.

Ein Junge war spurlos verschwunden, erst sieben Jahre alt. Und es war nicht in Hamburg passiert. Nein, er war auf Fehmarn verschollen. Seit knapp einer Woche schon, und es gab überhaupt keine Spur. Es war, als hätte es ihn nie gegeben.

9

Das konnte nicht sein. Er musste sich täuschen. Oder war er vielleicht schon im Himmel? Aber dort würde ihm nicht mehr alles so wehtun. Vorsichtig blinzelte er. Spürte den kalten Boden unter sich, sein Fußgelenk, das noch immer gegen den Eisenring scheuerte.

Doch es duftete wie im Paradies. Himmlisch. Nach gebratenem Fleisch. Nach Kartoffeln. Er schloss erneut die Augen und schnupperte. Roch es nicht sogar ein bisschen nach Vanillepudding?

»Schau zu mir!«

Er starrte den Mönch an, der groß und erhaben vor ihm stand. Oh nein, das war nicht das Paradies. Er war noch immer in der Hölle.

Der Mönch trug etwas in der Hand. War das etwa ...? Ganz vorsichtig, als könnte sich durch eine seiner Bewegungen das Bild vor ihm in Luft auflösen, hob er den Kopf.

Ohne das Gesicht zu verziehen, starrte der Mönch ihn an. Dann stellte er ein Tablett vor ihn auf den Boden. Auf einem großen Teller lag ein Schnitzel, garniert mit einer Zitrone, dazu Kartoffelbrei. Und – er mochte seinen Augen kaum trauen – daneben thronte tatsächlich eine Schale Pudding. Sein Magen begann zu knurren, Wasser sammelte sich in seinem Mund.

Der Mönch hockte sich hin, sein Gesicht war nur wenige Zentimeter von seinem entfernt. Er roch seinen abgestandenen Atem. »Du wirst nichts von dem hier essen«, sagte er.

Er schluckte, begriff nicht. Was? Der Hunger tat ihm in seinem Bauch weh, er konnte nicht mehr richtig denken und …

»Nichts, hast du mich verstanden?«, klang es ganz dicht an seinem Ohr.

Nein! Nein, er verstand nicht! Was sollte das? Wieso stellte er das Essen dorthin, wenn er es nicht anrühren durfte? Gerade wollte er die Frage stellen, als ihm einfiel, was der Mönch gesagt hatte. Rede nur, wenn du dazu aufgefordert wirst. Und er durfte jetzt nicht wieder gehen. Jedenfalls nicht mit dem Essen.

Der Mönch erhob sich. Ja. Ja, er ließ das Tablett da. Es stand immer noch vor ihm. Blinzelnd sah er zu dem Mönch auf.

»Ich sage es dir nur noch einmal«, sagte der ganz ruhig. »Du wirst nichts essen.« Er machte eine Pause. »Wenn du es doch tust«, fügte er schließlich hinzu, »wirst du dir wünschen, nie geboren zu sein.« Damit drehte er sich um, und schob die schwere Eisentür hinter sich zu. Der Schlüssel quietschte im Schloss.

Dir wünschen, nie geboren zu sein? Was sollte das heißen? Er saß zusammengekauert auf dem Boden und starrte auf das Tablett mit dem Essen. Er hatte nur verstanden, dass er es nicht anrühren sollte. Dieses Essen, das so himmlisch roch. Das Essen, das er nicht essen durfte.

»Später, Oma. Ich habe keinen Hunger!« Laura lag auf ihrem Bett, das Handy in beiden Händen.

Charlotte stand in der Tür und schüttelte missbilligend den Kopf. »Du hast seit heute Morgen nichts gegessen. Und nun ist es schon später Nachmittag!«

Laura blickte kurz auf. »Wirklich, Oma, ich will jetzt nichts.« Als Charlotte keine Anstalten machte, zu gehen, lächelte sie. »Weißt du, ich hab nachgedacht. Bis das Wintersemester anfängt, ist noch ein bisschen Zeit. Ich habe mich nach Jobs umgesehen, damit ich hier nicht die ganze Zeit nur abhänge.«

Charlotte kam in Lauras Zimmer und setzte sich auf das Bett. »Gute Idee, finde ich. Hast du schon etwas Konkretes gefunden?«

Laura nickte. »Ja. Es ist allerdings in Heiligenhafen. Ich müsste da für ein paar Wochen wohnen.« Als sie Charlottes Stirnrunzeln sah, sprach sie schnell weiter: »Ich könnte dort in der Buchhandlung arbeiten und bestimmt schon einige Dinge lernen, die auch für mein Studium wichtig sind.«

Charlottes Lächeln kehrte zurück. »Ja, natürlich, hört sich gut an!« Sie legte Laura ihre Hand auf das Bein. »Wann kannst du denn loslegen?«

Laura starrte auf ihr Handy, um Charlotte nicht anschauen zu müssen. »Wahrscheinlich schon morgen«, sagte sie.

»Morgen?« Charlottes Stimme klang plötzlich hoch. Dann fing sie sich. »Nun gut, morgen«, wiederholte sie ruhiger. Sie stand auf, knetete dabei jedoch den Saum ihrer Strickjacke. »Dann werde ich mal in den Keller gehen. Brauchst du deinen Schlafsack? Deine Regenjacke? Und was für Essen möchtest du …«

Laura sprang ebenfalls auf und legte ihren Arm um Charlotte. »Oma«, sagte sie, »ich fahre auf keine Weltreise. Sie werden sich dort um mich kümmern. Mach dir bitte keine Sorgen!«

Charlotte tätschelte Lauras Wange. »Ich weiß. Du machst das schon.« Ihre warmen Hände verharrten für einen Moment auf Lauras Gesicht. »Hast du denn schon eine Unterkunft gefunden?«

»Klar, die Buchhandlung hat mir geholfen. Sie brauchen wirklich dringend jemanden.«

»Gut, dann lass ich dich mal packen. Du findest mich in der Küche, falls ich dir bei etwas helfen kann.«

Laura nickte, schloss die Tür und wischte sich den Schweiß von der Stirn. Sie wusste nicht, wann sie ihre Großmutter das letzte Mal so richtig angelogen hatte.

Buchhandlung! Es war das Erste, was ihr in den Kopf gekommen war. Buchhandlungen gab es schließlich überall. Und Heiligenhafen war nicht direkt Fehmarn, das wäre ihr zu auffällig gewesen, schließlich wusste Charlotte um die Vergangenheit. Aber Heiligenhafen war immerhin nah dran. Und sie las gerne, verschlang Bücher geradezu. Ja, sie musste ihre Großmutter anlügen, anders ging es nicht. Denn wenn Charlotte wüsste, was ihre Enkelin wirklich vorhatte, würde sie mit allen Mittel versuchen, Laura davon abzubringen, so viel war klar.

Laura ließ sich wieder auf das Bett fallen und öffnete die Fotos auf ihrem Handy. Seit sie gestern aus dem Café zurückgekommen war, hatte sie recherchiert und alles ordentlich abfotografiert. Laura scrollte durch die Seiten. Hauptsächlich Zeitungsartikel aus den letzten zehn Jahren. Sie hatte mit Pauls Verschwinden angefangen, doch es war ihr schwergefallen, davon zu lesen. Der mühsam errichtete Kellerraum in ihrem Inneren drohte einzustürzen. Schnell war sie deshalb zu dem anderen Jungen gesprungen, der seit einigen Tagen vermisst wurde. Die Zeitungen waren voll davon. Noch. Denn bald würden die Schlagzeilen verblassen, die Nachrichten darüber weniger werden, bis sie eines Tages ganz verschwunden sein würden. Wie Paul.

Sie waren nie wieder nach Fehmarn gefahren. Nie wieder, denn nur ein Jahr später waren ihre Eltern gestorben. Laura schluckte, Tränen bahnten sich einen Weg nach draußen. Sie wischte sie weg, konzentrierte sich auf ihr Handy. Las von dem zweiten Fall.

Es hatte ebenfalls groß in den Zeitungen gestanden. Doch Laura war klein gewesen, erst neun, und wie betäubt. Natürlich hatte sie sich damals noch gar nicht für die Presse interessiert. Wenn Charlotte es überhaupt mitbekommen hatte vor neun Jahren, als ihre Welt zusammengebrochen war, hätte sie Laura niemals davon erzählt, um nicht auch noch die Wunde wieder aufzureißen. Denn es war noch ein Junge verschwunden. Spurlos. Auf Fehmarn.

Laura atmete tief ein. Zwei Jungen. Paul, sieben Jahre alt. Zwölf Monate später Finn, zwölf Jahre. Und jetzt Tom. Tom P., wie die Zeitungen schrieben, sieben Jahre. Sie alle hatten sich praktisch in Luft aufgelöst. Auf Fehmarn. Drei Jungen in zehn Jahren. Das musste doch jemandem aufgefallen sein? Laura hatte gelesen und gelesen. Das Hamburger Abendblatt, die Morgenpost, die Lübecker Nachrichten, die shz und natürlich das Fehmarnsche Tageblatt. Ja, über die ersten beiden Jungen war viel spekuliert, Zusammenhänge gesucht worden. Aber der neue Fall schien mit den beiden alten noch nicht verknüpft worden zu sein.

Oder sie schreiben einfach nicht darüber. Vielleicht haben sie schon eine heiße Spur. Du glaubst doch nicht, dass die Polizei der Presse alles mitteilt. Laura blies sich eine widerspenstige Strähne aus der Stirn. »Egal«, murmelte sie leise. Denn ob sie es wollte oder nicht – eins war ihr schmerzhaft klar geworden: Paul war nicht irgendwo bei einer Familie. Ihm ging es nicht gut. Es waren drei Jungen entführt worden. Irgendein Monster war da draußen, das Kinder stahl. Sie wegnahm, ganze Familien zerstörte. Paul war nicht der Einzige. Und vielleicht lebte er noch. Vielleicht lebten sie alle drei, irgendwo, und hofften, dass jemand kam und sie befreite.

Laura stellte das Handy aus und richtete sich auf. Sie faltete ihre Hände und atmete tief ein, richtete ihren Blick nach oben. »Ich komme«, flüsterte sie. »Ich komme, Paul, und ich werde dich finden.«

Sie nahm das Foto von ihrem Bruder aus ihrem Rucksack. Sie hatte es gestern aus der Schatulle herausgenommen und eingesteckt. Ihr Lieblingsbild. Man sah nur Pauls Gesicht, seine verwuschelten, braunen Haare, seine großen, dunklen Augen, die Sommersprossen. Sie hatte es auch mit dem Handy fotografiert, es sogar auf Facebook in ein Programm kopiert, das Menschen auf Fotos altern ließ. Er war ja nun ein Junge mitten in der Pubertät, musste sich wahrscheinlich schon rasieren. Sie traute dem Programm zwar nicht, aber vielleicht hatte sie damit wenigstens einen Anhaltspunkt.

Lange schaute sie wieder den kleinen Paul auf dem Foto an. »Hab keine Angst mehr, ich bin bald da.« Sie schluckte und streichelte über sein Haar. »Es tut mir leid, dass ich so ewig gebraucht habe. Aber ich wusste ja nicht ... Ich hatte gehofft ...« Energisch sprang sie auf. »Ich werde dich finden. Ich verspreche es dir, Paul. Ich bringe dich zurück!«

11

An Fehmarn hatte Laura viele Erinnerungen. Der warme Sand, der durch ihre Zehen rieselte. Ihr Vater, der mit ihr und Paul eine riesige Sandburg baute. Mamas Schrei, als sie plötzlich einstürzte, der kurze Ausdruck des Schreckens auf Pauls Gesicht und das Lachen, als ihr Vater sie über und über mit Matsch bewarf. Die Schlammschlacht, das Springen ins Wasser, das Tauchen durch die Wellen. Die Abende vor dem Haus. Kerzenschein, die Stimme ihrer Mutter, die leise vorlas. Zusammengekuschelt unter einer flauschigen Decke. Die Eisdiele in Burg, Waffeln voll mit Eis, die man kaum auflecken konnte, bevor es schmolz. Süßes, wunderbares Softeis, das über die Finger lief, warme Zungen auf der Haut. Mamas Lachen. Paps Lachen. Pauls Lachen.

Laura starrte aus dem Fenster und versuchte, das erneute Kratzen in ihrer Kehle zu ignorieren. Da! Vor ihr tauchte groß und majestätisch die Fehmarnsundbrücke auf. »Schaut, wir nähern uns dem Kleiderbügel«, hatte ihr Vater jedes Jahr aufs

Neue gesagt, wenn der Koloss in ihr Blickfeld kam. Unwillkürlich musste Laura lächeln. Doch so schnell, wie es gekommen war, verschwand es auch wieder. Sie saß nicht mehr im Auto, und von ihrer Familie war nur sie übriggeblieben. Nein! Stopp! Das stimmte nicht. Paul gab es noch, natürlich, sie musste ihn nur finden!

Eilig schaute Laura wieder aus dem Fenster, suchte einen Punkt, der ihr Halt geben konnte. Auf der Straße stand bereits eine lange Autoschlange. Ferienzeit. Wie gut, dass sie einfach daran vorbeirauschten. Weiter entfernt an der Küste konnte sie Heiligenhafen erkennen. Zum Glück hatte ihre Großmutter sie nicht weiter über die Buchhandlung ausgefragt. Sie würde irgendwann einen Ausflug dorthin machen und sie sich ansehen, damit sie wusste, wovon sie sprach. Später.

Der Leuchtturm von Flügge! Weit weg, er war schwer zu erkennen, doch Laura sah ihn in Gedanken sofort wieder vor sich. Es war der einzige Leuchtturm auf Fehmarn, den man besteigen konnte, und sie waren natürlich mit der ganzen Familie hochgestiefelt. Laura konnte sich noch gut an den Ausblick von dort oben erinnern – bis nach Staberhuk und Großenbrode hatte sie blicken können. Anschließend waren sie zum Gedenkstein für Jimi Hendrix gelaufen, dorthin, wo dieser vor vielen Jahren kurz vor seinem Tod auf dem Love-and-Peace-Festival ein Konzert gegeben hatte. Lauras Eltern hatten ihn oft gehört, und als Paul und sie noch nicht zur Schule gingen, waren sie einmal im September nach Fehmarn gefahren, als das Revival-Festival stattfand. Sie konnte sich nicht wirklich daran erinnern, aber es gab Fotos davon. Auf einem sah man, wie sie auf der Wiese vor der Bühne saßen, Paul war eingeschlafen, lag mit dem Kopf auf Vaters Schoß.

Im Hintergrund die Zelte der Festivalbesucher. Und wenn die Sehnsucht nach ihren Eltern zu groß wurde, schaute sie sich auf YouTube die Videos vom Festival 1970 an.

Unauffällig tastete sie nach dem Gürtel unter ihrem Shirt. Sie hatte ihn im Internet entdeckt. Er hatte eine eingenähte Tasche für Geld. Von ihrem Sparbuch hatte Laura tausend Euro abgehoben. Was für eine Summe! Aber damit würde sie auf Fehmarn einige Zeit über die Runden kommen, und keiner würde wissen, wo sie sich aufhielt. Genug Gelegenheit und Geld, um herauszufinden, was mit Paul passiert war. Glaubte sie.

Einen kurzen Moment fragte sie sich, ob Charlotte die Wahrheit nicht doch verkraftet hätte. Aber nein, ihre Großmutter hätte sie auf keinen Fall fahren lassen. Im Gegenteil, wenn sie erfahren hätte, was Laura vermutete – dass auf Fehmarn jemand herumlief, der Kinder entführte – dann hätte sie alles daran gesetzt, Laura sicher zu Hause zu wissen. Wahrscheinlich wäre sie zur Polizei gegangen. Aber was hatten die denn bisher schon herausgefunden? Zwei Jungen waren seit Jahren vermisst. Und der dritte, Tom, war bereits ganze sechs Tagen verschwunden. Die Polizei hatte Paul nicht zurückgebracht und auch Toms Familie würde womöglich vergeblich auf ihn warten.

Selbst Emily, Klara und Jule hatte Laura erzählt, dass sie kurzfristig einen Ferienjob in Heiligenhafen bekommen habe. Die hätten sie sonst mit Fragen bombardiert, jeden Tag wissen wollen, was sie herausgefunden hatte. Was aber, wenn sie versagte? Wenn sie nichts herausbekam? Oder wenn sie etwas erfuhr, was sie selbst lieber gar nicht wissen wollte?

Nein, sie würde die Sache allein durchziehen. Nun ja, nicht ganz allein. Laura schlug ihr Notizbuch auf, nahm den Kuli, der an der Seite steckte, und schlug gedankenverloren mit dem Stift auf das Blatt. Sie würde in Burg in einer Pension ein kleines Zimmer buchen. Als Nächstes wollte sie Wiebke finden. Wiebke war die Freundin ihrer Mutter gewesen, sie hatte auf Fehmarn gelebt. Laura konnte sich dunkel an eine schlanke Frau mit langen, blonden Haaren erinnern. Leider wusste sie weder den Nachnamen, noch wo Wiebke wohnte. Ob sie überhaupt noch auf Fehmarn wohnte. Sie war Lehrerin gewesen, wie ihre Mutter. Und sie konnte Laura vielleicht mehr über den Sommer vor zehn Jahren erzählen.

Laura seufzte. Sie gab zu, der beste Plan war das nicht. Aber alles, was sie hatte. Irgendwo musste sie anfangen. Und jemand, der vor zehn Jahren dabei gewesen war, war besser als nichts. Charlotte war damals in Hamburg geblieben, sie war nie mit auf die Insel gefahren. Andere feste Bekanntschaften hatten sie auf Fehmarn nicht. Also Wiebke. Laura musste sie finden.

12

Oh Gott, wie es duftete! Vorsichtig rückte er etwas näher an das Tablett heran. Sein ganzer Magen zog sich zusammen, einen Moment befürchtete er, er müsse sich übergeben. Schlecht vor Hunger, ja, das hatte er seinen Papa schon ein paarmal sagen hören. Ob es bei ihm auch so ein heftiges Gefühl gewesen war wie das, das jetzt in ihm tobte?

Du darfst nicht. Du darfst nicht essen. Seine eigene Stimme dröhnte in seinem Kopf. Doch sein Körper hörte nicht. Er wütete. Er schrie. Iss! Iss sofort! Jetzt!

»Nein!« Er sprach laut, wie um sich selbst zu überzeugen. Was hatte der Mönch gesagt? Wenn du isst, wirst du dir wünschen, nie geboren worden zu sein. Er verstand nicht, was das heißen sollte, aber er wusste, dass es nichts Gutes war.

Er vergrub seinen Kopf in seinen Händen. Strich verzweifelt über seine Haarstoppeln. Der Mönch hatte ihm seine schönen, braunen Haare abrasiert, sofort, nachdem er ihn in den Keller gebracht und an den Eisenring gekettet hatte. Wie lange das wohl schon her war? Hier unten war es dunkel, nur ab und zu brannte ein kleines Licht. Er wusste nicht mehr, ob es Tag oder Nacht war. Er wusste nur eins: Er hatte Hunger. Fürchterlichen Hunger. Und er musste essen. Mama hatte es ihm eingebläut – regelmäßiges Essen war wichtig. Wenn ich nicht esse, sterbe ich. Und was kann schlimmer sein als sterben?

Er schluckte. Seine Zunge fuhr über seine rauen Lippen. Schnitzel. Kartoffelbrei. Pudding. Vanille. Vanillepudding.

Ich will nicht sterben. Ich will nicht.

Langsam hob er eine Hand. Streckte sie aus, berührte den Teller so vorsichtig, als könne er elektrische Schläge aussenden. Verharrte einen Moment regungslos. Dann ließ er seine Finger in den warmen Brei sinken. Nur ein wenig. Führte sie an den Mund und leckte sie ab. Oh Gott. Das schmeckte so gut. So wunderbar, so einzigartig wunderbar. Erneut fuhren seine Finger zum Tablett, tauchten in die köstliche Wärme, fanden den Weg zu den Lippen.

Mit einem tiefen Seufzer langte er hinein, nahm die andere Hand zur Hilfe, griff das Schnitzel. Biss hinein, rechts das

Fleisch, links die Hand voll mit Brei, alles fand den Weg in seinen Mund, alles, alles, nur essen, einfach essen.

13

Es war nicht zu erklären, aber sobald Laura den Zug verlassen hatte, ihren vollgepackten Rucksack geschultert und am Bahnhofsgebäude entlanglief, fühlte sie sich plötzlich leichter. Ihr war bewusst, wie verrückt das klang – sie war schließlich hier, um ihren entführten Bruder zu finden. Aber wenn sie die Augen schloss, tief die Luft einsog, die so anders roch als die hamburgische, dann hatte sie das Gefühl, als käme sie nach Hause. Hier hatte sie sich Sommer um Sommer wohl gefühlt. Hier waren sie noch eine Familie gewesen. Hier war sie ihren Eltern und Paul ganz nah.

Eine menschliche Figur, die aus zwei Granitbeinen und einem metallenen Oberkörper bestand und deren rechte Hand nach vorne wies, zeigte ihr den richtigen Weg – »Zur Innenstadt« war darauf zu lesen. Laura blickte aufmerksam an den Häusern entlang, während sie die Straße hinunterlief. Sie wusste, dass es überall kleinere Pensionen gab.

Das Ferienhaus, in dem sie jedes Jahr gewohnt hatten, lag ein Stück hinter Burg in der kleinen Siedlung »Neue Tiefe«. Bis heute konnte Laura sich genau an den Blick auf den Burger Binnensee erinnern. Jeden Morgen, wenn sie aufgewacht war, hatte sie die Kitesurfer bewundert, die über das Wasser flogen. Cool sahen die aus, als würden sie eher zu den Vögeln gehören und nicht zu den Menschen. Sicherlich war es jetzt, in den Sommerferien, belegt und außerdem viel zu groß für Laura allein.

Natürlich, nichts war mehr so wie früher. Doch in der Nähe des Stadtparks entdeckte sie ein gemütlich wirkendes Haus mit roten Klinkern, in dessen Vorgarten die unterschiedlichsten Blumen um die Wette dufteten. Eine blaue Bank lud zum Verweilen ein. Zimmer frei, prangte auf einem ovalen Schild am weiß getünchten Zaun. Auf Lauras Klingeln öffnete eine kleine, rundliche Frau, die Laura breit anlächelte. Sie sagte, dass Laura großes Glück habe, eine Urlauberin habe kurzfristig abgesagt. Im Juli sei es fast unmöglich, spontan ein Zimmer zu bekommen, jedenfalls in Burg. Laura schluckte, als sie ihr den Preis für eine Nacht nannte. So teuer hatte sie es sich nicht vorgestellt. Vorsichtig tastete sie nach ihrem Gürtel. Etwas Günstigeres würde sie wohl nicht entdecken, dann musste sie an anderer Stelle sparen, beim Essen zum Beispiel.

Das Zimmer war klein, aber gemütlich. Laura sortierte ihre Sachen in die Kommode aus dunkler Eiche, die mit bunten Schnitzereien versehen war, öffnete das Fenster und atmete tief ein. Die Luft roch nach frischer Erde, gedüngt mit ein wenig Salz. Sie hörte ein paar Kinder lachen, direkt vor ihr brummte eine dicke Hummel, Vögel zwitscherten. Für einen Moment glaubte sie fast, im Urlaub zu sein.

Dann schob sich jedoch Pauls Gesicht in ihre Gedanken. Schnell, geradezu schuldbewusst, wandte sich Laura vom Fenster ab, holte ihr Handy und ihr Notizbuch heraus und ließ sich auf das Bett fallen.

Sie hatte bereits herausgefunden, dass es drei Schulen auf Fehmarn gab: zwei Grundschulen und eine Gemeinschaftsschule. Leider konnte sie sich nicht mehr erinnern, was für eine Lehrerin Wiebke gewesen war. Laura rief als Erstes die Homepage der Inselschule in Burg auf. Die befand sich ganz in der Nähe. Erstaunt stellte Laura fest, dass sie beinah so groß war wie ihr Gymnasium in Hamburg – über tausend Schüler und um die hundert Lehrkräfte. Oh je, wie sollte sie da Wiebke finden, ohne ihren Nachnamen zu kennen? Doch dann atmete sie erleichtert auf. Fast das gesamte Personal war mit Foto aufgeführt. Aufgeregt scrollte Laura durch die Listen. Und hielt die Luft an. Ganz sicher war sie sich nicht, aber diese lächelnde Frau dort, das konnte Wiebke sein. Sie sah älter aus als in Lauras Erinnerung, das war ja allerdings kein Wunder nach zehn Jahren. Leider standen nur die Nachnamen unter den Bildern. Frau Petersen. War sie das? Laura googelte den Namen, doch fand weder einen Telefonbuch- noch einen Adresseintrag. Schnell machte Laura ein Screenshot von dem Foto, griff nach ihrer Schultertasche und lief in den Garten. Ihre Wirtin, Frau Strothmann, werkelte dort an einem Blumenbeet herum.

»Entschuldigung, ich suche diese Lehrerin, Frau Petersen. Kennen Sie sie zufällig?« Laura hielt Frau Strothmann das Foto unter die Nase. Die schaute stirnrunzelnd darauf und musterte Laura unverhohlen. Plötzlich war ihr Blick dunkel. »Sie sind nicht von der Presse, oder so etwas?«

»Was? Presse? Nein.« Verwirrt zog Laura die Augenbrauen zusammen. »Sie ist eine Freundin meiner Mutter.«

»Aha.« Frau Strothmann warf erneut einen prüfenden Blick auf sie. Dann bückte sie sich und wandte sich um. »Ich kenne sie nicht«, murmelte sie. »Jetzt möchte ich bitte in Ruhe weiterarbeiten.«

Einen kurzen Moment schaute Laura irritiert auf den Rücken der Frau. Dann zuckte sie mit den Schultern, ging zum Gartentor hinaus und blieb unschlüssig stehen. Was sollte diese merkwürdige Reaktion? Frau Strothmann kannte Frau Petersen, da war sich Laura sicher. Aber offensichtlich wollte sie ihr nichts sagen. Wie sollte sie Wiebke jetzt finden? Sie konnte ja schlecht jeder Person auf Fehmarn das Foto zeigen.

Nachdenklich blickte sie die Straße hinunter. Die Sonne stand hoch am Himmel. Laura war früh aus Hamburg aufgebrochen, es war gerade einmal Mittagszeit. Vielleicht würde sie ja jemanden in der Schule antreffen? Alle dachten immer, dass Schulen in den Sommerferien verwaist seien. Aber Laura wusste noch von ihrer Mutter, dass das nicht stimmte. Normalerweise war eine Schule auch in den Ferien durchgehend besetzt – entweder waren die Sekretärinnen dort, der Hausmeister, die Schulleitung oder Lehrer, die schon für das nächste Schuljahr vorbereiteten und planten. Laura konnte sich erinnern, dass sie selbst einige Male mit ihrer Mutter in den Ferien in der Schule gewesen war. Sie hatte es genossen, das riesige Gebäude so still und verlassen vorzufinden. Jeder Klassenraum wollte von ihr erkundet, jede Tafel von ihr bemalt werden. Aber selbst einmal Lehrerin sein? Das konnte sie sich beim besten Willen nicht vorstellen. Bestimmt würden entweder die Kinder sie nerven oder sie die Kinder. Jemandem etwas beizubringen, so, dass dieser auch Spaß daran hatte, war schließlich gar nicht so einfach.

Trotzdem, irgendwie schade, dass die Zeit vorbei war. Alle hatten so das Ende der Schulzeit herbeigesehnt. Aber Laura vermisste bereits die Routine, die Sicherheit, die ihr der normale Alltag geboten hatte, das Vorhersehbare. Auf Fehmarn zur Schule zu gehen, wäre bestimmt auch cool gewesen. Sicherlich hatten die Schüler hier eine starke Gemeinschaft. Laura googelte nach der Adresse. Die Schule lag tatsächlich nur ein paar Hundert Meter von ihr entfernt.

Sich interessiert zu allen Seiten umschauend lief Laura durch Burg, vorbei an dem schmucken Rathaus, an lachenden Menschen, den vielen Geschäften. Sie sog alles auf, ließ die Bilder zu, die sich von ihrem Herzen zurück in ihr Bewusstsein schlichen. Sie vier, hier, eine Familie, Urlaubsglück.

Ehe Laura sich versah, stand sie bereits vor dem Gebäude mit den großen Glasfassaden. Schön sah es aus, einladend. Laura zögerte einen Moment, dann ging sie auf die Eingangsfront zu und zog an der Tür. Abgeschlossen. Suchend wanderte ihr Blick nach links, auf eine silberne Säule, an der ein Briefkasten hing und eine Türklingel prangte. Mit angehaltenem Atem drückte sie sie und stieß die Luft laut aus, als kurz darauf ein Summer ertönte. Schnell öffnete sie die Tür, sah einen Wegweiser zum Sekretariat und folgte ihm.

Die Tür zum Büro stand offen, Laura hörte darin schon vom Flur aus geschäftige Schritte hin- und hereilen. Sie steckte ihren Kopf hinein und lächelte die Frau an, die gerade einen großen Aktenberg vor sich herbalancierte. Als sie Laura sah, blieb sie stehen. Ihre Nase ragte kaum über die Ordner hinaus. »Haben Sie gerade geklingelt?«, fragt sie.

»Ja, genau. Bitte entschuldigen Sie die Störung.« Laura machte einen Schritt in das Zimmer hinein.

»Was möchten Sie denn, mitten in den Ferien?« Die Sekretärin ließ den Aktenstapel mit einem lauten Plumps auf ihren Schreibtisch fallen.

Laura schluckte. »Ich, äh, ich suche Frau Petersen.«

Die Sekretärin, die sie eben noch interessiert angeschaut hatte, runzelte die Stirn. »Frau Petersen.« Es war keine Frage, sondern eine Feststellung.

»Ja, richtig. Wiebke Petersen.«

Stumm schaute die Frau sie an. »Was wollen Sie denn von ihr?«, fragte sie schließlich und ihre Stimme klang kalt.

Verdammt, was war hier los? Warum reagierten gleich zwei Frauen so merkwürdig, wenn sie nach Frau Petersen fragte? Unbehaglich verlagerte Laura ihr Gewicht und stützte sich an dem Tresen ab, der sich durch das Büro zog. »Ich ... also, sie ist ... sie ist eine Freundin meiner Mutter. Ich muss mit ihr sprechen.« Und als die Frau sie nur weiter anstarrte, fügte sie hinzu: »Es ist dringend. Bitte!«

»Dringend. Hm«, antwortete sie schließlich. »Sagen Sie, Sie sind nicht zufällig von der Presse?«

»Nein!« Laura hob abwehrend die Hände. Sie war schon immer älter geschätzt worden, als sie war, meistens auf Anfang zwanzig. Zu einem anderen Zeitpunkt hätte sie die Frage, ob sie Journalistin sei, vielleicht gefreut, schließlich wollte sie mal im Medienbereich arbeiten, und es war ja schön, wenn man ihr das auch ansah. Aber die Sekretärin sah so ablehnend aus, dass Laura vehement den Kopf schüttelte.

Die Frau schaute sie nur weiter abschätzend an. »Natürlich nicht«, murmelte sie. »Machen Sie, dass Sie hier rauskommen.«

»Aber ...« Irritiert fuhr Laura sich durch das Gesicht.

»Nichts aber«, unterbrach sie die Sekretärin. »Wenn Sie wirklich mit ihr befreundet wären, dann wüssten Sie, was los ist!«

Mit einem Satz war sie bei Laura, schob sie zur Tür und knallte diese dann mit einem lauten Rumms hinter ihr zu.

14

Benommen blieb Laura auf dem Flur stehen. Sie verstand überhaupt nichts mehr. Aber eines war ihr aufgefallen: Als sie der Lehrerin Petersen den Vornamen hinzugefügt hatte, den die Freundin ihrer Mutter trug, hatte die Sekretärin nicht das Geringste dazu gesagt. Wiebke Petersen. Sie war es, Mamas Freundin. Doch wie zur Hölle sollte sie die Frau finden? Sie konnte ja schlecht bis nach den Ferien vor der Schule herumlungern. Es war Anfang Juli, die Sommerferien würden noch fünf weitere Wochen dauern. Bis dahin war ihr Geld längst aufgebraucht. Nein, es musste doch eine andere Lösung geben.

Frustriert wollte sie gehen, als die Tür am Ende des Ganges aufgestoßen wurde und eine Frau eilig auf sie zugelaufen kam. Laura hielt den Atem an. Sie erkannte nicht nur die Frau auf dem Foto wieder. Jetzt, als sie sie sah, erinnerte sie sich auch an den geschmeidigen Gang. Bei Wiebke hatte es immer ausgesehen, als würde sie schreiten, fast schweben. Und da fiel es Laura ein: Sie war Sportlehrerin. Keine Frage, es war Wiebke! Als sie näher kam, bemerkte Laura jedoch, dass sie nicht nur älter geworden war. Sie musste jetzt um die sechzig sein, und sie sah schlecht aus. Ihr Gesicht war geschwollen, die Augen gerötet. Die langen, blonden Haare wirkten fettig und ungekämmt und hingen strähnig herunter. In ihrem gehetzten Auftreten war der leichte Gang kaum mehr zu erahnen. Ohne Laura auch nur eines Blickes zu würdigen, eilte sie in das Sekretariat.

»Hallo, Ursula« rief sie der Sekretärin zu. »Lass dich nicht stören. Ich muss nur ... ich will ...« Ihre Stimme brach.

»Hey, hey.« Laura sah die Sekretärin nach vorne kommen und Wiebke umarmen. »Du bist doch verrückt, jetzt an Arbeit zu denken. Wie geht es dir denn und wie geht es Thorben?«

Wiebke wollte gerade zu einer Antwort ansetzen, als die Sekretärin Laura erblickte, Wiebke losließ und erbost rief: »Sie sind immer noch hier? Scheren Sie sich zum Teufel, habe ich gesagt!«

Sie wollte erneut die Tür vor Lauras Nase zuschlagen, doch Laura hielt ihren Arm dagegen und schob sich nach vorne in das Büro hinein. »Wiebke, ich bin es. Ich wollte zu dir. Ich bin es, Laura!«, stieß sie schnell hervor.

Beim Klang ihrer Stimme drehte Wiebke sich um. Unglauben breitete sich auf ihrem Gesicht aus. Sie machte einen Schritt auf Laura zu.

»Du kennst sie wirklich?«, fragte die Sekretärin misstrauisch.

»Ja. Ja, natürlich.« Wiebke griff nach Lauras Hand. Dabei schwankte sie so, dass Laura Angst hatte, sie würde umkippen. »Ich hätte dich nicht erkannt. Du ... du bist ja erwachsen, natürlich. Wie lange haben wir uns nicht gesehen?« Ihre Stimme klang fahrig.

»Neun Jahre.« Mit einem Mal fühlte Laura sich fürchterlich zittrig.

»Neun Jahre«, wiederholte Wiebke. »Seit der Beerdigung.« Dann seufzte sie tief. »Und genau jetzt tauchst du hier auf.«

»Ich versteh nicht ganz ...« Lauras Blick wanderte hilflos zwischen Wiebke und der Sekretärin hin und her. Beide Frauen starrten sie an.

»Er ist weg.« Wiebke flüsterte. Sie krallte sich in Lauras Arm. »Du musst doch davon gehört haben. Er ist verschwunden.«

»Meinst du ... meinst du den Jungen? Tom?« Auch Laura sprach leise, heiser.

»Natürlich Tom.« Die Sekretärin fixierte Laura kalt. »Es geht doch ständig durch die Presse.«

Laura biss sich auf die Lippe. Ja, das wusste sie doch, aber nicht ...

Wiebkes Stimme war immer noch leise. Doch sie bohrte sich in Lauras Gehirn: »Tom. Der Junge, der spurlos verschwunden ist. Er ist mein Enkel.«

15

Ihm war schlecht. Oh Gott, wie sein Bauch wehtat. Stöhnend schob er das Tablett mit einem Fuß von sich. Den Teller hatte er abgeleckt, ebenso die Schale mit dem Pudding, nachdem er alles in sich hineingeschlungen hatte. Jetzt hatte er fürchterliche Bauchschmerzen. Erneut beugte er sich nach vorne, die Arme fest an seinen Bauch geschoben, als ein weiterer Krampf seinen Körper beben ließ. »Lieber Gott, bitte«, stöhnte er. Schweißtropfen rannen über sein bleiches Gesicht.

Diesmal war es ihm egal, als er den Schlüssel in dem rostigen Schloss hörte. Er hatte nicht die Kraft, den Mönch anzusehen, der kerzengerade im Türrahmen stand.

»Du hast gegessen!« Scharf wie eine Sichel durch hohes Gras schnitt die Stimme durch den Raum. »Ich habe dir gesagt, dass du nicht essen darfst.«

»Bitte!« Es fiel ihm schwer, zu sprechen, keuchend pfiff er das Wort heraus. »Bitte, ich will zu Mama.«

Er sah den Schlag nicht kommen. Sein Kopf stieß hart gegen die kalte Mauer und für einen Moment war er wie benommen. Dann kam der Schmerz und er heulte auf.

»Was habe ich dir gesagt? Du redest nur, wenn du dazu aufgefordert wirst!« Mit einer schnellen Bewegung hatte sich der Mönch gebückt und die Fessel um seinen Fuß geöffnet.

Er keuchte. *Lauf! Lauf weg!* Mühsam rappelte er sich auf, stützte sich auf seine Hände, knickte weg. Ein erneuter Krampf schüttelte seinen Körper.

Ausdruckslos starrte der Mönch auf ihn hinab. Dann packte er ihn plötzlich am Arm, zog ihn nach oben und hielt ihn angewidert von sich weg, als sei er ein lästiges Insekt. Er seufzte schwer. »Ich glaube, wir haben uns immer noch nicht verstanden. Du musst genau das tun, was ich dir sage. Dafür wirst du belohnt. Wenn du aber nicht gehorchst ...« Sein Griff verstärkte sich, die Finger krallten sich in seine Haut. »Ich habe dich gewarnt. Du bist selber schuld.«

Grob packte er ihn und zog ihn hinter sich her. Schleifte ihn über den Boden, durch die Tür in einen langen Gang. Neonröhren an der Decke erleuchteten diesen hell und tauchten ihn in ein grünliches Licht. Rechts und links führten viele Türen in weitere Räume, große, schwere Eisentüren, so wie seine.

Oh Gott, wo war er hier gelandet, ein riesiges Gefängnis war das, überall nur Türen, Kacheln und kaltes Licht. Er hatte gedacht, dass er froh sein würde, wenn er endlich aus seinem finsteren Raum kommen würde. Doch jetzt hatte er nur noch Angst. »Wohin bringst du mich?«, flüsterte er.

Der Mönch gab ihm keine Antwort. Mit großen Schritten eilte er den Gang hinunter, schleifte ihn mühelos hinter sich her. Schließlich hielt er vor einer Tür und stieß sie auf.

Der Junge schloss die Augen. Denn mit einem Mal überkam ihn die fürchterliche Gewissheit, dass er die Hölle noch gar nicht gesehen hatte. Die Hölle fing jetzt erst an.

16

Wiebke reichte Laura die Teetasse mit zitternden Händen. Schnell griff sie nach dem Becher. Wiebke ließ sich neben ihr in den Strandkorb fallen. Jeder andere hätte beim Anblick des wunderschönen Gartens wohl zumindest anerkennend genickt. Der Strandkorb stand inmitten einer Oase von blühenden Pflanzen. Überall waren kleine Blumeninsel zu finden, die dem sorgfältig geschnittenen Rasen leuchtende Farbtupfer verliehen.

Doch Lauras Blick schweifte in die Ferne. Geistesabwesend nippte sie an dem heißen Getränk. Es war inzwischen Nachmittag und die Sonne stach nach wie vor von einem strahlend blauen Himmel herunter. Fehmarn machte seinem Namen als Sonneninsel alle Ehre. Eigentlich völlig verrückt, jetzt Tee zu trinken. Laura traten kleine Schweißperlen auf die Stirn.

Wiebkes Atem raste, so, als sei sie einen anstrengenden Marathon gelaufen. »Du musst mir das noch mal erklären«, bat sie. »Warum bist du nach zehn Jahren zurückgekommen? Seit der Beerdigung deiner Eltern habe ich nichts mehr von dir gehört ...« Sie stockte. »Ich meine, du warst ja noch ein Kind. Ich hätte mich melden sollen. Aber ich wusste nicht, was ich dir sagen sollte. Es gab keine tröstenden Worte. Es war so schrecklich, alles! Ich habe einfach versucht, zu vergessen.«

»Ich weiß.« Laura sah sie an. »Das haben wir alle versucht.« Sie seufzte tief, suchte nach Worten. »Ich ... ich habe mir immer vorgestellt, dass es Paul gutgeht. Dass er vielleicht spielen war, hinfiel, ohnmächtig wurde, aufwachte und nicht mehr wusste, wer er war. Ich meine, so was hört man doch immer wieder. So wusste keiner, wer dieser kleine Junge ist, und er kam zu einer anderen Familie. Die ihn liebte.«

Wiebke fixierte eine Blume, studierte sie eingehend. »Das ist ... das ist ...«, murmelte sie und brach ab.

»Ja, ich weiß. Ganz schön unrealistisch, oder? Vielleicht wurde er auch entführt. Aber dann von jemandem Netten, weißt du?« Sie flüsterte plötzlich. »Von einer Frau, die keine Kinder bekommen konnte und Paul jetzt wie ihren eigenen Sohn liebt.«

»Von jemandem Netten«, wiederholte Wiebke und mit einem Mal waren die Tränen da, liefen über ihre Wangen, tropften auf die weichen Polster.

Laura verbarg ihr Gesicht in beiden Händen. »Ich habe gar nicht mitbekommen«, sagte sie dumpf, »dass noch ein Junge verschwunden ist, ungefähr zu dem Zeitpunkt, als ...«

»Das stimmt!« Wiebke zog ein Taschentuch aus der Seitentasche des Strandkorbs hervor. »Wie hieß der Kleine noch mal? Fabian, oder?«

»Finn.«

»Ja, richtig.« Sie schluckte schwer, schnäuzte sich. »Und jetzt Tom! Aber … ich verstehe nicht. Zehn beziehungsweise neun Jahre später.« Sie schaute Laura mit großen Augen an. »Meinst du etwa, dass diese drei Fälle zusammenhängen?«

Laura legte ihre Hände in den Schoss, zupfte an ihrer kurzen Jeans. »Ich weiß es nicht«, sagte sie. »Aber denk doch mal nach. Drei Jungen, die hier auf Fehmarn verschwinden. So was kann doch kein Zufall sein!«

Wiebke setzte sich gerade hin, wischte die Tränen mit einer schnellen Handbewegung ab. »Vielleicht war er im Gefängnis«, sagte sie laut. Laura runzelte ihre Stirn. »Der Entführer«, fuhr Wiebke fort. »Er kidnappt die zwei Jungen, wird dann lange Zeit wegen einer anderen Straftat eingesperrt, kommt heraus und dann … dann entführt er unseren Tom!«

»Nein!« Lauras Stimme war scharf. »So war es ganz sicher nicht!«

Erstaunt blickte Wiebke sie an.

»So war es nicht«, wiederholte Laura stur.

»Okay, okay!« Beruhigend legte Wiebke eine Hand auf Lauras Bein. »Ich weiß es doch auch nicht, ich überlege nur laut.«

Laura nickte. »Aber so war es nicht«, sagte sie abermals. »Bitte!« So durfte es nicht gewesen sein, auf keinen Fall. Denn wenn der Mann – oder, wie sie lieber denken wollte, die nette Frau, die keine Kinder bekommen konnte – Paul und Finn entführt hatte und dann mehrere Jahre im Gefängnis saß, wo waren die beiden Jungen in der Zeit gewesen? Wer hatte sich in all den Jahren um sie gekümmert? Die Antwort lag ziemlich klar auf der Hand: niemand. Niemand hatte sich um sie gekümmert, und das hieß, sie waren …

Schnell sprang Laura auf. »Wenn wir Tom finden, dann finden wir auch Paul. Bestimmt!« Sie kramte in ihrer Tasche, holte das Notizbuch heraus und zückte ihren Stift. »Jetzt erzähl mir ganz genau, was passiert ist. Alles, jede Kleinigkeit.«

Wiebke zog Laura in den Strandkorb zurück. »Hör zu«, sagte sie, »die Polizei arbeitet auf Hochtouren. Sie geben sich alle Mühe, wirklich. Ich denke nicht, dass es eine gute Idee ist, wenn wir uns da einmischen. Falls jemand tatsächlich drei Kinder entführt hat, dann ist er sicherlich ziemlich gefährlich.«

»Eben!« Laura nahm Wiebkes Hand und hielt sie fest. »Wie lange ist Tom jetzt verschwunden? Schon knapp eine Woche, oder? Und hat die Polizei irgendetwas erreicht?« Sie machte eine Pause. Als Wiebke nicht antwortete, fuhr sie fort: »Paul ist seit zehn Jahren weg und es gibt keine Spur. Nein, auf die Polizei können wir uns nicht verlassen. Wir müssen sie suchen, Wiebke. Du und ich.«

Wiebke bewegte sich unruhig und atmete mit einem Mal schwer. »Uns bleibt nicht mehr viel Zeit«, stieß sie mühsam hervor.

»Wie meinst du das?« Laura sah Verzweiflung auf ihrem Gesicht, sie sprang aus Wiebkes Augen wie ein Tier.

»Tom, er hat Diabetes. Es ist erst vor ein paar Wochen aufgetreten. Plötzlich, aus heiterem Himmel. Keiner in unserer Familie hat es. Typ 1 Diabetes. Unheilbar.« Wiebke traten erneut Tränen in die Augen. »Er braucht regelmäßig Insulin. Wenn er das nicht bekommt, dann steigt sein Blutzucker, immer weiter und weiter. Und ... er kennt sich damit noch nicht richtig aus. Er ist doch erst sieben, Herrgott noch mal.«

Entsetzt schaute Laura Wiebke an. »Eine Woche ohne Insulin, das ist ...« Wiebke schlang die Arme um ihren Körper. »Er wird sterben, wenn er nicht bald gefunden wird.«

17

Eine Woche ohne Insulin ... Wiebkes Worte hallten in Lauras Kopf. Auf der Toilette hatte sie schnell gegoogelt und erschrocken gelesen, dass es für einen Diabetiker praktisch unmöglich war, ohne Insulin für mehr als ein paar Tage zu überleben. Natürlich hing das von allen möglichen Umständen ab – wie viel man aß, welche Kohlenhydrate es waren, ob man sich sportlich betätigte, ob der Körper noch eigenes Insulin bildete, wie es zu Beginn der Diagnose der Fall war und einiges mehr. Aber es war ganz sicher, dass Tom schnellstens gefunden werden musste, wenn er nicht bereits im diabetischen Koma lag, das durch Überzuckerung ausgelöst wurde.

Als Laura in den Garten zurückkam, saß Wiebke noch immer im Strandkorb, die Beine nah an den Körper gezogen, die Arme fest darum geschlungen. »Ich kann dir gar nicht viel sagen«, murmelte sie. »An dem Tag, als Tom verschwand, hatten gerade die Ferien begonnen. Ich wollte nach Spanien, war voller Vorfreude, habe meinen Koffer gepackt. Da kam dieser schreckliche Anruf.«

»Von wem?«

»Thorben. Meinem Sohn. Tom ist sein und Neles Kind.«

Laura nickte. »Wir müssen zu ihnen. Sofort.«

Wiebke blinzelte. »Sie haben so viel durchgemacht. Bestimmt wollen sie uns nicht noch einmal alles erzählen.« Müde fuhr sie sich durch das Gesicht. »Ich habe ihnen immer wieder meine Hilfe angeboten. Aber sie melden sich nicht. Ich glaube, sie stehen völlig unter Schock, können nicht begreifen, was passiert ist.«

»Aber sie wollen ihn wiederhaben und dabei kann ihnen doch nur jede Unterstützung recht sein. Wir müssen es wenigstens versuchen.« Bittend hielt Laura Wiebke eine Hand hin.

»In Ordnung.« Seufzend ergriff sie Lauras ausgestreckten Arm und stand auf. »Ich hole nur schnell meine Tasche und den Autoschlüssel, dann können wir los.«

Laura wurde blass. »Wohnen sie denn nicht in der Nähe? Ich dachte, wir könnten hinlaufen«, sagte sie und versuchte, ihrer Stimme einen festen Klang zu geben.

Stirnrunzelnd blieb Wiebke stehen. »Ja, schon, so weit ist es nicht. Aber du hast doch selbst gesagt – jede Minute zählt!«

Mit den Füßen fest auf dem Boden, so, als wäre sie verwurzelt, blieb Laura regungslos stehen. »Ich fahre kein Auto.«

»Okay.« Wiebkes Furchen auf der Stirn wurden noch tiefer. »Du musst ja auch nicht fahren. Das mache ich.«

»Nein.« Abwehrend hob Laura die Hand. »Ich fahre auch nicht mit. Ich steige in überhaupt kein Auto ein.«

Wiebke schloss für einen Moment die Augen und sah mit einem Male sehr alt aus. Dann gab sie sich einen Ruck, trat einen Schritt auf Laura zu und blieb erneut unsicher stehen.

»Du fährst kein Auto«, wiederholte sie tonlos. »Kein Auto mehr.«

Laura nickte. Starrte in den Garten, auf die Blumen. Bitte nicht die Bilder, diese schrecklichen Bilder. Nein, sie wollte nicht daran denken, sie wollte ...

Doch sie waren wieder da, explodierten in ihrem Kopf.

Ich sehe was, was du nicht siehst, und das ist ... Ihre Mutter überlegte und schaute sich im Auto um. Ihre Sonnenbrille hatte sie auf ihre lockigen Haare geschoben, suchend wanderten ihre Augen umher, blieben auf Laura haften, die auf der Rückbank saß, strahlten.

Dann der Schrecken in ihrem Blick, als der Wagen plötzlich schleuderte, ihr Aufschrei. Die tiefe Stimme ihres Vaters, die irgendetwas rief. Laura verstand ihn nicht, alles drehte sich, knirschte, quietschte, Mutters Stimme, die immer noch schrie. Und dieser Knall, dieser entsetzliche Knall. Der Schmerz, als Laura in den Gurt gedrückt wurde, der Ruck, der sich anfühlte, als würde ihr Körper durchtrennt. Etwas rieselte in ihr Gesicht, es tat weh, alles tat weh.

Als sie die Augen öffnete, war da nur Nebel und so ein komisches Geräusch, es fiepte in ihren Ohren, laut und anhaltend. Laura versuchte, etwas zu erkennen, aber überall war Glas, und ihre Mutter lächelte nicht mehr. Ihr Kopf war seltsam verdreht, Blut sickerte über ihr Haar, lief an ihrer Wange hinunter, tropfte auf den Sitz, der voller Glasscherben war. Ein Ast ragte in das Auto, seitlich durch das Fenster. Und vorne dieser riesige Baum. Stoisch stand er da, ihn störte der Wagen nicht, der halb um ihn gewickelt war, er war immun gegen den Schmerz. Ihren Vater konnte sie nicht erkennen. Aber sie nahm keine Bewegung wahr. Auch nicht, als sie ihn rief. Als sie schrie. Sie schrie, schrie immer noch, als die Feuerwehr sie aus dem Wagen holte, schrie und schrie. Denn Mama und

Paps bewegten sich nicht mehr, sagten nichts. Sie blieben einfach stumm.

18

Der Raum war klein und von oben bis unten gekachelt. Weiße Kacheln überall, die im Licht der langen Lampen unter der Decke böse glitzerten. An der rechten Seite erkannte er eine alte Badewanne. An einigen Stellen war das Weiße abgeplatzt. Rechts hing ein kleines Waschbecken an der Wand, ein Stück war aus den Fugen gerissen, sodass die linke Seite seltsam verdreht nach unten zeigte.

Inzwischen hatte der Durst den Hunger abgelöst. In seinem Kerker hatte er wenigstens immer eine Kanne mit Wasser gehabt. Er warf einen erneuten zaghaften Blick auf das Waschbecken. Würde daraus Wasser kommen? Es sah nicht wirklich so aus, als wäre es noch in Ordnung. Und die Wanne? Ihm blieb keine Zeit drüber nachzudenken, denn der Mönch hatte ihn schon in den Raum gezerrt und vor die Badewanne gestoßen. Nun sah er, dass sich darin etwas befand. Kein Wasser. Er zog die Augenbrauen zusammen und starrte auf die weißen Stückchen. Was war das bloß?

»Zieh die Hose aus!« Wie immer war die Stimme des Mönches schneidend wie ein eiskalter Winterwind.

Er blickte auf seine Jeans hinunter. Sie starrte vor Schmutz, die ehemals blaue Farbe hatte sich zu einem breiigen Braun-

Grün gewandelt. Trotzdem wollte er sich nicht von ihr trennen. Mit einem Mal kam ihm diese Hose wie das Kostbarste vor, das er hatte. Sein einziger Schutz.

Der Mönch legte seine Fingerspitzen aneinander. »Das ist das letzte Mal, dass ich dir die Regeln erkläre«, sagte er. »Die oberste Regel ist – du gehorchst. Nichts ist wichtiger als das. Ich will dir nicht wehtun. Wenn du gehorchst, wird alles gut. Wenn nicht, brockst du dir ganz schöne Schwierigkeiten ein.«

Einen Moment zögerte er, dann zog er langsam die Jeans herunter. Zum Glück hatte er noch seine Unterhose an. Die mit Spiderman drauf, seine Lieblingsunterhose. Der Anblick seines Superhelden gab ihm neue Kraft. Er hob die Hose auf.

»Gut so.« Zum ersten Mal hatte er das Gefühl, so etwas wie Milde in dem Mönch zu erkennen. »Nun lege sie ordentlich zusammen.«

Kritisch beäugte der Mönch seine Versuche, gab ihm Anweisungen. Ganz genau gefaltet musste sie sein, Hosenbein auf Hosenbein, glattgestrichen. Endlich war der Mönch zufrieden. Die vor Dreck starrende Hose lag so ordentlich zusammengelegt auf dem Wannenrand, als hätte Mama sie gerade frisch gebügelt.

»Jetzt steig in die Wanne!«

Das bisschen Wärme, das er eben glaubte, wahrgenommen zu haben, war wieder verschwunden. Vorsichtig berührte er mit dem Fuß die weiße Schicht. Kleine Körner blieben an seiner Ferse haften. Stirnrunzelnd blickte er darauf. Das war doch Reis!

»Das ist ungekochter Reis«, erklärte der Mönch nun, als ob er es doch selbst gesehen hätte. »Knie dich hin! Der Po bleibt oben, nicht auf die Fersen setzen!«

Er ließ sich auf den Reis sinken. Sofort bohrten sich die kleinen Körner in seine nackten Knie. Er biss sich auf die Lippen. Gut, das war nicht schön. Aber es war auch nicht furchtbar. Wenn das seine Strafe war, dann hatte er Glück gehabt.

Mit gesenktem Kopf kniete er in der Wanne voller Reis.

»Du bleibst genau so, in dieser Haltung, und denkst über dein Verhalten nach. Wenn du das schaffst, darfst du nachher wieder essen und trinken. Wenn nicht, dann bringe ich dich in den nächsten Raum. Und glaube mir, da ist es noch schlimmer als hier!« Mit diesen Worten verließ der Mönch das Bad, die Tür fiel quietschend hinter ihm ins Schloss.

Vorsichtig hob er den Kopf. Das Waschbecken! Ob er kurz hinüberschleichen und etwas trinken könnte? Vielleicht funktionierte es ja! Seine schlimmen Krämpfe hatten nachgelassen, aber noch immer rumorte es in seinem Bauch. Und er hatte so fürchterlichen Durst!

Außerdem fingen seine Knie an, wehzutun. Die Reiskörner bohrten sich wie kleine Nadeln in seine Haut. Er verlagerte das Gewicht und stöhnte vor Schmerzen auf, als neue Stiche in seinen Körper schossen.

Abermals lugte er zum Waschbecken hinüber. Da sah er es aus dem Augenwinkel. Ein Blinken, rot. Es kam aus der oberen rechten Ecke des Raumes. Seine Augen wanderten die Wand entlang und blieben an der kleinen Kamera haften, die an der Decke angebracht war und genau auf ihn zeigte. Er stöhnte auf. Hatte es die auch in seinem Gefängnis gegeben? Hatte der Mönch ihn die ganze Zeit beobachtet? Er hatte solche Angst und solchen Hunger gehabt, dass er gar nicht darauf geachtet hatte.

Also kein Wasser. Er würde ausharren müssen. Diesmal

würde er es schaffen. Es gibt zu essen und zu trinken, hatte der Mönch gesagt. Er musste nur durchhalten.

Mit einem tiefen Atemzug verlagert er erneut sein Gewicht. Vorsichtig. Und schrie auf. Denn inzwischen fühlten sich die Reiskörner nicht mehr wie Reiskörner an. Sie stachen in seine Haut, setzten sich fest. Kleine, unzählige Glassplitter, die ihn aufschnitten. Er spürte jedes einzelne von ihnen und die Wunden, die sie in seinen Körper ritzten.

19

Nele starrte Wiebke und Laura an, die bei ihr auf dem Sofa saßen. Unter anderen Umständen sah sie bestimmt sehr hübsch aus. Sie war zierlich und schlank, fast zerbrechlich, ihre kurzen dunklen Haare rahmten ein blasses Gesicht ein. Zu bleich war das allerdings und die Augen waren rotunterlaufen. Sie trug einen alten Jogginganzug, der ihr zu groß war und um sie herumschlotterte. Laura hätte sie am liebsten in den Arm genommen, aber Neles Blick sah abweisend aus.

»Wir wollen wirklich nur helfen«, sagte Wiebke zum wiederholten Male. »Du musst schon zugeben, irgendwie ist es merkwürdig, dass drei Jungen in dem gleichen Alter auf Fehmarn verschwinden.«

»Bei den letzten beiden ist es aber zehn Jahre her.« Neles Stimme war schrill. »Zehn verdammte Jahre.« Sie griff nach einem Taschentuch, das in ihrem Hosenbund steckte, und putzte sich die Nase. »Tom ist bestimmt einfach nur weggelaufen. Diese ganze Sache mit seinem Diabetes, das war zu viel für ihn. Er hat die Krankheit geleugnet, so getan, als sei er nicht erkrankt.«

Eindringlich schaute Wiebke ihre Schwiegertochter an. »Du hast sicher Recht, aber er braucht trotzdem Hilfe. Ohne Insulin ist es unmöglich für ihn, zu überleben. Wir müssen ihn finden, Nele!«

Nele zog die Nase hoch. »Ich weiß, ich weiß«, rief sie. »Was glaubst du denn, was wir hier machen? Die Polizei sucht nach ihm, setzen Hubschrauber ein, Wärmebildkameras, Hunde, alles. Und Thorben und ich sind abwechselnd unterwegs, fahren all seine Lieblingsplätze ab. Die Spielplätze, das Meereszentrum, den Strand, das U-Boot. Aber einer von uns muss immer hier sein, falls er ... falls er wiederkommt.«

Laura bewegte sich unbehaglich auf der Couch. Wenn sie ihn trotz dieses Aufwandes nicht gefunden hatten, dann sprach das nicht gerade dafür, dass er sich irgendwo versteckte. Nein, sie war sicher – auch Tom war entführt worden. Es war da. Real. Es gab das Monster auf Fehmarn, das Kinder stahl.

Trotzdem versuchte sie, ihrer Stimme einen beruhigenden Klang zu geben. »Er taucht sicher wieder auf«, sagte sie behutsam. »Wie hoffentlich auch mein Bruder Paul. Er ist ebenfalls verschwunden. Wir wollen sie finden, beide. Bitte helfen Sie mit!« Der letzte Satz hatte einen flehenden Unterton.

Nele schaute Laura einen Moment regungslos an, dann ließ sie sich mit einem Seufzer in einen der großen Sessel sinken.

»Ich glaube nicht, dass das eine mit dem anderen etwas zu tun hat«, wiederholte sie. »Aber gut, während ich hier warte, kann ich auch mit euch reden.« Sie griff erneut nach ihrem

Taschentuch, knetete es allerdings nur in der Hand. »Heute ist es genau sechs Tage her«, fuhr sie fort. »Freitag, die erste Ferienwoche neigte sich gerade dem Ende entgegen. Ich hatte Urlaub, drei Wochen, wir wollten hier auf der Insel bleiben. Thorben hat im Moment ebenfalls frei.« Nun schnäuzte sie sich doch. »Wir waren einkaufen, sind durch Burg gebummelt, Tom sollte ein paar neue Sommersachen bekommen. An dem Kinderladen nahe dem Marktplatz passierte es dann. Ich verlor Tom kurz aus den Augen. Das geschieht schon mal, ich dachte mir nichts dabei und stöberte weiter bei den Schwimmhosen. Bis ich ihn rief und er nicht antwortete. Er war nicht mehr im Laden, er war nirgendwo.« Man sah ihr an, welches Entsetzen allein die Erinnerung an diesen Moment in ihr auslöste.

»Ist Ihnen da irgendetwas aufgefallen?« Laura beugte sich vor.

Neles Gesichtsausdruck änderte sich. Mit Geringschätzung sah sie Laura an. »Das haben mich die Polizisten natürlich auch schon gefragt«, sagte sie. »Und nein, mir ist nichts aufgefallen. Niemand, der uns verfolgt oder in der Nähe herumgelungert hat. Alles war so wie immer.«

»Alles so wie immer.« Laura wiederholte den Satz, doch sie saß nicht mehr in dem Wohnzimmer. Sie befand sich wieder in den sonnigen Gassen von Burg. Lief lachend hinter Paul her. Schnell wischte sie das Bild zur Seite. »Das haben wir auch gedacht, als wir Eis essen waren. Damals, vor zehn Jahren. Ich kann mich noch genau erinnern, denn meine Mutter hat uns drei Eiskugeln erlaubt. Das durften wir sonst nie, höchstens zwei. Aber an dem Tag war sie besonders gut gelaunt. Wir standen in der langen Schlange vor dem Eiscafé.

Überall um uns herum Menschen, alle wollten eine Erfrischung. Meine Mutter alberte mit mir herum. Ich weiß nicht mehr genau, was mein Vater machte.« Laura hielt inne und holte Luft. »Ich weiß nur noch, dass wir schließlich an der Reihe waren. Und meine Mutter fragte, was für Kugeln Paul wolle. Und dass Paul nicht da war. Wir riefen, wir suchten, dachten erst, er habe sich versteckt. Aber wir fanden ihn nicht wieder. Er war wie vom Erdboden verschluckt.«

Nele starrte Laura einen Augenblick an. Dann wandte sie den Blick ab.

Laura wünschte sich plötzlich, Nele hätte ihnen etwas zu trinken angeboten. Ihr Hals fühlte sich zu trocken an. Sie räusperte sich. »Meiner Mutter ist es dann wieder eingefallen, nicht sofort, aber nach einiger Zeit. Dieser schwarze Opel. Er stand an dem Tag in der Nähe der Eisdiele. Sie konnte sich daran erinnern, weil sie gedacht hatte, dass man in so einem dunklen Wagen bei diesen Temperaturen ganz schön schwitzen müsse. Und weil sie den Wagen schon öfter gesehen hatte. Als wir am Südstrand waren. Und als wir die Galileo Wissenswelt besucht haben.«

»Na und?«, rief Nele erbost. »Weißt du, wie viele schwarze Opel es auf Fehmarn gibt? Das heißt doch gar nichts!«

»Es sind etwa zweihundert«, antwortete Laura.

In Neles Gesicht spiegelte sich bei der schnellen Antwort Überraschung wider. Laura achtete nicht darauf. Als würde sie ablesen, ratterte sie herunter: »Auf Fehmarn gibt es rund sechstausendfünfhundert Autos, ungefähr zweihundert davon waren dunkle Opel, hat die Polizei damals ermittelt. Sie hat versucht, alle Halter zu überprüfen, ich weiß nicht, ob sie das geschafft haben. Gesagt haben sie es uns. Aber gut zweihundert Stück, das ist ganz schön viel. Da kann einem was durch die Lappen gehen.«

Nele stieß hörbar die Luft aus. »Das bringt doch nichts. Ihr müsst der Polizei die Arbeit überlassen. Die wissen schon, was sie tun.« Sie wollte aufstehen, aber plötzlich erstarrte sie. Blieb wie angewurzelt sitzen, die Hände auf die Sessellehnen gestützt. Ihr Gesicht wurde kreidebleich. Wiebke sprang erschrocken auf. »Nele, ist dir nicht gut? Laura, lauf doch in die Küche, erste Tür links, und hol ein Glas Wasser!«

Wiebke hockte sich neben Nele und nahm ihre Hand. Laura wollte gerade das Wohnzimmer verlassen, als Neles Stimme sie zurückhielt. »Tom ist auf die Straße gelaufen«, sagte sie. Sie flüsterte, Laura musste sich anstrengen, sie zu verstehen. »Kurz vor dem Kleiderladen. Er hat natürlich weder nach rechts noch nach links gesehen, wie immer. Ich musste ihn zurückziehen, denn ein Auto ist an uns vorbeigefahren. Fast hätte es ihn erwischt.«

Laura drehte sich vollends herum, mit großen Augen schaute sie Nele an, die immer noch wie eine Porzellanpuppe in dem Sessel saß.

»Ich habe das völlig vergessen. Aber ...« Sie war jetzt kaum zu verstehen.

Laura trat näher, schaute sie gebannt an.

»Es war ein dunkles Auto. Ein Opel.«

Laura schloss die Augen. Das war es. Das war der Beweis. So viele Zufälle konnte es einfach nicht geben. Nein, sie hatte Recht. Die drei Jungen waren entführt worden, in diesem Opel, in diesem verdammten schwarzen Wagen.

Nele schien das Gleiche zu denken, denn ihre Wangen wurden noch bleicher. »Oh mein Gott«, murmelte sie.

Wiebke fasste sich als Erste. »Das ist doch gut«, sagte sie und versuchte, zuversichtlich zu klingen. »Wir sind auf einer Insel. Hier gibt es nur eine begrenzte Anzahl von Autos und eine begrenzte Anzahl von Fahrzeughaltern. Die Polizei muss diese Spur einfach wieder aufnehmen, alle überprüfen und zack – wir haben Tom gefunden.« Sie sah zu Laura hinüber. »Und Paul natürlich auch«, fügte sie schnell hinzu.

Laura nickte. Doch so sehr sie es versuchte, sie konnte keine Freude spüren. Zweihundert, das waren so viele. Und nicht nur das. Fehmarn war keine wirkliche Insel mehr. Die Brücke verband sie mit dem Festland, schnell, sehr schnell konnte man von hier nach drüben fahren. Nur gut zwei Stunden entfernt lag Hamburg. Wie viele dunkle Opel gab es dort, wie viele in Heiligenhafen, wie viele in den kleinen Städten dazwischen? Und dann konnte man ja auch noch Richtung Dänemark verschwinden ... nicht auszudenken, wenn der Entführer gar kein Deutscher wäre. Nein, sie brauchten mehr als das. Weitere Anhaltspunkte.

»Konntest du irgendetwas erkennen?«, fragte sie Nele hoffnungsvoll. »Wer hat das Auto gefahren?«

Nele ließ sich in den Sessel zurücksinken, nervös nestelte sie an ihrem Kragen. »Ich weiß es nicht«, sagte sie schließlich. »Ich habe nur auf Tom geschaut.« Sie schluchzte auf. »Ich habe mit ihm geschimpft. So geschimpft, weil er auf die Straße gelaufen ist. Hätte ich das bloß nicht gemacht!« Plötzlich wurde sie von Weinkrämpfen geschüttelt.

In dem Moment öffnete sich die Tür. Ein großer, schlanker Mann stand im Türrahmen, um die Vierzig, doch er wirkte wie ein Greis. Seine Gesichtszüge waren eingefallen, sein dunkles Haar hing wirr in die Stirn. Laura fand, dass er fast ein wenig verrückt aussah, wie er so dastand, sich nicht rührte und auf die drei Frauen starrte.

Nele bewegte sich als Erste. »Thorben, was ist los?«, fragte sie. Ihre Stimme klang dünn wie Eis, das kurz davor ist, zu zerbrechen.

Ihr Mann antwortete nicht. Stattdessen schob sich hinter ihm eine weitere Person in das Zimmer, die Laura gar nicht wahrgenommen hatte. Ein junger Polizist in Uniform, der Thorben sanft zur Seite drückte, verlegen in die Runde schaute und dann nervös lächelte.

Er studierte einen unsichtbaren Punkt auf dem Boden, während er sprach: »Frau Petersen, wir müssen Sie bitten, mitzukommen.«

Nele schwankte, obwohl sie noch immer im Sessel saß. Mit einem Satz war Wiebke neben ihr. Sie blickte flehentlich zu Thorben hinüber, der unbeweglich im Türrahmen stand, angewurzelt, ohne Regung.

»Wo ist Tom? Was ist mit ihm?«, flüsterte Nele.

Unbehaglich trat der Polizist von einem Bein auf das andere. Auf seiner Oberlippe glänzte ein feiner Schweißfilm. »Wir ... es wurde ein Junge gefunden.« Als Nele aufsprang, fügte er eilig hinzu: »Wir können aber noch nicht sagen, ob es sich um Ihren Sohn handelt.«

Nele zitterte, wild sprangen ihre Augen umher. »Warum stehen wir hier noch rum?«, rief sie, »ich will zu meinem Kind!«

»Wie gesagt ...«, setzte der Polizist an.

Nele hörte nicht auf ihn, sondern stürmte auf ihren Mann zu. Der bewegte sich immer noch nicht, aber er sprach. Nur kurz. Doch das veranlasste seine Frau dazu, abrupt anzuhalten.

Wie ein Luftballon, aus dem alle Luft entwichen war, sackte sie zusammen.

»Bete, dass es nicht Tom ist.« Thorbens Stimme hallte hohl im Raum wider. »Der Junge, den sie gefunden haben, ist tot.«

20

Der junge Polizist räusperte sich, inzwischen standen Schweißperlen auf seinem ganzen Gesicht. »Ich bringe Sie zur Inselklinik«, sagte er. »Kommissar Holstenbach wartet schon auf Sie, die ... der kleine Junge befindet sich dort. Wir bitten Sie, ihn anzuschauen, ob es Ihr Sohn ist.« Nele schluchzte laut auf und der Polizist schluckte. »Ich wünschte, wir könnten Ihnen das ersparen«, fuhr er fort. »Wir können auch einen DNA-Abgleich machen, aber das wird mehrere Tage dauern.«

»Wir wollen ihn sehen.« Thorbens Stimme war heiser.

Nickend wandte sich der junge Polizist zur Tür und sie alle verließen das Haus. Nele musste dabei von ihrem Mann gestützt werden, sie drohte immer wieder wegzuknicken.

Draußen stand ein Polizeiwagen. Laura griff Wiebke am Arm. »Ist die Klinik weit von hier?«

Wiebke schüttelte den Kopf. »Mit dem Wagen nur ein paar Minuten«, antwortete sie.

Suchend schaute sich Laura um. »Ich brauche ein Fahrad. Hat Nele eines?«

Wiebke fasste sich an die Stirn. »Ach ja, du willst ja nicht ins Auto. Kannst du heute nicht eine Ausnahme machen? Wir sind doch alle dabei und es ist nicht weit.«

Unruhig schüttelte Laura den Kopf. »Sag mir einfach nur, wo das Rad ist«, flüsterte sie. Wiebke zeigte seufzend auf die Garage. »Dort.« Sie wandte sich an Nele. »Ist es in Ordnung, wenn Laura sich dein Fahrrad borgt?«

Doch ihre Schwiegertochter schien sie gar nicht zu hören. Sie bewegte nur stumm die Lippen, als würde sie beten. Wiebke nickte Laura zu. »Nimm es einfach. Wenn du dich beeilst, wirst du fast so schnell sein wie wir.«

Laura drückte Wiebke dankend den Arm, lächelte Nele kurz zu, die sie jedoch überhaupt nicht beachtete, und lief den Gartenweg zur Garage hinüber.

»Einfach geradeaus und am Bahnhof links in den Mummendorfer Weg!«, rief Wiebke ihr schnell zu, bevor sie mit den anderen im Wagen verschwand.

Sie waren noch gar nicht losgefahren, da hatte Laura sich schon auf das Rad geschwungen. Heftig trat sie in die Pedale. Auch in Hamburg liebte sie ihr Rennrad, mit dem sie praktisch jeden Teil der Stadt gut erreichen konnte. Damit oder mit der U-Bahn. Wer brauchte schon ein Auto?

Bereits an der ersten kleinen Kreuzung, die sie passierte, sah sie ein Schild, das den Weg zum Krankenhaus wies. Laura wich einem Audi aus, der abbiegen wollte, verlangsamte dabei aber kaum und fuhr in halsbrecherischem Tempo weiter. Sie wollte unbedingt da sein, wenn sich herausstellte, wer der Junge war. Nach ein paar Minuten sah sie tatsächlich schon das Klinikgebäude vor sich. »Inselklinik« prangte ein großes Schild über dem Eingang. Gleichzeitig nahm sie neben sich das Polizeiauto wahr. Sie beschleunigte noch einmal, raste über einen Fußweg und einen Parkplatz, suchte den Polizeiwagen und hielt keuchend direkt daneben.

Thorben stieg zuerst aus, dicht gefolgt von Nele. Sie klammerte sich an den Arm ihres Mannes und machte winzige Schritte. Laura kam der Klinikeingang mit einem Male wie das Maul eines riesigen Ungeheuers vor, das sie zu verschlingen drohte. Plötzlich verfluchte sie die Idee, nach Paul zu suchen. Sie hatte sich zehn Jahre lang eingeredet, dass es ihm gutginge. Hätte so weiterleben können.

Jetzt aber holte sie die Realität mit voller Wucht ein. Was, wenn Tom dort lag? Nach nur gut einer Woche? Das bedeutete doch sicher, dass auch Paul nicht mehr lebte. Vielleicht war er bereits kurz nach seinem Verschwinden ... Mit aller Macht schob Laura den Gedanken beiseite und schaute zu Wiebke, die inzwischen ebenfalls ausgestiegen war. Sie drückte ihre Hand, sie fühlte sich kalt und nass an, genau wie ihre. Aber sie erwiderte den Händedruck und zog Laura ein wenig näher zu sich heran. Laura umklammerte Wiebkes Hand nun so fest, dass ihre Knöchel weiß wurden. Beide Frauen schienen das jedoch nicht zu bemerken; sie blickten angespannt auf den Mann im Eingangsbereich der Klinik, auf den der junge Polizist zusteuerte.

Nele und Thorben kannte er offensichtlich schon. Natürlich, wenn das der Kommissar war, musste er mit ihnen gesprochen haben. »Frau und Herr Petersen«, sagte er und nickte ihnen zu. Dann schaute er mit hochgezogenen Augenbrauen auf die anderen beiden Frauen. »Das ist ... äh, die Mutter, also die Oma«, stammelte der junge Polizist, »und das ist ...« Er stockte.

»Laura Wiegand«, sagte Laura schnell. »Ich bin mit der Familie befreundet. Mein Bruder Paul ...«

Sie konnte nicht ausreden, denn der Mann unterbrach sie. Für sein junges Alter – Laura schätzte ihn auf Anfang oder Mitte dreißig – klang seine Stimme erstaunlich herrisch. Überhaupt strahlte er die Aura eines Generals aus. Sein Bart war kurz und akkurat gestutzt, sein Körper eher klein, aber athletisch. »Sie beide bleiben hier.« Er nickte Thorben und Nele zu. »Wir gehen rein. Es muss nur einer von Ihnen ...«

»Nein!« Plötzlich war Neles Stimme laut und klar. »Wir wollen ihn beide sehen.«

Ihr Körper sprach jedoch eine ganz andere Sprache. Alles an ihr drückte Widerstand aus – ihre Augen, die durch das Krankenhaus huschten, als suchten sie eine Fluchtmöglichkeit; ihre Füße, die sich in den Boden bohrten, als wollten sie nie wieder einen Schritt vorwärts machen; ihre zitternden Hände, die sie mit aller Mühe zu kontrollieren versuchte.

Thorben sprach immer noch nicht. Aber er schob seine Frau nach vorne und sie folgten dem Kommissar. Der junge Polizist schaute etwas unschlüssig, blieb dann jedoch bei Wiebke und Laura stehen.

»Hören Sie«, Wiebkes Stimme klang erstaunlich fest. »Wenn das unser Junge ist, bekommt meine Schwiegertochter einen Nervenzusammenbruch. Wir sollten lieber mitgehen, damit ich bei ihr sein kann, denn mein Sohn wird ihr auch keine Hilfe sein. Er ist völlig neben der Spur.«

Unsicher schaute der Polizist dem Kommissar nach, der eben mit Nele und Thorben durch eine Flügeltür verschwand.

»Sie hat Recht«, unterstützte Laura. »Wir sollten dabei sein, sonst könnte etwas Schlimmes passieren.«

Im selben Moment fluchte sie innerlich über ihre Wortwahl. »Etwas Schlimmes passieren«, wie dämlich klang das denn? Und wie konnten sie helfen, wenn Nele zusammenbrach? Anderseits – war es dann nicht gut, die Mutter bei sich zu haben? Der wirkliche Grund war natürlich, dass Laura es nicht aushielt. Sie wollte hier nicht dumm herumstehen, sie musste unbedingt wissen, ob der Junge dort Tom und was genau mit ihm passiert war. Außerdem wollte sie dem Kommissar auf jeden Fall von Paul und ihren Beobachtungen mit dem dunklen Opel erzählen.

Laura war überrascht, als der junge Polizist langsam nickte. »In Ordnung«, sagte er, »aber nur in den Flur, Sie bekommen den Jungen nicht zu Gesicht.«

»Natürlich.« Wiebke klang erleichtert. Laura wusste nicht, ob es daran lag, dass sie folgen durften, oder daran, dass ihnen der grausame Anblick erspart wurde.

Schnell liefen sie den Gang entlang, in die Richtung, in die die drei verschwunden waren. Der junge Polizist folgte ihnen. Er kannte allem Anschein nach den Weg, denn er dirigierte sie den Flur hinunter durch eine weitere breite Tür, die automatisch aufschwang. Es war kühl hier drinnen, kaltes Licht erhellte den ganzen Bereich. Fröstelnd zog Laura ihre Arme um den Körper. Wiebke sah seltsam blass aus.

Unschlüssig blieben sie stehen, auch der junge Polizist blickte nun ratlos in den langen Gang, von dem mehrere Türen nach rechts und links abgingen. Es herrschte Totenstille. Plötzlich wurde die von einem lauten Knall unterbrochen. Eine Tür flog auf, krachte gegen die Wand. Der Ton hallte seltsam hohl in dem Gang wider. Nele erschien im Rahmen. Sie wurde von Weinkrämpfen geschüttelt. Ihr ganzer Körper bebte.

»Oh mein Gott.« Wiebke war leichenblass, sie stürzte auf ihre Schwiegertochter zu. »Oh mein Gott, oh mein Gott«, murmelte sie vor sich hin, während sie Nele in ihre Arme schloss.

Thorben und der Kommissar erschienen gleichzeitig. Laura konnte den Blick nicht von Thorbens Gesicht wenden. Es sah völlig verändert aus. Der verhärmte Ausdruck war verschwunden, die tiefen Furchen schienen glatter.

In dem Augenblick verstand sie.

Thorben legte Wiebke eine Hand auf die Schulter. Auch sie weinte inzwischen, ihre Tränen mischten sich mit denen von Nele. Beide Blusen der Frauen waren am Kragen völlig durchnässt. »Er ist es nicht«, flüsterte Thorben. Und als Wiebke ihren Kopf hob und ihn ungläubig anstarrte, wiederholte er: »Es ist nicht Tom. Es ist nicht unser Junge.«

Nun hob auch Nele den Kopf. Ihr Gesicht war tränenüberströmt, aber sie lachte. Sie lachte und lachte und hörte nicht auf. Die Wände warfen den Ton zurück, schrecklich klang es, verrückt und grausam. »Er ist es nicht!«, rief sie und noch nie hatte Laura eine solche Erleichterung gehört.

Laura lehnte sich gegen die Wand, suchte Halt. Mit einem Male war es ihr, als würde der Boden schwanken. Sie hatte so sehr gehofft, dass es nicht Tom sein würde. Aber statt aufzuatmen, legte sich eine eiskalte Hand um ihr Herz. Denn wenn der Junge dort nicht Tom war, wer war es dann?

21

»Ich schaffe es!« Seine Lippen bewegten sich, flüsternd sprach er den Satz immer wieder vor sich hin. »Ich schaffe es, ich schaffe es!«

Inzwischen spürte er seine Beine nicht mehr. Erst hatte er vor Schmerz geweint. Die Reiskörner hatten sich schneidend immer weiter in jede einzelne Pore gebohrt. Dann hatten die Beine zu kribbeln begonnen, bis sie schließlich einschliefen. Das war eine Erleichterung gewesen, denn nun waren sie taub und der Schmerz nicht mehr ganz so schrecklich.

Er wusste nicht, wie lange er dort schon kniete. Es kam ihm wie eine Ewigkeit vor, Stunden der Qual. Sein Durst war inzwischen so furchtbar, dass er kaum schlucken konnte, und die schwere, trockene Zunge lag wie eine dicke, geschwollenen Schlange in seinem Mund. Er musste sich konzentrieren, den Satz auszusprechen. Dieser Satz war das Einzige, das er hatte, er klammerte sich an ihn: Ich schaffe es. Dann würde er belohnt und endlich wieder etwas essen und vor allem trinken dürfen. Er musste durchhalten, er musste.

In dem Augenblick öffnete sich die Tür. Der Junge schaute auf, direkt in das Gesicht des Mönches. Er vermeinte, ein winziges Lächeln darauf zu sehen.

»Du hast es geschafft«, sagte er, und die Worte hörten sich wie das Himmlischste an, das er je gehört hatte. »Du darfst jetzt aufstehen.«

Langsam legte er die Arme nach vorne, die Hände gruben sich in den Reis. Er versuchte, seine Beine zu bewegen, aber sofort durchzuckte ihn ein grässlicher Schmerz. Es war, als würden Tausende von wütenden Ameisen durch seine Adern rasen, sein Innerstes aufwühlen. Er stöhnte laut auf, hielt einen Moment inne, probierte ganz vorsichtig, abwechselnd nur wenige Muskeln anzuspannen.

Der Mönch stand unbeweglich vor der Wanne und schaute ihm zu.

Fest presste er die Lippen zusammen. Er würde es dem Mönch schon zeigen, er konnte das. Noch einmal stützte er sich auf seinen Armen ab, hob seine Knie. Ein wenig Reis rieselte herunter, aber die meisten Körner hatten sich wie kleine Dolche in ihn gestochen, hingen fest. Mit einem Ruck schob er sich nach vorne, löste die Hände und richtete sich auf. Für eine Sekunde schwankte er, fing sich dann aber und stand gerade in der Wanne.

»Gut«, sagte der Mönch. Er nickte mit dem Kopf und bedeutete dem Jungen, aus der Wanne zu steigen.

Als er sich bewegte, kam der Schmerz zurück. Wie ein Schwerthieb, der genau auf seine Knie zielte. Ein Stöhnen kam über seine Lippen. Reis, Reiskörner in seiner Haut, überall. Er schluckte und versuchte, nach seiner Hose zu greifen, aber der Mönch schüttelte den Kopf. Nickend deutete er zur Tür. Er wollte aus der Wanne aussteigen, ja, er wollte es wirklich, doch seine Beine gehorchten ihm nicht. Er hatte gar keine mehr, nur noch zwei pochende Säulen aus Schmerz.

Der Mönch griff unter seine Arme, zog ihn aus dem Bad heraus und schloss die Tür rechts daneben auf. Sie führte in einen ebenso kleinen Raum. Dort stand allerdings ein Tisch und, kaum zu fassen, ein Teller mit Essen! Aber noch viel besser: Daneben thronte ein großes Glas Wasser. Allein der Anblick trieb Spucke in seinen Mund. Mühsam versuchte er, sich nur darauf zu konzentrieren, während der Mönch ihn zu einem Stuhl lenkte, der an den Tisch geschoben war. Er setzte sich vorsichtig und sah auf das Desinfektionsspray, eine Pinzette und Feuchttücher, die der Mönch vor ihn auf den Tisch legte. Daneben lag bereits ein Stapel mit sauberen Anziehsachen.

»Du entfernst die Reiskörner. Für die, die sich tief in deine Haut gebohrt haben, kannst du die Pinzette nehmen. Entferne alle, sonst entzünden sie sich. Danach besprühst du dich mit dem Spray, machst dich sauber und ziehst dich ordentlich an. Anschließend darfst du essen.«

Außen an dem gefüllten Wasserglas lief ein kleiner Tropfen herunter. Gebannt beobachtete er ihn. Er bemerkte den Mönch nicht, der plötzlich nah an ihn herangetreten war, beachtete den kurzen Schmerz gar nicht, als der schnell sein Shirt hochschob und ihn mit etwas in den Bauch stach. Das Pochen in seinen Knien war so stark, dass alles andere dagegen verblasste. Bis auf den fürchterlichen Durst.

»Ja, trinken kannst du auch, wenn du fertig bist«, fügte der Mönch hinzu, der seinem Blick gefolgt war.

Mühsam riss er sich von dem Anblick des Wassers los und versuchte, das schreckliche Pochen zu ignorieren, das seinen gesamten Körper beherrschte. Musste die träge Schlange in seinem Mund vertreiben, um den nächsten Satz zu formulieren. »Darf ich danach zu Mama?«

Der Ausdruck im Gesicht des Mönches änderte sich schlagartig. Sein Mund wurde eine zusammengekniffene, gerade Linie. »Was habe ich dir gesagt?«, fuhr er ihn böse an, »du sprichst nur, wenn du dazu aufgefordert wirst!« Er nahm langsam das Wasserglas, kippte es und schüttete die Hälfte auf den Fußboden. Dann griff er nach dem Teller und stand auf. »Das Essen fällt aus«, sagte er.

»Aber ...« Tränen traten in seine Augen.

Der Mönch wirbelte herum. »Du sprichst schon wieder!« Er funkelte den Jungen an. »Schade, gerade dachte ich, du hättest begriffen.« Er schüttelte den Kopf. Dann spie er dem Jungen die Worte in das Gesicht: »DU WIRST MIR GEHORCHEN!« Bevor er zur Tür schritt, sie zuknallte und den Schlüssel im Schloss drehte, schaute er den Jungen für einen Moment kalt aus seinen grauen Augen an. Ein Blick wie der Hai, der einmal im Meereszentrum direkt auf ihn zugeschwommen war. Nur dass er vor ihm hinter einer dicken Glasscheibe in Sicherheit gewesen war. Und Mama seine Hand gehalten hatte. Mama ...

Der Junge blieb bewegungslos sitzen. Wieso, wieso nur hatte er geredet? Aber er wollte zurück, nach Hause, zu Mama. Und zu Papa. Die Tränen liefen seine Wangen hinunter, ein steter, nicht enden wollender Fluss. Vorsichtig hob er den Kopf. Gab es auch in diesem Raum eine Kamera? Suchend wanderten seine Augen umher. Ja, dort oben hing ein Apparat, genau wie in dem anderen Zimmer. Fest bohrten sich seine Schneidezähne in die Unterlippe, bis er den Geschmack von Blut spürte. Erst dann nahm er das Glas und trank einen Schluck. Weil seine Hand dabei so zitterte, schwappte das Wasser unruhig hin und her. Behutsam stellte er das Getränk zur Seite, griff nach der Pinzette und umfasste das erste Reiskorn. Seine Knie und ein Teil der Füße waren übersät von kleinen, tiefen Löchern, die die Körner in ihn gegraben hatten. Das tat weh, so weh. Und es waren so furchtbar viele, die immer noch in ihm steckten. Er würde ewig brauchen, alle zu entfernen. Mit einer schnellen Bewegung wischte er die Tränen aus dem Gesicht. Ihm war schwindelig, der Raum schien zu schwanken, ein Schiff im Sturm.

Deshalb dachte er im ersten Moment, dass seine Ohren ihm einen Streich spielten. Dass er es sich einbildete. Er hob den Kopf ein wenig und hielt den Atem an. Nein, da war es wieder! Ein Klopfen. Sachte. Er schloss die Augen, horchte nur auf das Geräusch. Ein Klopfen, an der Wand, rechts von ihm. Blinzelnd drehte er den Kopf ein wenig in diese Richtung. Ja, es war leise und zart, aber nicht zu überhören. Irgendjemand saß in dem Raum neben ihm und klopfte an die Wand.

22

Kommissar Holstenbach funkelte den jungen Polizisten in Uniform wütend an. »Ich hatte gesagt, die beiden sollen draußen bleiben«, zischte er. Dann wandte er sich an Nele und Thorben. »Wir müssen noch ein paar Dinge besprechen.« Mit fragendem Blick sah er zu einem weiteren Mann, der ebenfalls im Flur erschienen war; seinem weißen Kittel nach zu urteilen ein Arzt.

»Sie können sich in diesen Raum setzen, wenn Sie möchten, hier haben wir ein paar Stühle«, sagte der und deutete auf die Tür direkt gegenüber. Holstenbach nickte und wollte sich schon hineinbegeben, als Laura ihn am Arm griff.

»Ich muss mit Ihnen sprechen«, sagte sie schnell. »Mein Bruder Paul ist vor zehn Jahren verschwunden. Ich glaube, Tom und er wurden entführt und es hängt beides zusammen.«

»Ach, ist das so?« Holstenbach zog erneut die Augenbrauen in die Höhe, offensichtlich eine Geste, die er liebte.

Laura schloss ihre Hand zur Faust, die Nägel gruben sich scharf in die Haut. Unsicher blickte sie zu der Tür, aus der alle herausgekommen waren. »Er wurde nie gefunden«, sagte sie zögernd. »Ich weiß nicht ...« Sie brach ab, nahm ihre Augen aber nicht von der Tür, als wollte sie die Wände durchbohren, eine Antwort auf ihre unausgesprochene Frage erhalten.

Thorben wandte sich ihr zu. »Paul ist vor zehn Jahren verschwunden, wie alt war er da?«

»Sieben.«

Thorben nickte. »Dann müsste er jetzt siebzehn sein. Der Junge dort drinnen ist höchstens zehn. Eher acht oder neun.« Er atmet tief ein. »Außerdem ...« Er brach ab und blickte Nele hilflos an. Doch seine Frau führte den Satz ebenfalls nicht fort.

»Außerdem«, nahm der Kommissar den Faden auf, und seine Stimme klang geschäftsmäßig, »ist die Leiche noch relativ unversehrt, das heißt, der Junge ist noch nicht lange tot.« Endlich schaute er Laura an. »Es ist also unmöglich, dass es Pauls Leiche ist, falls er vor zehn Jahren getötet worden sein sollte. Und wenn er jetzt erst getötet wurde, dann ist er es auch nicht, denn dafür wäre er zu alt. Aber das bereden wir am besten dort.« Er zeigte auf die Tür.

Laura spürte eine Welle der Erleichterung, die ihren ganzen Körper durchflutete. Es war nicht Paul. Und es war nicht Tom. Doch wer zur Hölle konnte es dann sein? Gehörte dieser Junge irgendwie mit dazu? Aber wieso war er tot und warum hatte man ihn gefunden, Paul, Finn und Tom allerdings nicht? Laura hätte am liebsten sofort alle ihre Fragen gestellt. Doch sie hielt sich zurück, setzte sich mit den anderen auf die unbequemen grünen Plastikstühle und schaute erwartungsvoll auf den Kommissar.

»Ich freue mich für Sie, dass es nicht Ihr Kind ist«, sagte er, aber selbst bei diesem Satz klang seine Stimme seltsam emotionslos. »Wir werden nun die Vermisstenlisten aus anderen Inspektionen durchsehen. Auf Fehmarn ist außer Ihrem Sohn in letzter Zeit niemand vermisst gemeldet worden, das weiß ich.«

»Wurde er denn auf Fehmarn gefunden, oder wieso haben Sie geglaubt, dass es sich um Tom handeln könnte?«, fragte Wiebke. Laura bewunderte, wie schnell sie sich wieder gefasst hatte. Sie schien ihr die einzig normale Person in diesem Raum zu sein. Der Kommissar hatte eine Ausstrahlung wie Eis, Nele hatte sich zwar beruhigt, aber seit ihrem erschreckenden Lachanfall kam sie Laura immer noch leicht verrückt vor, und Thorben hatte sich nach den wenigen Sätzen an sie wieder komplett in sich zurückgezogen und wirkte wie in einer anderen Welt.

»Ja, er wurde hier gefunden. Aber um ehrlich zu sein, war das ein ungeheurer Zufall.« Er hielt einen Augenblick inne und überlegte.

Laura redete schnell in die Pause hinein: »Bitte sagen Sie uns, wo. Vielleicht hat es auch irgendetwas mit Paul zu tun.«

Auf Holstenbachs Stirn bildeten sich tiefe Furchen. Er mochte es nicht, in seinen Gedanken unterbrochen zu werden, das war deutlich. »Erzählen Sie mir erst einmal alles über Paul«, sagte er.

Das tat Laura nur zu gerne. Schnell und präzise, und legte auch ihre Vermutungen und Beobachtungen dar, die ihr heute wichtig erschienen. Holstenbach nickte ab und zu. »Ich war damals nicht dabei«, sagte er schließlich. »Vor zehn Jahren habe ich noch studiert.« Er lächelte selbstgefällig. »Ich habe ziemlich schnell Karriere gemacht.« Als darauf niemand reagierte, fuhr er fort: »Wie dem auch sei, natürlich habe ich mir alle Vermisstenfälle auf Fehmarn angesehen. Es gibt nur diese drei: Paul Wiegand, Finn Wendlers und Tom Petersen. Bisher konnte ich noch keine Parallelen ziehen. Aber«, er drehte den Kopf zu Laura, »wenn die Sache mit dem dunklen Opel stimmt ... Ich werde das noch einmal genauer unter die Lupe nehmen.«

Laura nickte ungeduldig. »Also, wo wurde der Junge gefunden?«, insistierte sie.

Holstenbach strich sich über seinen braunen Bart. Laura blickte ihn genervt an. Er kam ihr vor wie eine gestriegelte Puppe. Der sauber gekämmte Scheitel, der getrimmte Bart, sogar die Augenbrauen waren gezupft. Wahrscheinlich verbrachte der mehr Zeit im Bad als im Büro. Kein Wunder, dass die Jungen immer noch verschwunden waren.

Offensichtlich genoss der Kommissar die vielen Augen, die erwartungsvoll auf ihn gerichtet waren und an seinen Lippen hingen. Er räusperte sich theatralisch. »Er wurde im Staberholz gefunden.«

Wiebke bemerkte Lauras fragenden Blick. »Das ist das größte Waldstück auf Fehmarn«, erklärte sie.

»Es war, wie gesagt, purer Zufall. Er war abseits des Weges begraben, sehr tief und sorgfältig. Ein Urlauber, ebenfalls Polizist, war mit seinem Hund, einem ausgebildeten Leichenspürhund, dort spazieren. Der Hund hat angeschlagen.«

»Ja, aber wurde der Wald denn vorher nicht durchsucht?«
Plötzlich war Nele hellwach. »Wir haben in den letzten Tagen
doch nichts anderes gemacht, als nach Tom zu suchen, und
die Polizei auch.« Der Vorwurf in ihrer Stimme war nicht zu
überhören. »Jedenfalls haben Sie das gesagt.«

»Natürlich.« Der Kommissar richtete sich auf. »Aber auch,
wenn Fehmarn eine Insel ist, ist sie immerhin die drittgrößte
in Deutschland und ich habe nur begrenzte Kapazitäten zur
Verfügung. Wir hatten und haben zwar viele Freiwillige, aber
die haben ja keine Hunde dabei. Und mit denen können wir
nicht jeden Quadratzentimeter der Insel absuchen.« Er hob
beide Hände. »Es war einfach Glück, dass der Kollege genau
dort spazieren gegangen ist.«

Laura war mit einem Mal kalt. Ihre Brust fühlte sich an, als
könne sie nicht mehr atmen.

Wiebke kam ihrer Frage zuvor. »Haben Sie dort weiterge-
sucht?« Sie schaute zu Laura hinüber, die bleich nach Luft
rang. »Vielleicht sind die anderen Jungen …« Sie sprach den
Satz nicht zu Ende.

»Natürlich.« Auch dieses Wort schien der Kommissar zu
lieben. »Wir haben weitere Leichenspürhunde angefordert.
Schon seit Stunden durchkämmt eine ganze Staffel von Hun-
deführern mit ihnen das Waldstück. Sollten dort weitere Leichen liegen, werden wir sie finden.«

»Wie ist er denn gestorben?« Laura merkte selbst, wie
dünn ihre Stimme klang.

Mit einer energischen Bewegung stand Holstenbach auf.
»Das kann ich Ihnen leider nicht sagen«, erwiderte er.

»Aber er wurde ermordet, oder?« Lauras Blick bohrte sich
in Holstenbachs wasserblaue Augen.

»Wie gesagt, dazu kann ich nichts sagen.«

Laura nickte. Brauchte er auch nicht. Bei einem natürlichen Tod oder einem Unfall hätte er nicht so einen Aufstand gemacht. Eines wollte sie noch wissen. »Können Sie uns wenigstens sagen, ob Sie an dem kleinen Jungen Anzeichen für einen ...« Sie wagte nicht, es auszusprechen. Und Holstenbach tat ihr nicht den Gefallen, den Satz zu vollenden. »Ich meine ... hat sich jemand an ihm ... vergriffen?«

Holstenbach überlegte, dann rang er sich doch zu einer Antwort durch. »Nein, dafür gibt es überhaupt keine Anhaltspunkte.« Vielleicht hatte er doch ein wenig Verständnis für die Ängste von Angehörigen? Laura dankte ihm mit einem kurzen Nicken, es hatte sie zu viel Überwindung gekostet, es überhaupt zu fragen.

Sie wollten sich gerade alle zur Tür wenden, als der Kommissar Laura zurückhielt. »Sagen Sie, hatte Ihr Bruder eigentlich Diabetes?«

»Nein.«

Nele fuhr herum. »Aber Tom«, rief sie. »Das haben wir ihnen doch gesagt. Warum ist das wichtig?«

Holstenbach strich sich erneut über seinen Bart. »Hm«, brummte er.

Der Arzt, der in der offenen Tür erschienen war, hatte Neles Frage mitbekommen. »Es ist schon ein merkwürdiger Zufall«, sagte er. »Aber der Junge, der gefunden wurde – der hatte ebenfalls Diabetes.«

»Und ist er daran gestorben?«, fragte Laura atemlos. Sie erinnerte sich an Wiebkes Worte. »An einer Überzuckerung?«

Der Arzt wollte gerade zu einer Antwort ansetzen, als Holstenbach ihn mit scharfer Stimme anfuhr: »Das reicht.

Wir befinden uns hier in laufenden Ermittlungen. Keine Auskünfte! Die Leiche wird nun abtransportiert, halten Sie sich dafür zur Verfügung und über alles andere Stillschweigen.«

Pikiert schaute der Arzt auf den Kommissar. Offenbar war er es nicht gewohnt, dass man so mit ihm redete.

Holstenbach rauschte an ihm vorbei aus dem Raum, eilte auf die große Tür zu, die den Bereich abtrennte und blieb genervt stehen, als diese nicht automatisch aufschwang.

Laura trat ebenfalls hinaus in den Flur, stand in seinem gleißenden Licht. Plötzlich hatte sie das Gefühl, keine Luft mehr zu bekommen. Ich muss hier raus, dachte sie und folgte schnell dem Kommissar. Er drehte sich unwirsch um, dabei streifte sie sein Blick und Laura erschauerte. Nicht nur seine Aura strahlte Eiszeit aus. Auch seine Augen, stellte sie erneut fest, zeigten keinerlei Regung oder Empathie. Er wirkte wie ein Alien, der unfähig war, zu fühlen.

23

Nele schüttelte den Kopf. Sie saßen um einen schmucken Holztisch bei ihr im Garten, jeder ein großes Glas mit eiskaltem Wasser und Eiswürfeln vor sich.

»Nein«, sagte sie, »ich konnte nicht erkennen, woran der Junge gestorben ist.« Sie rang nach Worten. »Er sah ganz friedlich aus«, fuhr sie schließlich fort. »Man hat ... man hat auch überhaupt nicht gesehen, dass er schon einmal vergraben war. Eigentlich sah er aus, als würde er schlafen.«

»Ja, als würde er schlafen«, echote Thorben. Laura erschrak fast, als sie seine Stimme hörte, so wenig hatte er bisher gesprochen.

»Dann kann er also noch nicht lange unter der Erde gelegen haben«, schlussfolgerte Laura.

Wiebke seufzte. »Wahrscheinlich nicht. Aber meine Freundin Silke ist Bestatterin und deshalb weiß ich, die vollbringen wahre Wunder. Die können aus jedem Toten einen Engel machen, sagt sie. Wer weiß, was mit dem Jungen angestellt worden ist, bevor ihr ihn zu sehen bekommen habt.«

Nele hob den Kopf, ihr Blick wanderte über den Himmel. »Ich bin mir sicher, dass Tom noch lebt«, flüsterte sie. »Ich spüre das. Ich bin doch seine Mutter. Wenn er tot wäre, dann würde ich das merken.«

Wiebke streckte ihren Arm über den Tisch und griff nach Neles Hand. »Sicher«, sagte sie, »er lebt ganz bestimmt noch. Und wenn die Polizei jetzt die Spur mit dem Opel verfolgt, dann kommen sie gewiss ein ganzes Stück weiter.«

Laura verschränkte ihre Finger ineinander und widerstand dem Drang, unruhig auf den Tisch zu klopfen. Ihre Einwände zum Auffinden des Wagens behielt sie lieber für sich. Sie wollte den Funken Hoffnung, der sich in Neles Augen gestohlen hatte, nicht gleich wieder zerstören. Mit einem Ruck stand sie auf. »Gut«, sagte sie, »ich gehe dann jetzt mal.« Sie lächelte Nele an. »Vielen Dank, dass ich hier sein durfte. Das hat mir wirklich viel bedeutet.«

Wiebke erhob sich ebenfalls. »Ich werde mich auch auf den Weg machen. Ich denke, ihr sehnt euch nach etwas Ruhe.«

Sie legte ihre Hand kurz auf Thorbens Schulter. »Aber bitte meldet euch, wenn ihr irgendetwas braucht oder wenn es etwas Neues gibt, ja?«

Thorben reagierte nicht, aber Nele nickte.

Wiebke und Laura verließen schweigend das Haus. Doch in der Einfahrt blieb Wiebke stehen. »Hör zu«, sagte sie. »Du kannst gerne bei mir wohnen. Ich habe Ferien, meine Spanienreise abgesagt und kann sowieso an nichts anderes mehr denken. Vier Augen sehen mehr als zwei. Dieser Kommissar ...« Sie vollendete den Satz nicht, aber Laura nickte.

»Ich weiß genau, was du meinst. Wenn er in den Raum kommt, sinkt die Temperatur gleich um zehn Grad. Und er hat nur seine Karriere im Blick.« Dann lächelte sie breit. »Es wäre echt cool, bei dir zu wohnen«, sagte sie. Nicht nur, dass sie eine Menge Geld sparen würde und länger bleiben könnte. Nein, Wiebke war in Ordnung, das hatte sie an diesem einzigen Tag schon gemerkt.

Was aber am meisten zählte: Sie beide waren mit Herzblut bei der Sache. Sicher hatten sie keine Ausbildung wie der Kommissar, der auf sein Team und polizeiliche Untersuchungsmethoden zurückgreifen konnte. Aber sie hatten ihm doch eine ganz wichtige Sache voraus: Sie wollten, dass die beiden Jungen gefunden wurden, um jeden Preis. Sie würden alles dafür geben, alles opfern.

Lächelnd blickte Wiebke Laura an. »Dann ist es also abgemacht«, freute sie sich. »Wir gehen zur Pension, du packst und wir bringen deine Sachen zu mir.«

»Super.« Laura musste grinsen. »Ich bin gespannt, was Frau Strothmann sagt, dass ich gleich wieder ausziehe. Bestimmt muss ich die erste Nacht trotzdem zahlen.«

»Ach, bei den Strothmanns wohnst du. Die kenn ich gut. Lass man, ich werde mit Gisela reden.«

»Hm. Sie kennt dich also doch. Mir hat sie weisgemacht, das sei nicht der Fall.«

Stirnrunzelnd sah Wiebke sie an. »Ehrlich? Es ist wirklich rührend, wie alle mich schützen wollen. Seit Tom verschwunden ist, werden Nele und Thorben ständig von der Presse tyrannisiert. Und weil sie da nichts erreichen, probieren sie es auch bei mir.«

»Ja, hier auf Fehmarn halten eben alle zusammen«, antwortete Laura.

»Oh ja, das kannst du laut sagen. Wie Pech und Schwefel. Hier ist jeder für jeden da, wenn es mal brennt. Ist manchmal anstrengend, aber alles in allem doch eine tolle Sache.« Wiebke zuckte mit den Achseln. »Ich wohne schon mein ganzes Leben hier und kann mir keinen besseren Ort vorstellen.«

»Das kann ich gut verstehen.« Laura kratzte sich am Kopf. Es war toll, wenn die Leute so zusammenhielten. Und sich gegenseitig schützten. Niemanden in die Pfanne hauten. Aufpassten, bevor sie einen von ihnen verdächtigten.

»Der Täter muss von hier sein«, murmelte sie. »Von der Insel. Und er fühlt sich so sicher, dass er Jungen entführt und sie sogar auf der Insel vergräbt. Weil er sich hier auskennt und nichts befürchtet. Er kennt die Insel wie seine Westentasche und die Leute vermutlich auch.«

Wiebke zog die Stirn in tiefe Furchen und kaute gedankenverloren an ihrer Unterlippe. »Das macht Sinn«, sagte sie schließlich.

»Wie viele Leute wohnen eigentlich auf Fehmarn?«, wollte Laura wissen.

»Gut zwölftausend. Ohne Touristen. Mit denen sind es allerdings unendlich viel mehr. Und wir haben ja auch viele, die jedes Jahr wiederkommen. Oder sogar mehrmals in einem Jahr.«

Nachdenklich strich sich Laura über das Kinn. Plötzlich kam ihr die ganze Sache mit dem Opel doch nicht so abwegig vor. »Wir müssen herausfinden«, sagte sie, »wer hier seit mehr als zehn Jahren dauerhaft wohnt und in der ganzen Zeit einen schwarzen Opel fuhr und noch fährt.«

»Das macht Holstenbach doch«, antwortete Wiebke.

Laura schnaubte abfällig. »Ich habe wirklich nicht das Gefühl, dass er sich mit Feuereifer an den Fall begibt. Der wirkt auf mich einfach nicht engagiert. Er scheint auch gar nicht betroffen von dem Schicksal der Jungen. Und deshalb möchte ich selbst auch ein wenig recherchieren. Mit dir zusammen. Ich bin mir sicher, der Opelbesitzer führt uns zur Lösung.« Unruhig wippte sie mit dem Fuß und fügte hinzu: »Und dann sollten wir sortieren. Wer von denen kennt sich besonders gut auf Fehmarn aus? Wer kennt die Insel in- und auswendig? So was wie Fremdenführer, zum Beispiel.«

»Hm.« Wiebke fing an, im Kreis zu laufen. »Ich wohne schon immer hier und glaube, ich kenne die Insel auch perfekt. Ich denke, jeder, der hier geboren ist, tut das. So groß ist sie ja nun auch wieder nicht.« Sie blieb plötzlich stehen. »Ja, du hast sicher Recht. Der Täter wohnt hier, kennt sich bestens aus und fühlt sich sicher. Das heißt, er ist angesehen bei den Leuten. Er ist integriert, hat ein gutes Umfeld.«

Laura presste die Finger gegen die Stirn. Wiebkes Argumente klangen überzeugend, bauten auf ihren eigenen auf. Aber Laura musste sich eingestehen, dass sie, je weiter ihre gemeinsamen Überlegungen voranschritten, desto mehr davon überzeugt war, dass sie ihre alten Hoffnungen begraben musste: Paul war nicht von jemandem »Netten« entführt worden und auch von keiner Frau, die ein Kind wollte, das sie liebte und pflegte. Es musste jemand auf Fehmarn leben, der sie stahl, aus irgendeinem Grund, und sie versteckte, irgendwo, wo sie keiner sah.

Ihre Hände wanderten zu ihrem Mund, pressten sich davor. Sie wollte nicht laut aussprechen, was sich trotz der beschönigenden Sicht, dass Paul irgendwo behütet lebte, immer wieder in ihre Gedanken geschlichen hatte, schon lange. Seit sie verstanden hatte, dass es auch Verbrecher auf dieser Welt gab. Üble Verbrecher. Wie dieser Mann auf dem Campingplatz in Westfalen ... Oder diese Männer in einer Gartenlaube im Münsterland und anderswo, ein ganzes Netzwerk widerwärtiger Krimineller, bei dem sogar eine Frau mitgewirkt hatte. In der Hinsicht hatte Holstenbach sie zunächst beruhigen können – sofern der kleine Junge von derselben Person wie Paul, Finn und Tom entführt worden war. Sollte sie darüber wirklich weiter nachdenken, gar darüber reden? Denn wenn sie es aussprach, dann gab es kein Zurück mehr zu den eher harmlosen Erklärungen für Pauls Verschwinden. Dann konnte sie sich nicht mehr auf ihrer kleinen Wattewolke einigeln und so tun, als sei alles gut. Wollte sie das? Wollte sie das wirklich?

Laura biss sich auf einen Finger. Scharf rann der Schmerz durch ihren Körper. Sie sollte umkehren, so lange es noch ging. Lauf, Laura. Lauf nach Hause. Leb dein Leben weiter. Willst du wirklich wissen, was mit Paul passiert ist? Kannst du weiterleben mit dem, was du erfährst?

Sie atmete tief ein. Biss noch einmal zu, so lange, bis sie Blut schmeckte. Dann sprach sie es endlich aus. »Was«, flüsterte sie, »wenn es ein Pädophiler ist? Der sich an ihnen vergeht, sie dann irgendwann tötet und neue Opfer sucht?«

Wiebke sah mit einem Male sehr alt aus. Ihr Gesicht fiel in sich zusammen, sie schaute Laura nicht an. »Nein«, wisperte sie. »Nein, das darf einfach nicht sein. Und du hast gehört, was Holstenbach gesagt hat.«

Laura hatte noch immer den Geschmack von Blut im Mund, aber sie ließ ihren Finger nicht los, umfasste ihn erneut mit ihren scharfen Zähnen. Irgendetwas musste sie von dem Druck auf ihrer Brust ablenken, von der Klaue, die ihre Lunge zusammendrückte.

»Aber«, antwortete sie heiser, »vielleicht ist den Tätern bei ihm etwas dazwischengekommen, bevor sie zu ihrer widerwärtigen Tat schreiten konnten? Und was für einen Grund gibt es sonst, immer wieder kleine Jungen zu entführen?«

Wiebke richtete ihren zusammengesackten Körper wieder auf. Sie machte einen Schritt auf Laura zu und nahm ihr behutsam die Hand aus dem Mund. Schaute auf den Finger, in dem eine tiefe Wunde klaffte, auf das Blut, das auf den Gehweg tropfte.

Sie zog ein Taschentuch aus ihrer Hosentasche und wickelte es vorsichtig um den Finger.

»Wir werden es herausfinden«, sagte sie, schloss die Augen und ballte ihre Hand zur Faust. »Wir werden helfen, diesen Scheißkerl zu finden, und dann Gnade ihm Gott.«

24

Sein Herz klopfte ganz wild. Nein, er bildete es sich nicht ein. Jemand war hier, in dem Raum direkt neben ihm! Wahrscheinlich eingesperrt, so wie er!

Vorsichtig hob er den Kopf und schielte zu der Kamera. Sie zeigte genau auf den Tisch. Wenn er schnell zu der rechten Wand des Raumes lief, von der das Klopfen immer noch ertönte, würde die Kamera das merken? Konnte sie sich bewegen oder war sie dort oben festgeschraubt?

Einen Augenblick überlegte er. Er würde es ausprobieren! So schnell wie möglich stand er auf und ignorierte den stechenden Schmerz, wollte sprinten, doch torkelte mehr, hinüber zu der Wand, an der es klopfte, und hockte sich keuchend in die Ecke. Er wendete seinen Blick erneut zur Kamera. Sie hatte sich nicht bewegt! Gut. Hier würde ihn der Mönch zumindest nicht sehen. Darüber, was er mit ihm machen würde, wenn er ihn nicht an seinem Platz sah, wollte er nicht nachdenken.

Langsam hob er seine Hand, krümmte den Finger und legte ihn an die Wand. Dann klopfte auch er. Einmal. Und noch einmal. Lauschte. Hielt sein Ohr an den abgebröckelten Putz.

Es war still. Das Klopfen hatte aufgehört. Oh nein!

Mühsam hielt er den Atem an. Und hätte vor Schreck fast einen Satz in den Raum hinein gemacht, als das Klopfen plötzlich erneut ertönte. Diesmal direkt an seinem Ohr.

Er keuchte auf, klopfte abermals. Da! Es klopfte zurück. Jemand antwortete ihm!

Seine Hände wurden ganz nass. Fieberhaft dachte er nach. Seine Mutter hatte ihm ein Buch vorgelesen. Darin hatte ein Seemann SOS gefunkt. Wie war das gleich noch mal? Drei Mal lang, drei Mal kurz? Seine Stirn legte sich in tiefe Furchen. Nein, genau andersherum. Drei Mal kurz, drei Mal lang, drei Mal kurz. Genau! Er klopfte. Leise. Hoffentlich nahm die Kamera leise Töne nicht auf. SOS. In einem Keller. An die Wand.

Dann wartete er. Atmete, versuchte, nicht nur sein Herz zu hören, das so laut schlug, als wolle es den ganzen Raum einnehmen.

Und die Antwort kam. Drei Mal kurz, drei Mal lang, drei Mal kurz.

Er lehnte den Kopf gegen die Mauer. Die bröckelnden Steine drückten sich spitz in seine Haut. Er hatte einen Freund gefunden. Einen Verbündeten. Das Schreckliche war nur – er war genauso in Not wie er selbst.

25

Laura ließ sich auf das weiche Bett fallen. Sie war todmüde. Ein einziger Tag auf Fehmarn, und es kam ihr vor, als sei sie bereits Wochen hier. Was hatte sie heute alles herausgefunden, gehört und gesehen.

Sie blickte sich in dem gemütlichen Zimmer um. Seit Wiebkes Mann schon vor über fünfzehn Jahren gestorben war, hatte sie nach und nach das Haus zu ihrem eigenen kleinen Paradies ausgebaut. Das ehemalige Arbeitszimmer war zu einem wunderschönen Ort für Gäste geworden. Ein breites Doppelbett, ein schmucker weißer Schrank vor einer Tapete, auf der bunte Vögel saßen, und eine große, grüne Zimmerpalme erweckten beinahe südländisches Flair.

Nur dass Laura nicht im Urlaub war. Erschöpft legte sie sich auf den Rücken, sank schwer in die Decke. Frau Strothmann hatte sie überraschend ziehen lassen, ohne einen Cent zu nehmen. Danach war Wiebke in ein Schweigen verfallen, das auch Laura auf dem ganzen Weg zu Wiebkes Haus nicht gebrochen hatte.

Allein in ihrem Zimmer ließen ihre Gedanken Laura keine Ruhe. Was hatte der tote Junge mit Tom und Paul zu tun? Gab es einen Zusammenhang, den sie übersahen? Obwohl die Müdigkeit hinter ihren Augen pochte, setzte sie sich wieder auf. Sie bekam die Bilder nicht aus ihrem Kopf. Der lange Flur im Krankenhaus, Neles hysterischer Blick, der Kommissar, der über seinen glatten Bart strich. Und dazwischen immer wieder Paul. Mit seinen verwuschelten, braunen Haaren und dem verschmitzten Lächeln.

»Du musst schlafen«, murmelte sie und drückte ihr Gesicht erneut in das weiche Kissen. Im Haus war es vollkommen still. Auch Wiebke hatte sich hingelegt. Bevor sie ging, hatte sie Laura über die Wange gestrichen, dann hatte sie sich neben ihr auf das Bett gesetzt und geschwiegen. Aber sie war da und das hatte sich gut angefühlt.

Nun fehlte sie und Laura kam sich plötzlich sehr allein vor. Mit einem Satz sprang sie aus dem Bett. Sie würde jetzt nicht schlafen können. Sie brauchte ein wenig Zeit, um alles zu sortieren. Und das ging am besten, wenn man lief.

Leise zog sie ihre Jeans an, schlich in die Küche hinunter und nahm den Haustürschlüssel vom Tisch. Draußen war es inzwischen dunkel geworden. Sachte öffnete Laura die Tür, blickte in den sternenklaren Himmel und sog die Nachtluft in sich ein.

Sie überlegte nicht. Ihre Füße trugen sie von allein. Richtung Strand. Ja, sie wollte ans Meer. An den Strand, an dem sie alle so glücklich gewesen waren. Es war wunderschön, durch die Nacht zu gehen. Die Luft roch nach Salz, das warme Pflaster konnte sie sogar durch die dünnen Turnschuhe spüren und die Stille legte sich beruhigend auf ihre aufgewühlten Gedanken.

Laura wollte an den Südstrand, auch wenn ein Blick auf ihr Smartphone ihr mitteilte, dass der gut drei Kilometer entfernt war. Egal. Die Nacht war warm und mit jedem Schritt fühlte sie sich ein kleines bisschen leichter, ging ein wenig gerader. Als sie schließlich die drei großen Türme vor sich sah, das Wahrzeichen des Strandes, an das sie sich noch gut erinnern konnte, kam es ihr so vor, als sei sie gerade erst ein paar Minuten unterwegs gewesen. Sie verlangsamte ihr Tempo und ließ ihren Blick auf dem Gebäude ruhen. Hier ungefähr mussten sie auch gestanden haben. Laura erinnerte sich gut an ihre Mutter, die sagte, wie hässlich diese Betonklötze seien. Aber ihr Vater hatte lachend geantwortet, ohne sie sei Fehmarn nicht Fehmarn. Sie schloss die Augen, hörte seine warme Stimme: »Das Konzept dieser Hochhäuser ist, dass man aus jeder Wohnung das Meer sehen kann. Das ist doch ein schöner Gedanke, nicht?«

Laura biss sich auf die Lippen. Mit einem Mal schoss das Bild in ihren Kopf: Ihr Vater, der seinen Arm um ihre Schultern gelegt hatte. Er musste sich dafür etwas herunterbeugen und stand schief. Mit der linken Hand deutete er auf die Wellen. »Weißt du, was Glück bedeutet?«, hatte er gefragt. Sie hatte den Kopf geschüttelt. »Es bedeutet, dass du keine deiner Entscheidungen jemals bereust.« Er hatte einen Moment geschwiegen, und als sie ihn fragend ansah, hinzugefügt: »Es bringt nichts, zu hadern. Hinterher ist man immer schlauer. Immer. Aber jede Entscheidung, die man trifft, ist in dem Augenblick die bestmögliche. Deshalb schaue stets nach vorne, nie zurück.« Wenn das bloß so einfach wäre! Laura spürte dem Druck des Armes auf ihren Schultern nach, wollte die Geborgenheit festhalten.

Doch jäh wurde sie zurück in die Wirklichkeit geholt. »Hey.« Sie zuckte zusammen. Aus dem Nichts war eine Gestalt neben ihr aufgetaucht und hielt ihr eine Bierdose entgegen. Verwirrt starrte sie den Typen an. »Hey«, wiederholte der, »du siehst komisch aus, als würdest du im Stehen schlafen. Willste ein Bier?«

Laura zögerte. Weit und breit war niemand zu sehen. Schnell musterte sie den Mann. Etwas älter als sie, vielleicht Mitte oder sogar Ende zwanzig, lange braune Haare, schwarzer Kapuzenpulli. Ein breites, sympathisches Lächeln. Er schien Lauras Blick zu bemerken. »Wir sind alle am Strand«, sagte er, »Freunde von mir.« Er grinste nun über das ganze Gesicht. »Auch viele Mädels. Keine Angst, ich will dich nicht aufreißen.«

Laura zögerte immer noch, aber der Typ drückte ihr das Bier in die Hand. »Ich bin Peer«, sagte er. »Und du?«

»Laura.«

»Okay, Laura, komm!« Er nickte mit dem Kopf Richtung Strand und ging los. Laura zuckte mit den Achseln, dann folgte sie ihm. Als sie sich der Promenade näherten, hielt Peer seine Bierdose in die Luft. »Hörst du sie?«, fragte er.

Laura lauschte. Leise vernahm sie das Brechen der Wellen und darüber Gesang. Gitarre. Viele Stimmen. Peer lachte. Er zog seine Schuhe aus, sprang mit nackten Füßen in den Sand, drehte sich im Kreis.

»Nun komm schon, Laura, Hüterin der Sterne«, rief er und als Laura die Stirn krauszog: »Ich habe eine kleine Schwester, die liebt *Lauras Stern*. Du weißt schon, diese Kindersendung.«

Kindersendung, aha. Laura lag eine Erwiderung auf der Zunge, schluckte sie jedoch hinunter und folgte Peer. Sie liefen an den unzähligen Strandkörben vorbei, deren naturfarbenes Holz im Mondlicht schimmerte. Nicht bunt angemalt, nicht gestreift – typisch Ostsee, halt. Laura lächelte. Peer steuerte auf eine Gruppe zu, die im Kreis nah am Wasser saß. Ein junger Mann spielte Gitarre, alle sangen. Mehrere Kerzen in Gläsern waren in das Innere des Kreises gestellt. Sie warfen lange Schatten, die über die Gesichter huschten.

Peer ließ sich in einer Lücke nieder, klopfte neben sich auf den Boden und sagte dann, als das Lied beendet war: »Leute, das hier ist Laura.«

»Hi!« Sie hob kurz die Hand und musterte die Gruppe mit einem schnellen Blick.

»Auch hi.« Das Mädchen neben ihr lächelte sie an, der Mann mit der Gitarre nickte ihr zu. Er war ebenfalls etwas älter als die anderen, Laura schätze ihn sicher auf Ende zwanzig. Selbst im Sitzen konnte man sehen, wie groß er war. Groß und sehr dünn. Sein Gesicht war ebenso schmal, seine Augen blickten wachsam und, wie Laura fand, auch ein wenig traurig. Er strich sich über seine dunklen langen Haare. Dann schlug er einen Akkord an und begann erneut zu singen. Sofort stimmte die Gruppe ein. Laura kam das Lied bekannt vor, aber erst beim Refrain erkannte sie es: »Blowin' in the wind«. Bob Dylan, den hatte ihr Vater auch geliebt.

Laura wünschte plötzlich, sie hätte etwas zu trinken. Das Stechen in ihrem Hals musste verschwinden. Verdammt, seit sie auf Fehmarn war, bröckelte ihre mühsam errichtete Kellermauer immer mehr. Dabei wollte sie das, was dahinter gefangen war, nicht freilassen. Auf keinen Fall. Schnell schaute sie nach oben in den schwarzen Himmel, der von hellen Punkten durchzogen wurde. »Hüterin der Sterne« hatte Peer gesagt. Eigentlich ganz schön.

Das Mädchen neben ihr stieß sie in die Rippen. »Willste?«, fragte sie und hielt ihr eine große Zigarette unter die Nase. Oder ... Laura runzelte die Stirn. Das roch anders und sah auch anders aus. Das war doch nicht etwa ...? Schnell schüttelte sie den Kopf. Das Mädchen grinste und reichte den Joint an Peer weiter. Der nahm einen tiefen Zug.

Laura stieß Peer an. »Kann ich ein Bier haben?«, fragte sie.

»Klar.« Peer streckte sich und griff in die Mitte zu einem Stapel Bierdosen. Er zuckte entschuldigend mit der Schulter. »Eigentlich nehmen wir keine Dosen«, sagte er. »Du weißt schon, Mist für die Umwelt. Aber heute gab es wohl nix anderes. Lass sie auf keinen Fall hier rumliegen.«

»Ja, natürlich.« Laura riss die Lasche ab, es zischte. Sie nahm einen tiefen Schluck und verzog kurz den Mund. Oh Mann, das Bier war viel zu warm. Aber egal. Sie leerte die halbe Dose in einem Zug. Dann ließ sie ihren Blick erneut über die Runde schweifen. Bis auf einen hatten alle Männer ziemlich lange Haare, manche sogar einen Pferdeschwanz. Viele der Mädchen trugen weite, bunte Kleider. Irgendwie kam Laura sich vor wie in die sechziger Jahre des letzten Jahrhunderts zurückversetzt. In die Zeit, als die drei Türme hier gebaut worden waren. In ihrer Schule in Hamburg war es eher hipp gewesen, sich dem allgemeinen Kleidertrend anzupassen: knallenge Siebenachtelhosen, unten umgekrempelt, Turnschuhe, T-Shirt, in die Hose gesteckt. So ähnlich war sie auch angezogen, nur dass sie das T-Shirt nie in die Hose steckte, sie mochte es lieber locker darüber.

Peer hatte den Joint weitergereicht und lehnte sich zu Laura hinüber. »Noch nie gekifft?«, fragte er.

Laura schüttelte den Kopf.

»Solltest du mal probieren, vertreibt düstere Gedanken.« Er blickte Laura aufmerksam an. »Nimm es mir nicht übel, aber du siehst so als, als könntest du ein wenig Aufhellung gebrauchen.«

Scheiße. Ungewollt verzog Laura den Mund. Sah man ihr das so an? Sie zuckte mit den Schultern. »Wer braucht das nicht?«, fragte sie. Mit ihrem Blick folgte sie dem Joint, der inzwischen bei dem Gitarrenspieler angekommen war. Der klopfte mit der rechten Hand ein paar Rhythmen auf das Instrument, während er mit der linken rauchte. Sie wendete sich erneut Peer zu. »Was ich vor allem brauche, ist ein klarer Kopf«, sagte sie schließlich.

Grinsend deutete Peer auf ihr Bier. »Dann solltest du das auch nicht trinken.«

»Stimmt.« Laura drehte die Dose in ihren Händen. Dann grinste sie ebenfalls. »Es ist sowieso viel zu warm.«

»Jau. Aber Bier ist Bier. Und Gras ist Gras.« Plötzlich wurde er ernst. »Wofür brauchst du denn einen klaren Kopf?«, fragte er.

»Ach, nur so«, antwortete Laura ausweichend.

»Hm.« Peer kratze sich am Kinn. »Du willst nicht darüber reden, oder?«

Laura wandte den Kopf ab. Einen Moment schien Peer auf ihre Antwort zu warten. Als die nicht kam, nickte er langsam. Er griff kurz nach Lauras Hand, die sich immer tiefer in den Sand gegraben hatte. »Egal, was es ist, du wirst das schon schaffen«, sagte er. »Laura, Hüterin der Sterne.«

Er ließ sich nach hinten fallen und zeigte auf den Himmel. Einen Moment überlegte Laura, dann ließ sie sich ebenfalls in den Sand sinken. Warm spürte sie ihn unter ihrem Körper. Sie blickte nach oben, auf das Meer von kleinen, glitzernden Tupfern. Um sie herum hatte die Gruppe ein neues Lied angestimmt. Laura kannte es nicht, aber die Melodie legte sich über das Rauschen der Wellen, verschmolz mit ihr, klang in ihr nach.

»Ja, ich werde es schaffen«, flüsterte sie und schloss die Augen. Die kleinen, hellen Lichtpunkte sah sie trotzdem noch. Sie waren da, in der Dunkelheit, die sie umhüllte.

26

Sobald er den Schlüssel im Schloss hörte, sprang er seine Schmerzen vergessend auf, hechtete zu dem Tisch und ließ sich auf den Metallstuhl fallen. Mit kleinen, zusammengezogenen Augen beobachtete er den Mönch, der mit einem Blatt Papier in den Raum trat.

»Hast du den Reis entfernt und dich umgezogen?«, fragte er.

Der Junge nickte und versuchte, nicht auf die pochenden Stellen zu achten, die zahlreichen Wunden an seinen Beinen. Die Knie waren dicker geworden, geschwollen, das konnte er sogar durch die Hose sehen. »Du bist nicht allein«, dachte er und wiederholte den Satz immer wieder in seinem Kopf.

Der Mönch trat auf ihn zu, legte das Blatt vorsichtig wie einen kostbaren Gegenstand vor ihn auf den Tisch und befahl: »Lies!«

»Die zehn ...die zehn Gebote der Gehorsamkeit«, begann er und spürte den Schlag nicht kommen, der ihn hart am Hinterkopf traf. »Lies ordentlich! Nicht stottern! Und setz dich gerade hin!« Die Stimme des Mönches hallte von den kahlen Wänden wider.

Mühsam richtete der Junge sich auf, zuckte bei dem Schmerz zusammen, der dabei durch seinen Körper schoss, fing sich und versuchte, seiner Stimme einen festen Klang zu geben.

»Die zehn Gebote der Gehorsamkeit«, setzte er erneut an. »Erstens: Es gibt nur einen Meister und niemanden, der über ihm steht.« Vorsichtig schielte er nach oben und sah den Mönch nicken. »Zweitens«, fuhr er fort, »der Meister weiß alles, er ist unantastbar.«

»Richtig!« Der Mönch zeigte mit dem Finger auf das dritte Gebot. »Weiter!«

»Drittens: Wenn der Meister spricht, haben alle zu schweigen. Viertens: Gesprochen wird nur auf ex ... auf explizite Aufforderung.«

Diesmal erwartete er den Schlag und wappnete sich. Es tat trotzdem furchtbar weh. Woher sollte er so ein schwieriges Wort auch kennen? Er hatte es noch nie gehört und wusste nicht, was es bedeutete. Zum Glück hatte Mama ihm allerdings so oft vorgelesen, dass die Wörter oft wie von selbst über seine Lippen kamen. Lesen war bisher immer eine Freude für ihn gewesen, die Buchstaben von Anfang an ein System, das er durchschaute. Er las gut. Eigentlich. Ein erneuter Schlag ließ ihn zusammenzucken.

»Du sollst nicht schlafen. Weiter!«

»Fünftens«, beeilte er sich, »Du sollst den Meister ehren. Sechstens: Du darfst den Meister nie belügen. Siebtens: Du gehorchst dem Meister, bei allem, was er sagt. Achtens: Du führst alle Befehle schnell und widerspruchslos aus.«

Er hielt inne, stockte. »Widerspruchslos«, das hatte er langsamer gelesen als die anderen Wörter, dafür aber ohne einen Fehler. Er erwartet den Schlag, doch als der ausblieb, las er eilig weiter: »Neuntens: Die Einhaltung der Gebote hat oberste Priorität.« Oh nein. Schon wieder so ein komisches Wort. Aber wenn er langsam las, schaffte er es ohne Fehler. »Zehntens: Jeder Verstoß zieht eine umfangreiche Strafe nach sich.«

Er blickte nicht auf, sondern bohrte seinen Blick in den Tisch.

»So«, sagte der Mönch. »Die Gebote lernst du auswendig. Ich will, dass du sie heute Abend fehlerfrei aufsagen kannst.« Seine Stimme wurde dunkel. »Fehlerfrei, hörst du?«

Schnell nickte er.

»Gut.« Der Mönch sprach bedächtig. »Es wird so ablaufen. Siehst du da oben die Kamera?« Er zeigte auf den Apparat, den er selbst schon entdeckt hatte. »Daneben hängt eine Lautsprecherbox.« Der Mönch deutete auf einen kleinen schwarzen Kasten. »Wenn der Gong ertönt, stellst du dich vor den Tisch. Gerade, mit gefalteten Händen. Du sagst alle zehn Gebote auf. Klappt das, bekommst du etwas zu essen.«

Der Junge schluckte. Regungslos blieb er sitzen, während der Mönch die Pinzette und die Feuchttücher griff. In der Tür drehte er sich noch einmal um. »Ach ja«, sagte er. »Ich muss wohl nicht erwähnen, dass du dich nicht vom Fleck rühren wirst.«

Der Junge starrte auf die Tür, die sich schloss. Er bewegte den Kopf nicht, aber seine Augen wanderten nach rechts zu der Wand. »Bist du noch da?«, fragte er stumm.

Doch kein Klopfen ertönte. »Du musst das hier sicherlich auch lernen«, dachte er. Seine Augen huschten über die Zeilen. Er hatte Durst. Solchen Durst. Er würde diese blöden Gebote lesen, bis er sie hinausschreien konnte. Und er würde keine Fehler mehr machen. Dabei sollte der Mönch doch selbst erst einmal ordentlich sprechen lernen. Er sprach manche Wörter so komisch aus, betonte sie falsch. Ungerecht war er, ungerecht, ihn zu schlagen. Er hob seinen Kopf nicht, doch seine Hände schlossen sich zu Fäusten. In der Schule hatten sie einmal ein kurzes Gedicht auswendig lernen müssen. Es handelte von einem Vogel, der durch den Himmel flog. Als er es aufgesagt hatte, hatte er gespürt, wie es dem Vogel ging, als er mit weit ausgebreiteten Schwingen durch das Blau schoss.

Hier würde es anders sein. Er würde diese blöden Wörter lernen. Er würde ihnen gehorchen, wenn es das war, was er tun musste. Aber er würde dabei nichts spüren. Er wusste, dass sie nicht richtig waren, und würde sie einfach nur aufsagen.

»So soll es sein«, flüsterte er leise. Dann richtete er seine Aufmerksamkeit auf das Blatt. »Erstens«, murmelte er. »Es gibt nur einen Meister und niemanden, der über ihm steht.«

27

Es war schön am Strand. Die Musik, der Gesang, das leise Lachen hatten eine beruhigende Wirkung. Lauras Atem wurde tiefer. Als sie jedoch wegzudämmern begann, fuhr sie erschrocken hoch. Sie wollte nicht unter all den fremden Leuten einschlafen. Müde rieb sie sich die Augen, dann stand sie, einem plötzlichen Impuls folgend, auf und ging zum Wasser hinunter.

Lange blickte sie auf das schwarze Meer. Sie zuckte zusammen, als der Gitarrenspieler mit einem Mal neben ihr auftauchte. »Die Wellen erfinden sich immer neu«, sagte er.

Stirnrunzelnd blickte Laura ihn an. Doch er achtete gar nicht auf sie, sondern hielt seine nackten Füße in das Wasser. Laura trat zwei Schritte zurück.

»Sie rauschen heran«, fuhr er fort, »bäumen sich einmal auf, beenden mit einem gewaltigen Getöse ihr Sein, nur um dann sanft zu entschwinden, einfach so zu verlaufen.«

»Äh, ja.« Unauffällig musterte sie ihn. Von Nahem sah sie die tiefen Furchen um seinen Mund. Kamen die vom Lachen oder war er doch älter, als sie dachte?

Mit einem Ruck blickte er auf, sah sie an. »Findest du nicht auch, dass man genau so leben sollte?«, fragte er.

»Wie die Wellen?« Sein Blick war ihr unheimlich, er schien geradewegs in sie hineinzusehen. Schnell wandte sie sich ab und schaute erneut auf die Ostsee hinaus.

»Ja, wie die Wellen. Voller Energie, frei und mit einem lauten Knall, bevor alles vorbei ist.«

Laura überlegte. »Eigentlich ist es schade, wenn der Knall erst kurz vor dem Ende kommt«, sagte sie.

Der Gitarrenspieler lachte heiser auf. »Ah«, sagte er, »das siehst du so, weil du auch davon träumst, neunzig zu werden.« Er verzog den Mund. Laura kam es vor, als würde er verächtlich grinsen. »Es kommt aber nicht darauf an, wie alt du wirst, sondern wie du lebst. Und darauf, was du hinterlässt. Dann ist es egal, wann der Knall kommt.«

Haben Mama und Papa das auch so gesehen? Sind sie gern gestorben, weil sie ja ein Kind hinterlassen haben? Laura bezweifelte es, fuhr sich über die Stirn. Die Müdigkeit kroch nun aus jeder Pore ihres Körpers. Sie wollte ins Bett. Außerdem war ihr der Mann nicht ganz geheuer. Er nahm den Blick nicht von ihr, musterte sie unverhohlen.

»Ich muss dann mal«, sagte sie und zeigte vage nach hinten.

»Wir machen hier auch Schluss für heute. Du bist nicht von hier, oder? Urlaub?«

Laura nickte. Sie wandte sich um, doch er hielt sie am Arm fest. Sie unterdrückte den Impuls, sich loszureißen.

»Wohnst du in Burg?«, fragte er.

»Ja.«

Er grinste. »Spitze, ich auch. Wir können zusammen gehen.« Er streckte Laura die Hand hin. »Lukas.«

»Laura. Wie du ja weißt.« Sie schüttelte die Hand kurz, entzog sich dann aber seinem Griff. »Ich muss sofort los, ich gehe besser alleine«, sagte sie und eilte den Strand hinauf. »Danke für die Musik«, rief sie im Weggehen. Sie winkte Peer zu, der sich wild gestikulierend mit ein paar anderen Leuten unterhielt und steuerte auf die Promenade zu.

Der Weg lag lang und dunkel vor ihr. Plötzlich wünschte sie sich ein Taxi herbei. Einfach in die warmen Polster sinken, sich nicht bewegen müssen. Doch kaum dachte sie daran, wurde das Bild schon von dem schrillen Quietschen von Bremsen verscheucht, von Schreien und zersplittertem Glas. Laura schüttelte sich, hastete die Straße entlang. Dabei holte sie ihr Handy heraus und schaltete die Taschenlampenfunktion an.

Mit ausholenden Schritten eilte sie dem schmalen Lichtpfad nach, der sich vor ihr ausbreitete. Sie blickte so konzentriert nach vorne, dass sie den Schatten nicht sah. Groß und dunkel verschmolz er fast mit der Nacht, und sie bemerkte nicht, dass er ihr lautlos folgte.

28

Wenn er die Augen schloss, tanzten Buchstaben vor ihm. Wie vom Mönch befohlen hatte er an dem Tisch gesessen und gelernt. Immer wieder und wieder hatte er leise die zehn Gebote wiederholt. Jetzt konnte er sie, da war er sicher. Seine beiden Hände hatte er auf seinen schmerzenden Bauch gelegt. Wenn er sie doch endlich aufsagen dürfte. Wenn er doch endlich, endlich etwas zu trinken und zu essen bekäme! Allmählich bekam er wieder Hunger.

Obwohl er darauf wartete, zuckte er zusammen, als plötzlich ein lauter Gong ertönte. Tief und schwer hallte er durch den Raum. Langsam stand er auf, schleppte sich mühsam vor den Tisch und faltete die Hände vor dem Körper. Jetzt bloß keinen Fehler machen! Er fuhr sich mit der Zunge über die trockenen Lippen, sammelte sich. Dann begann er vorsichtig: »Es gibt nur einen Meister und niemanden, der über ihm steht.« Ausatmen. Ein zögernder Blick zur Kamera. Weiter. »Der Meister weiß alles, er ist unantastbar.«

Einatmen. Verdammt, wie hieß der dritte Satz? Eben war noch alles in seinem Kopf gewesen. Wieder und wieder hatte er die Gebote ohne Fehler aufgesagt. Doch nun blinkte ihn das kleine rote Licht an, wie die Augen eines wilden Tieres sah es aus. Ein Tier, das ihn verschlingen und vernichten wollte. Sein Augenlid zuckte. Satz drei. Satz drei. Nicht schweigen. Natürlich! »Wenn der Meister spricht, haben alle zu schweigen«, stieß er atemlos hervor. Ja, das war es. Und weiter.

Nun klappte es, die nächsten Gebote kamen über seine Lippen, er durfte nur das rote Licht nicht anstarren. Er schaffte es! »Jeder Verstoß zieht eine umfangreiche Strafe nach sich«, sagte er endlich zum Schluss und vor Erleichterung hätte er weinen mögen. Er hatte es geschafft, keinen Fehler gemacht. Nur die kleine Verzögerung vor dem dritten Gebot. Aber das würde der Mönch doch nicht zählen?

Unsicher blieb er stehen. Der Mönch hatte nicht gesagt, was er nun tun sollte. Also beschloss er, sich nicht zu rühren und zu warten. Er stand und stand. Die Minuten dehnten sich aus. Sein Magen begann zu knurren. »Hör auf«, schalt er ihn in Gedanken, aber der kümmerte sich nicht darum. Erneute tobte der Hunger in ihm.

Mit einem Mal schwankte er. Der Boden begann sich zu drehen. Vorsichtig lehnte er sich an den Tisch, nur mit dem Rücken, nur ein bisschen. Bloß nicht umkippen. Mit aller Macht bemühte er sich, gerade zu stehen. Aufzupassen.

Er hätte jedoch fast einen Sprung gemacht, als plötzlich eine laute Fanfare aus dem Lautsprecher dröhnte. Es hörte sich wie in einem Märchenfilm an, als würden Trompeter den König ankündigen. Kaum war sie verklungen, drehte sich der Schlüssel im Schloss und der Mönch betrat den Raum. Um sein braunes Gewand hatte er einen blutroten Schal gelegt.

Erneut ertönte ein Gong, diesmal hell und kurz. Der Mönch machte eine Handbewegung. »Wenn du das hörst«, sagte er, »kniest du nieder, deinen Blick gesenkt, verstanden?«

Der Junge nickte, ließ sich auf den Boden sinken und achtete nicht auf den Schmerz, der sofort zurückkam. Seine Knie fühlten sich an, als wären sie mit einem dicken Knüppel zertrümmert.

»Es heißt Ja, Meister!«, fuhr der Mönch ihn an.

»Ja, Meister.« Seine Stimme war ein Flüstern. Er konnte nicht sehen, was der Mönch tat, denn seine Augen waren fest auf die Fliesen gerichtet. Doch er roch es. Essen. Er schluckte den Speichel hinunter und versuchte ganz, sich auf die Gerüche zu konzentrieren. Was war es? Reis. Ja, Reis und dazu noch etwas Anderes. Erbsen? Er hatte das grüne Zeug nie gemocht, aber jetzt erschien es ihm das leckerste Essen überhaupt. Er sah die Füße des Mönches, die zum Tisch gingen, hörte, wie etwas abgestellt wurde. Dann waren die Füße verschwunden, aber er spürte einen Griff am Arm und erneut das kurze Piksen am Bauch.

»Du darfst jetzt aufstehen!«

Vorsichtig erhob er sich, mit einem Mal war ihm so schwindelig, dass er dachte, er würde sich nie mehr aufrichten können. Schnell hielt er sich mit einer Hand an dem Tisch fest, blickte auf das Essen. Ja, dort stand ein Tablett. Ein Teller. Ein Glas.

Der Mönch nickte ihm zu. »Du hast gehorcht«, sagte er. »Wenn du so weiter machst, wird es dir an nichts mangeln.«

Und kann ich dann nach Hause? Er wollte es hinausschreien, doch er zwang den Gedanken zurück, sprach ihn nicht aus. Nur reden, wenn der Mönch es erlaubte.

»Du darfst jetzt essen.« Langsam schritt der Mönch zur Tür. »Mach weiter so«, sagte er und blickte den Jungen ernst an. »Du scheinst mir schneller zu verstehen als die anderen. Mit dir könnte es klappen.«

»Was klappen?«, wollte er fragen, aber er biss sich auf die Lippe. Auf keinen Fall durfte der Mönch ihm das Essen wieder wegnehmen. Nein, auf keinen Fall! Er nickte, hob die Gabel, wartete, schob etwas Reis darauf. Doch seine Hand zitterte so stark, dass das Essen wieder hinunterfiel.

Mühsam probierte er es erneut. Der Mönch schaute ihn weiterhin nachdenklich an. »Ja, mit dir könnte es klappen«, wiederholte er, bevor er ihm den Rücken zudrehte, die Tür schloss und ihn abermals allein ließ.

29

»Ich kann nicht fassen, dass ich so lange geschlafen habe!« Laura presste Zitrone auf ihren Fisch und blickte zufrieden auf den großen Teller vor sich. Wiebke hatte sie nicht geweckt. Sie war von selbst aufgewacht und hatte auf ihre Uhr geblickt, um mit Erschrecken festzustellen, dass diese bereits halb zwölf am Mittag anzeigte.

Wiebke lächelte. »Das war ja auch ganz schön viel auf einmal gestern«, sagte sie und schob sich eine große Gabel Kartoffelsalat in den Mund.

Laura nickte. Sie hatte Wiebke lieber nichts von ihrem nächtlichen Ausflug erzählt. Wie alle Erwachsenen fand die Freundin ihrer Mutter es bestimmt auch nicht toll, wenn sie nachts alleine durch die Gegend wanderte. Stattdessen war sie mit Wiebke nach Burgstaaken gelaufen. »Für Frühstück isses ja schon zu spät«, hatte Wiebke gerufen, als sie endlich aus ihrem Zimmer auftauchte, »lass uns mal was Ordentliches essen gehen!« Jetzt saßen sie im *Lotsenhus*, das einmal eine

Fischhalle gewesen war, nun aber als Restaurant diente und köstliche Gerichte anbot.

Laura blickte auf die vielen Boote und Schiffe, die im Hafen auf den Wellen schaukelten. Wellen ... bei dem Wort fiel ihr der Gitarrenspieler wieder ein. Eigentlich war der ja ganz nett gewesen, aber irgendwie auch komisch. Heute Nacht würde sie auf jeden Fall nicht noch einmal an den Strand laufen.

»Hast du schon das U-Boot gesehen? Es liegt dort hinten im Hafenbecken«, sagte Wiebke und zeigte nach draußen. Sie schien Laura ablenken zu wollen und das war ihr auch ganz recht.

Sie schüttelte den Kopf. »Gab es das vor zehn Jahren auch schon?«, fragte sie.

»Ja, es steht hier seit 2005. Aber du kannst dich wahrscheinlich nicht mehr daran erinnern.« Wiebke lächelte Laura an. »So vor dreizehn, vierzehn Jahren haben wir es alle zusammen besichtigt.«

»Nein.« Laura schüttelte bedauernd den Kopf. »Vielleicht kommt die Erinnerung aber wieder, wenn wir es noch mal ansehen«, fügte sie hoffnungsvoll hinzu.

Wiebke schob ihren leeren Teller von sich. »Gute Idee. Es ist nicht zu fassen, dass Menschen da so lange auf so engem Raum leben mussten, und das zum Teil inklusive Angst vor Angriffen.« Sie stockte. »Oder sollen wir lieber was Lustigeres unternehmen?«

»Nein.« Laura schüttelte den Kopf. Nach »lustig« stand ihr gar nicht der Sinn. Wenn sie sich wie eingesperrt fühlte, dann war sie Paul vielleicht ein bisschen näher. In dem Moment erschrak sie über ihre eigenen Gedanken. Noch vor wenigen Tagen hatte sie sich eingeredet, dass es ihm gutginge. Nun hatte sie scheinbar schon akzeptiert, dass es so nicht war.

»Dabei können wir auch gleich bereden, was wir als Nächstes unternehmen«, fuhr sie fort. »Ich bin ja nicht zum Spaß hier, sondern um zu helfen, Paul zu finden.«

Wiebke schluckte, das Lächeln war verschwunden. »Natürlich«, sagte sie. Sie stand mit einem Ruck auf. »Dann mal los«, sagte sie. »Wir schauen uns das U-Boot an, rekapitulieren noch mal, was wir bisher herausgefunden haben. Und vielleicht habe ich eine gute Idee, wie wir weitermachen können.«

30

Der Wind blies ihr die Haare aus dem Gesicht. Laura trat noch fester in die Pedale. Während sie morgens geschlafen hatte, hatte Wiebke Neles Fahrrad geholt. Mit einem »Sie braucht es jetzt eh nicht«, hatte sie es Laura hingestellt, nachdem sie von Burgstaaken zurückgekommen waren. »Wir machen einen kleinen Ausflug«, war alles, was sie noch sagte.

Laura liebte es, über die Insel zu radeln. Keine dichtgedrängten Häuser, keine ungeduldigen Autofahrer wie in Hamburg. Stattdessen Weite und frischer Wind, der sich anfühlte, als würde er die Seele reinigen. Das Schönste allerdings waren die Feldbetten, riesige Holzbänke, die an den Radwegen standen und auf denen man so wunderbar entspannen konnte. Ob das für sie irgendwann einmal wieder möglich war? Entspannen, genießen, einfach nur die Sonne auf dem Gesicht spüren?

»Wir sind gleich da.« Wiebke, neben ihr radelnd, zeigte nach vorne. »Schau, Landkirchen. Da auf dem kleinen Hügel, das ist die Petrikirche.«

Laura verlangsamte ihr Tempo und hielt die eine Hand schützend gegen die Stirn. »Der Kirchturm steht ja neben dem Gebäude«, wunderte sie sich.

»Der wurde erst später dazugebaut. Die Kirche hingegen ist uralt, schon aus dem dreizehnten Jahrhundert. Und sie beherbergt auch den *Landesblock,* eine Truhe aus einem Eichenstamm, in der alle wichtigen Dokumente Fehmarns aufbewahrt wurden.«

»Aber deswegen sind wir nicht hier, oder?« Laura lenkte ihr Rad nah neben Wiebkes.

»Nein.« Wiebke beschleunigte wieder, sie fuhren direkt nach Landkirchen hinein. Schließlich hielt Wiebke vor einem Haus an. »Das müsste es sein«, sagte sie zufrieden.

Das Haus war wunderschön, genau so, wie man sich ein richtiges Inselhaus vorstellt: Es hatte tatsächlich ein Reetdach, fast verborgen unter hohen Eichenkronen. Der Garten war voller Blumen, die wild durcheinanderwuchsen. »Was für ein Paradies für Bienen«, dachte Laura, als Wiebke und sie sich über den teils von Pflanzen überwucherten Pfad dem Haus näherten. Es brummte und summte um sie herum, bunte Schmetterlinge tanzten in der Luft.

Noch bevor sie die Haustür erreichten, wurde sie geöffnet und ein großer Mann strahlte ihnen entgegen. »Wie schön«, rief er, »endlich mal wieder wat los auf unserem Knust!« Er winkte Laura und Wiebke zu. »Hereinspaziert, mien Damen.«

»Knust?«, flüsterte Laura Wiebke fragend zu.

»Unsere Insel«, gab Wiebke zurück, während sie dem Mann lächelnd die Hand schüttelte. »Wir nennen Fehmarn so, weil die Insel die Form einer Brotkante hat. Sag bloß, das ist dir noch nicht aufgefallen?«

»Äh ...« Verlegen zuckte Laura mit den Schultern.

Doch Wiebke knuffte sie in die Seite. »Wir Fehmaraner haben viel Fantasie.«

Der Mann führte sie in eine große Küche, die, das sah Laura sofort, an Gemütlichkeit nicht mehr zu überbieten war. An einem großen Holztisch in der rechten Ecke stand ein kariertes Sofa. Der Stoff war an den Armlehnen abgewetzt, aber es sah mit all den Kissen trotzdem sehr einladend aus. In der linken Ecke hockte, wie mit der Wand verwachsen, ein uralter Herd, unter dem man noch richtiges Feuer machen musste. Darauf thronte ein altmodischer Wasserkessel, mit dem der Mann hantierte. In der Küche wirkte er noch größer, bestimmt fast zwei Meter, schätzte Laura. Früher musste er einmal gut trainiert gewesen sein, was die muskulösen Arme noch verrieten, aber inzwischen zierte ihn ein kleiner Bauch. Sein Gesicht war von tiefen Furchen durchzogen und die grauen Haare schütter. Als er sich umdrehte und ihnen einen großen Becher Tee reichte, schauten seine Augen aufmerksam und wachsam.

Er deutet auf das Sofa, und setzte sich dann den Frauen gegenüber auf einen Stuhl. »Hätt ich nicht gedacht, dass ich da noch mal ran muss«, sagte er. Er musterte Laura eingehend. »Dein Blick ist immer noch gerade und offen«, stellte er fest, »aber es liegt mehr Schatten auf dir.«

Verwirrt blickte Laura ihn an. »Was meinen Sie?« Der Mann kam ihr bekannt vor, sie hatte ihn schon einmal gesehen. Aber ...

»Wir haben uns unterhalten, damals, nach dem Verschwinden deines Bruders. Ich bin Jochen Clausen.«

Wiebke legte Laura eine Hand auf den Arm. »Er war der leitende Kommissar. Wenn einer alles über Paul weiß, dann er.«

»Natürlich.« Laura nickte bedächtig. Langsam kamen Erinnerungen in ihr hoch. Ein Raum, mit einem Sofa, trotzdem nicht wohnlich, sondern karg und weiß. Ein großer Mann, der sie freundlich anblickte. Der alles über ihren Bruder wissen wollte. Über den Tag. Über sein Verschwinden. Ihre Angst. Ihre Tränen. Der Kloß in ihrem Hals, der immer größer wurde, je mehr er fragte. Sie atmete tief aus, setzte sich auf. »Bitte, ich kann mich nicht mehr richtig erinnern. Was denken Sie, ist mit Paul passiert? Wer war verdächtig? Was für Spuren gab es? Und ...«

Clausen unterbrach sie. Seine Stimme war freundlich, aber bestimmt. »Hört zu. Als Frau Petersen mich angerufen hat«, er nickte Wiebke zu, »da wollte ich zuerst gar nicht mit euch sprechen. Ich bin zwar inzwischen in Pension, doch ich kann nicht mir nichts, dir nichts mit Angehörigen über den Fall reden.« Er seufzte tief. »Aber der kleine Tom ... Nele, Frau Petersens Tochter, ist mit meiner Femke befreundet. Gott weiß, wie sie leiden.«

Plötzlich war es da, das Zittern. Es kroch Lauras Beine hoch, in ihren Oberkörper, ihre Arme, ihre Finger. Nahm von ihrem ganzen Körper Besitz. Schüttelte sie, unkontrollierbar. Sie war dankbar für Wiebke, die sie umfasste, sie hielt.

Clausen zögerte einen Moment, dann dröhnte sein lauter Bass durch die Küche. »Ich werde euch helfen«, rief er, und haute mit seiner großen Hand auf den Tisch. »Dat kann nicht sein, dass auf Fehmarn solch grausame Dinge geschehen. Hier verschwinden Kinder nicht einfach so!« Er beugte sich vor. »Aber damit das klar ist: Dat bleibt unter uns. Was wir hier bereden«, er zog mit seinem Arm einen Kreis, »das verlässt diese Küche nicht.«

Laura nickte. Sie versuchte, ihre Stimme zu kontrollieren. »Kein Wort zu niemanden«, versicherte sie.

»Ja«, wiederholte Wiebke, »kein Wort zu niemanden.«

Clausen fuhr sich mit der Hand über das Gesicht. »Gut«, sagte er. »Zweiter Punkt: Wir lassen das olle Sie. Up Platt gibt's dat nicht. Ich bin Jochen.« Er legte seine Hand auf den Tisch, nahm Lauras und Wiebkes und legte sie auf seine. Laura spürte, wie ihr Zittern langsam nachließ. Die Wärme der anderen drang zu ihr durch. Sie hatte Hilfe gesucht und Hilfe gefunden.

Jochen begann erneut zu reden. »Mädchen«, sagte er und drückte Lauras Hand. »Wir wollen endlich der Wahrheit auf den Grund gehen.« Er atmete tief ein. Dann sprach er langsam weiter. »Aber dazu muss ich dir etwas erzählen, das dir gar nicht gefallen wird.«

Seine Stimme hörte sich ernst an. Sehr ernst. Und da war es wieder. Das Zittern.

31

Er hatte sich beherrscht. Hatte langsam gegessen. Vorsichtig nach jeder Gabel in sich hineingehorcht. Noch einmal wollte er so furchtbare Krämpfe nicht bekommen. Also langsam. Mama hatte ihm gesagt, dass man jeden Bissen mindestens zehn Mal kauen sollte. Er hatte immer darüber gelacht. Hatte das Essen in sich hineingeschlungen, um schnell wieder spielen zu können, es gar nicht richtig beachtet. Es gab ja genug von allem, ein reich gedeckter Tisch, und was man nicht schaffte, wurde achtlos in den Müll befördert.

Sein Blick blieb auf dem sorgsam leer gegessenen Teller hängen. Hier war Essen keine Selbstverständlichkeit. Hier musste er darum kämpfen, sich anstrengen. Nie wieder würde eine Erbse ungeachtet neben seinen Tellerrand kullern. Nie wieder etwas von der Gabel auf den Fußboden fallen.

Seine Hand wanderte zu seinem Bauch. Tief einatmen. Ausatmen. Satt. Er war satt und sein Bauch tat nicht weh. War das nicht schon Grund zur Freude?

Aber die Kamera. Das rote Auge beobachtete ihn unerbittlich. Ob er sich noch einmal schnell zur Wand bewegen sollte? Klopfen, auf ein Zeichen seines Freundes warten? Doch wie oft konnte er den Mönch täuschen? Und was würde er tun, wenn er bemerkte, dass er nicht gehorchte?

Seine Hände tasteten sich zu seinen Knien und er zuckte zusammen. Sie fühlten sich noch immer wie Feuer an. Nein, er wollte keine Strafe mehr riskieren. Schon allein bei der Vorstellung, sich wieder hinhocken zu müssen, kamen ihm die Tränen.

In dem Augenblick durchbrach der Gong seine Gedanken, laut und dröhnend in dem fast leeren Zimmer. Mit einem Ruck stand er auf, ignorierte den Schmerz, stellte sich vor den Tisch und faltete die Hände.

Er blickte nicht auf, als der Mönch den Raum betrat. Umso lauter vernahm er aber den kurzen, hellen Ton. Langsam, die Augen auf dem Boden, ließ er sich nieder. Keuchte auf, als seine Knie den harten Beton berührten. Egal. Nur ruhig bleiben, dem Mönch keinen Grund zur Verärgerung geben.

Er sah die braunen Schuhe direkt vor sich. Hörte die Stimme des Mönches über ihm. Roch einen Duft, der nicht zu dem Mönch zu passen schien. Nach Rosen. Tief atmete er ein. Das erinnerte ihn an seine Mama, wenn sie im Garten werkelte. Für einen Moment war er nicht mehr im Keller. Doch die Stimme des Mönches holte ihn zurück. »Gut«, sagte die und klang zufrieden. »Du bist bereit für den nächsten Schritt. Steh auf.«

Mühsam stützte er sich ab. Der Mönch packte ihn an der Schulter. »Wir gehen in ein anderes Zimmer«, sagte er.

Eine absurde Hoffnung flutete durch seinen Körper, als sie in den langen Gang traten. Die Tür rechts neben ihnen – da war das Klopfen hergekommen. Da saß jemand, genauso eingesperrt wie er selbst. Ob der Mönch ihn zu ihm brachte? Nein, verflixt, der Mönch führte ihn an der Tür vorbei, zu der direkt daneben. Würde er das Klopfen dort ebenfalls hören? Und stand vielleicht ein Bett darin, ein richtiges Bett?

Als der Mönch die schwere Tür aufstieß, schloss er kurz die Augen. Hoffte. Bangte. Der Mönch schubste ihn hinein. Langsam öffnete er die Lider, nur einen Schlitz. Doch das war genug. Das Blinzeln hatte gereicht. In diesem Raum stand kein

Bett. Und auch kein Tisch mit Essen. Dieser Raum war voll von Kabeln. Sie wanden sich wie schwarze Schlangen an den Wänden entlang. Krochen über die weißen, zerbrochenen Fliesen bis an die Decke und von da durch ein ausgefranstes Loch in das Zimmer nebenan. In das Zimmer, in dem sein Freund saß.

32

Laura konnte ihre Wut nicht zurückhalten. Sie spürte sie in ihrem ganzen Körper, sie legte sich glühend auf ihr Gesicht, stach aus ihren Augen. Doch das war ihr egal. Sie vernahm nur Jochens Stimme, die in ihrem Kopf dröhnte: »Es war deine Mutter, Laura. Sie war unsere Hauptverdächtige.«

Von Ferne drang Wiebkes Stimme zu ihr durch. »Das ist absurd«, sagte die immer wieder, »ich weiß bis heute nicht, warum die Polizei sich auf so eine irre Theorie eingelassen hat. Vollkommen absurd, dass Sabine etwas damit zu tun hatte!«

Als Jochen sich ächzend bewegte, bemühte Laura sich mit aller Macht, ihm zuzuhören, und wenn es noch so schwerfiel. Er griff nach einer großen, abgegriffenen Kladde, die auf dem Küchentisch lag und schlug sie auf.

»Es gab aber eine Reihe komischer …« Er stockte, räusperte sich. »Nun, sagen wir mal, Zufälle. Sonst wären wir ja auch nicht auf sie gekommen.« Seine Augen flogen über die Zeilen, enge, handgeschriebene Seiten. »Wir haben zuerst in alle möglichen Richtungen ermittelt. Aber niemand hatte etwas gesehen. Es hatte ihn auch niemand an der Eisdiele bemerkt.« Er schaute auf, direkt in Lauras Augen. »Dich schon, dich hat man gesehen, Laura. Deinen Vater und deine Mutter ebenso. Aber nicht Paul. Bist du sicher, dass er überhaupt dabei gewesen ist?«

»Wie meinen Sie das?« Laura versuchte, sich zu konzentrieren.

Jochens Augen bohrten sich tief in ihre. Er sprach klar und deutlich, bemühte sich offensichtlich, jeglichen Dialekt wegzulassen. »Ich habe dich das schon damals gefragt, aber du warst so verwirrt, ich habe keine vernünftigen Antworten aus dir herausbekommen. Deine Eltern hatten angegeben, dass ihr Eis essen wolltet, ihr vier. Und dass Paul plötzlich nicht mehr da war. Aber die Leute, die wir befragt haben, die konnten sich nur an euch drei erinnern. Verstehst du, was ich sage? War Paul überhaupt mit an der Eisdiele?«

»Natürlich!« Laura war plötzlich hellwach. »Wir haben herumgealbert, er ist weggelaufen. Und dann ...«

»Bist du dir sicher?« Jochens Stimme klang eindringlich. »Oder ist es nur das, was bis dahin jeden Tag passiert ist? Der Eisverkäufer sagte, dass ihr jeden Tag, jeden einzelnen Tag in euren Ferien, an der Eisdiele gewesen seid. Aber genau als Paul verschwand, da hat er ihn vorher nicht gesehen. Haben deine Eltern dir vielleicht nur eingeredet, dass er an dem Tag ebenfalls mit dabei gewesen ist?«

»Nein!« Laura schrie nun. »Ich kann mich erinnern. Wir sind herumgetobt, haben Verstecken gespielt. Deshalb hat der Eisverkäufer uns nicht bemerkt. Wir standen einfach nicht brav in der Schlange. Aber das ist doch ganz normal für Kinder!«

Jochen griff über den Tisch und legte ihr erneut beschwichtigend seine Hand auf ihren Arm. Doch diesmal zog Laura ihn weg. »Ich sage ja auch gar nicht, dass du lügst«, sagte er behutsam. »Manchmal erinnert man sich allerdings an Sachen, an die man sich erinnern will. Niemand außer euch hat Paul dort gesehen. Was Zeugen allerdings beobachtet haben, war eine Frau, die eine große, schwere Sporttasche trug. Mehr zerrte als trug, eigentlich. Einige Stunden nach seinem Verschwinden. Südlich von Burg, im Staberholz.« Er zögerte. Dann sprach er leise weiter. »Die Frau sah ähnlich aus wie deine Mutter.«

Bei der Erwähnung des Waldes war Laura zusammengezuckt. Schnell fing sie sich allerdings wieder und sprang auf. »Wie«, schrie sie erbost. »Sie sagten *wie* meine Mutter. Da haben Sie selbst Ihre Antwort. Sie war es nicht!«

»Wir waren schon beim du«, murmelte Jochen, doch Laura schien ihn gar nicht zu hören.

»Überhaupt«, sagte sie und ihre Stimme zitterte vor Wut, »wieso, bitte schön, sollte meine Mutter denn so etwas machen? Das Verschwinden des eigenen Kindes vortäuschen?«

Der Ex-Polizist räusperte sich. »Nun ja, das geschieht, ehrlich gesagt, häufiger als du vielleicht denkst. Eltern geben oft das Verschwinden ihres Kindes vor, wenn sie ihnen Gewalt angetan und sie damit ...« Er sprach nicht weiter, als er in Lauras Gesicht sah. »Natürlich kann es auch ein Unfall gewesen sein«, fügte er rasch hinzu. »Etwas, was deine Eltern gar nicht wollten. Vielleicht ist er vom Schrank gefallen, unglücklich gestürzt und war ganz plötzlich tot. Und dann haben deine Eltern vor lauter Schreck überreagiert. Manche können dann nicht mehr klar denken, der Schock und die Angst, dafür verurteilt zu werden, dass sie nicht gut genug aufgepasst haben.«

Diesmal wurde er von Wiebke unterbrochen. »Diese Theorie habt ihr mir schon damals bei der Befragung unterbreitet, und ich habe da schon gesagt, dass das völlig ausgeschlossen ist. So waren Sabine und Thomas nicht. Niemals hätten sie etwas Derartiges getan.«

Jochen zuckte hilflos mit den Schultern. »Als Polizisten beurteilen wir die Faktenlage und suchen nach der wahrscheinlichsten Lösung. Die Darstellung der Eltern kann niemand sonst bezeugen. Eine Frau, die wie die Mutter aussieht, verhält sich nach dem Verschwinden verdächtig. Es gibt keine Lösegeldforderung, das Kind ist wie vom Erdboden verschluckt. Du musst zugeben, dass das alles sehr merkwürdig ist. Allerdings ...«

Jochen hatte noch nicht ausgesprochen, da war Laura bereits zur Tür gelaufen. Nun unterbrach sie ihn. »Es war ein Fehler, mich hierherzubringen«, rief sie, während ihre Wangen sich immer dunkler färbten. »Ich habe schon genug durchgemacht, jetzt muss ich mir nicht auch noch anhören, dass meine Mutter schuld sein soll.« Sie musterte Jochen kalt. »Aber nun ist mir klar, warum dieses Monster immer noch nicht gefasst ist. Weil ihr die ganze Zeit eine Unschuldige verdächtigt habt.« Sie öffnete die Tür, drehte sich dann aber noch einmal um. »Soll meine Mutter vielleicht auch Tom entführt haben. Aus ihrem Grab?«, fragte sie sarkastisch.

»Laura, warte doch, ich komme mit!« Wiebke war ebenfalls aufgesprungen und eilte hinter Laura her.

»Nein danke, kein Bedarf. Ich glaube, ich finde Paul besser alleine!«

Mit einem Ruck knallte Laura die Haustür hinter sich zu und stürmte, ohne sich umzusehen, durch den Garten hinaus auf die sonnenhelle Straße.

33

Blind griff Laura nach dem Rad, stieg auf und raste los. Sie achtete nicht mehr auf die Schönheit der Landschaft, sondern beugte sich tief über den Lenker. Dabei trat sie so heftig in die Pedale, dass sie zu keuchen anfing. Bloß weg von Clausen und seinen bescheuerten Theorien. Die paar Kilometer bis nach Burg hatte sie im Handumdrehen geschafft. Sie würdigte die Straßen keines Blickes, fuhr einfach ziellos weiter, Hauptsache, nicht anhalten, nicht nachdenken. Ein lautes Quietschen holte sie in die Wirklichkeit zurück. Instinktiv bremste sie und kam genau neben einem anderen Fahrrad zum Stehen. Mühsam versuchte sie, ihren Atem zu beruhigen, durch die Nase ein- und laut durch den Mund auszuatmen. Ein paar Locken fielen auf ihre erhitzte Stirn und klebten an ihren schweißnassen Wangen fest.

»Du solltest besser aufpassen, du hättest mich fast umgefahren.«

Verwirrt blickte Laura in das Gesicht eines jungen Mannes. Er saß auf einem altmodischen Rad, das aussah, als hätte sein

Opa es ihm geschenkt. »Oh, das tut mir leid.« Laura stockte kurz. »Ich bin etwas durch den Wind.« Sie lachte kurz auf und fuhr sich über das rote Gesicht. »Im wahrsten Sinne des Wortes.«

Der junge Mann lächelte. »Ist ja nichts passiert«, sagte er. Er zögerte, dann fügte er hinzu. »Ich bin übrigens Arne.«

»Laura.« Sie fuhr sich durch das Haar und versuchte, ihre Locken hinter das Ohr zu klemmen. Unauffällig musterte sie Arne dabei. Irgendwie war er ein bisschen komisch, mit diesem uralten Rad. Auch seine Klamotten und seine Ausdrucksweise, überhaupt sein ganzes Äußeres, wirkten ein klein wenig altbacken. Er hatte kurze blonde Haare, die akkurat gekämmt waren, und anstatt eines T-Shirts trug er ein Kurzarmhemd. Aber seine Augen strahlten eine große Traurigkeit aus. Sie waren wie ein dunkler See, der sich in seinem blassen Antlitz verbarg.

»Bist du auch im Urlaub hier?«, fragte sie schließlich, als die Stille sich auszudehnen begann, er aber keine Anstalten machte, wieder loszufahren.

»Nein, ich wohne auf Fehmarn.«

»Tatsächlich?« Laura zog überrascht die Augenbrauen hoch. Sie wusste nicht genau warum, aber er schien nicht auf diese Insel zu passen. Wenn er allerdings hier wohnte, kannte er sich bestimmt gut aus. Das konnte ihr von Nutzen sein. Sie zog die Schultern hoch. »Ich bin gerade erst angekommen. Kann ich dich auf eine Cola einladen? Als Entschuldigung sozusagen. Und du könntest mir ein bisschen was über die Insel erzählen, wenn du magst.«

»Cola ist extrem ungesund.« Arnes Mund kniff sich zusammen. Dann schien er sich zu besinnen und lächelte. »Aber ich nehme deine Einladung dankend an und trinke einen Tee.«

»Tee, in Ordnung.« Diese Insel schien verrückt danach zu sein, egal wie heiß es war. Nun, es konnte ihr gleich sein, ein bisschen Ablenkung konnte sie jetzt gut gebrauchen. »Du kennst dich doch hier aus, wo gehen wir da am besten hin?«, fragte sie deshalb.

»Ganz hier in der Nähe ist ein hübsches Café, dort können wir sogar im Garten sitzen.«

»Gut.« Laura und Arne wollten gerade wieder auf die Räder steigen, als Lauras Handy klingelte. Es war Wiebke. Schnell drückte Laura sie weg.

Arne warf ihr einen Blick zu. »Geh ruhig ran«, sagte er.

»Nein.« Laura schüttelte den Kopf. »Es ist nichts Wichtiges.« Sie fuhren los, langsam nebeneinander und Lauras Herzschlag beruhigte sich. »Erzähl mir lieber was über dich. Wohnst du schon dein ganzes Leben hier auf Fehmarn?«

»Ja, schon mein ganzes Leben.« Arne nickte vor sich hin. Die Traurigkeit, die sie bereits in seinen Augen gelesen hatte, erkannte sie nun auch in seiner Stimme. Er versuchte, es zu verbergen, aber es gelang ihm nicht. Und plötzlich wusste Laura, warum sie ihn mochte. Denn sie erkannte ihre eigene tiefe Dunkelheit in ihm wieder. Genau wie ihr war auch ihm etwas Schreckliches widerfahren, da war sie sich sicher. Die Frage war, ob er ihr erzählen würde, was.

Der kleine Garten des Fehmaraner Tee- und Kaffee Kontors war wirklich gemütlich. Sie setzten sich in den Schatten unter einen Baum, der seine Äste weit über die Gäste spannte, und betrachten einen Moment schweigend zwei Kinder. Lachend tollten sie zwischen den Tischen herum und spielten Fangen. Als Arne einen »Fehmaraner Leichtmatrosen« bestellte, tat Laura es ihm einfach nach, ohne genau zu wissen, was das war. Um ihren Wassermangel auszugleichen, orderte sie zur Vorsicht aber noch ein großes Glas Wasser.

Mit einem Mal fühlte sie sich sehr erschöpft. Clausens Anschuldigen gegen ihre Mutter gingen ihr nicht aus dem Kopf und erneute spürte sie die Wut, die wie eine schwarze Welle über sie schwappte. Schnell richtete sie ihre Aufmerksamkeit auf Arne, der immer noch gedankenverloren dem Spiel der Kinder folgte.

Wie alt er wohl sein mochte? Auf den ersten Blick war er ihr älter vorgekommen als sie selbst. Das konnte aber auch an seinem ganzen altmodischen Stil liegen. Wenn man sein Gesicht genauer betrachtete, sah er noch ziemlich jung aus. Obwohl dieser tiefe Schatten unter seinen Augen lag und sich einige Furchen um seine Mundwinkel gruppierten. Vielleicht war er doch schon Mitte oder sogar Ende zwanzig? Kurz schoss ihr Peer in den Kopf. Bei ihm war es ähnlich schwer gewesen, sein Alter zu erkennen. Hatten die Leute hier etwa zeitlose Gesichter? Laura knetete nachdenklich ihre Lippe. Es kam selten vor, dass sie einen Menschen so schlecht einschätzen konnte.

In dem Moment sah Arne sie direkt an. »Also, du bist zum Urlaub hier, ja? Seit wann denn und was hast du schon unternommen?«

Laura versuchte zu antworten, eine ganz normale junge Frau zu sein, die die Ferien auf Fehmarn verbringt. Doch die Enge um ihre Brust wurde immer größer. Sie war alleine. Ihre Eltern tot, ihre Mutter trotzdem verdächtig, am Verschwinden ihres Bruders schuld zu sein. Und sie saß mitten auf Fehmarn in einem Café, mit einem jungen Mann, den sie praktisch nicht kannte. Was tat sie hier bloß? Mit einem Satz sprang sie auf, griff nach ihrem Rucksack. »Entschuldige«, murmelte sie, »ich bin heute wirklich keine gute Unterhaltung. Es tut mir leid, ich gehe wohl besser ...«

Zu ihrer Überraschung fasste Arne nach ihrem Arm. »Hey«, sagte er und seine Stimme klang weich. »Ich sehe doch, dass dich etwas bedrückt. Manchmal hilft es, darüber zu reden.«

Einen Augenblick zögerte Laura. Dann setzte sie sich. Warum genau, wusste sie selbst nicht. Sie hatte einfach das Gefühl, Arne würde sie verstehen. Und so atmete sie tief ein. Dann begann sie, zu erzählen.

34

Nein, es hingen nicht nur Kabel in dem Raum. Links von der Tür stand ein großer Tisch, auf den der Mönch jetzt zusteuerte. Mit zusammengezogenen Augenbrauen folgte er dem Mann. Was war das für ein komisches Teil, das mitten auf dem Tisch thronte? So etwas hatte er noch nie gesehen. Es war groß und breit und mit vielen Knöpfen und schwarzen Tasten versehen. Die Kabel bündelten sich in dem Apparat und liefen von dort aus an den Wänden entlang.

Der Mönch ging auf einen Stuhl zu, der neben dem Tisch stand und auf dem, ordentlich zusammengefaltet, ein weißer

Kittel lag. Er zog ihn an, während der Junge ihn misstrauisch beobachtete. Was sollte das hier? Was war das für ein komischer Apparat? Und warum sah der Mönch in dem weißen Kittel plötzlich gar nicht mehr wie ein Mönch aus? Nun wirkte er eher wie ein Arzt oder wie ein Mitarbeiter in einem Atomkraftwerk. Darüber hatte er mal einen Film gesehen.

Sich laut räuspernd trat der Mönch neben den Jungen an den Tisch. Der helle Gong durchdrang den Raum. Einen Moment zögerte der Junge, dann senkte er die Augen und ließ sich auf die Knie nieder. Er starrte auf den Boden, der hier ebenfalls weiß gefliest war. Nichts als weiße Fliesen, Kabel und der merkwürdige Apparat. Ihn schauderte und zum ersten Mal wünschte er, einfach so hocken bleiben zu dürfen. Auch wenn seine Knie höllisch schmerzten, egal, er wollte nicht wissen, in was für einem Raum er hier gelandet war. Was der Mönch schon wieder Schreckliches von ihm verlangte.

Doch der ließ ihm keine Sekunde zum Durchatmen. »Erhebe dich!« Mühsam rappelte er sich auf. Der Mönch zeigte auf den Tisch. »Du bist bereit für Schritt zwei«, sagte er feierlich. Dann wurde seine Stimme wieder scharf. »Was euch heute in den Schulen gelehrt wird, ist absoluter Blödsinn. Ihr werdet in Watte gepackt und verhätschelt. Euch fehlt jeglicher Respekt und Gehorsam.« Er schüttelte angewidert den Kopf. »Der reinste Kindergarten ist das. Aber nicht mit mir!« Energisch hämmerte er auf ein paar Knöpfe und ein Rauschen ertönte. Oben auf dem Apparat blinkte ein grünes Licht auf.

»Es wird dich vielleicht überraschen«, fuhr er fort und die Andeutung eines Lächelns umspielte seine Lippen. »Du bist nicht alleine hier.« Vage zeigte er nach rechts. »In dem Raum sitzt ein Junge, etwas älter als du. Er musste lernen. Und nun wollen wir einmal sehen, ob er das auch gut gemacht hat. Ich stelle laut und deutlich eine Frage. Sie wird per Lautsprecher in den anderen Raum übertragen. Der Schüler dort gibt seine Antwort in einen Computer ein. Du kannst sie hier«, er zeigte auf eine Anzeige, »nachlesen.«

Der Junge hörte das, was der Mönch sagte, nur von Ferne. Ein einziger Gedanke tobte in seinem Kopf – er hatte Recht gehabt! Noch jemand war hier, ein Junge wie er. Sein Freund, der geklopft hatte. Plötzlich pochte sein Herz so laut, dass er dachte, es würde aus seinem Körper hüpfen, hinüber in das andere Zimmer.

»Verstanden?« Die kalte Stimme des Mönches holte ihn in die Wirklichkeit zurück. Oh nein, was hatte er gesagt? Ach ja, sein Freund sollte abgefragt werden. Und die Antwort konnte man auf dem Ding hier lesen. Aber was war seine Rolle in der ganzen Sache? Konzentriert starrte er den Apparat an. Bloß keinen Fehler machen. Vielleicht durfte er danach zu dem Jungen hinüber. Hoffentlich hatte der gut gelernt, sonst müsste er sich bestimmt auch in die fürchterliche Reiswanne setzen.

Verstohlen warf er einen kurzen Blick auf das Gesicht des Mönches, der aufmerksam mit einigen runden Knöpfen hantierte, die man hoch und runter schieben konnte. »Das sind Regler«, erklärte er. Weitere grüne Lichter flammten auf, ein langgezogenes Piepen ertönte.

»So, wir sind fertig«, sagte der Mönch zufrieden. »Stell dich vor das Pult, die rechte Hand auf diesen Regler. Ja, richtig so. Denn das Wichtigste kommt jetzt: Wenn der Schüler eine falsche Antwort gibt, wird er bestraft.«

Der Junge schluckte. »Wie denn?«, wollte er wissen, biss sich aber noch rechtzeitig auf die Lippen. Nur sprechen, wenn er dazu aufgefordert wurde. Also blickte er den Mönch einfach an. Der lächelte wieder. »Du fragst dich sicher, wie«, sagte er. »Nun, zuerst musst du wissen, dass produktives Lernen nur durch Bestrafung erfolgt. Schülern heutzutage fehlt jegliche Motivation.«

Der Junge bemühte sich, weiterhin aufmerksam auszusehen, doch er konnte den Worten nicht wirklich folgen. Über was redete der Mönch da bloß? Egal. Aufmerksam schauen, das war es, worauf es jetzt ankam.

»Kein Wunder, bei der Wohlstandgesellschaft, in der sie aufwachsen«, fuhr der Mönch fort. »Dabei lernt niemand, wenn jeglicher Druck fehlt.« Er zeigte erneut nach rechts. »Der Junge musste wie du die zehn Gebote lernen. Leider«, er zog bedauernd die Schultern hoch, »war er darin aber nicht so gut. Sein Problem! Denn wer einen Fehler macht, muss genau das spüren.« Er blickte eindringlich auf den Jungen hinunter. »Das verstehst du doch, oder?«

Ohne eine Antwort abzuwarten, nahm er seine Hand und legte sie auf den Regler, den man nach oben ziehen konnte und den er ihm bereits gezeigt hatte. »Gut«, sagte er. »Das Ganze läuft so ab: Ich frage ab, der Schüler antwortet. Bei einer falschen Antwort ziehst du den Regler immer ein Stück weiter nach oben.«

Mit zusammengekniffenen Augen starrte der Junge auf das Gerät. Neben dem Regler war ein Strich angebracht, unten dünn, nach oben immer breiter werdend. Daneben standen Zahlen: 45 V ganz unten, dann 75 V, 100 V und so weiter, bis die Skala oben mit 330 V endete.

Genau auf diese Zahlen zeigte der Mönch jetzt. »V steht für Volt«, erklärte er. »Der Schüler nebenan sitzt auf einem

Stuhl und der ist mit den Kabeln in diesem Raum hier verbunden. Wenn er eine falsche Antwort sagt, bekommt er einen Stromschlag.«

Erschrocken schnappte der Junge nach Luft. Einen Stromschlag? Er hatte an einer Weide mal an den Zaun gefasst, ohne zu wissen, dass der geladen war. Der Stoß, den er bekommen hatte, hatte ihn zurückspringen lassen. Gut, wirklich wehgetan hatte es nicht. Aber schön war das auch nicht gewesen.

»Wir fangen mit 45 Volt an«, erzählte der Mönch weiter, »das ist noch nicht so schlimm.« Und, als hätte er seine Gedanken gelesen, fügte er hinzu: »Wie der Schlag von einem Elektrozaun.« Er seufzte tief. »Sollten allerdings weitere Antworten falsch sein, fahren wir den Strom hoch. Die nächste Stufe schmerzt schon ein bisschen.«

Automatisch richteten sich seine Augen auf den höchsten Wert der Skala – 330 V. Wenn 45 Volt ein Weidezaun war, dann mussten doch 330 höllisch wehtun. War das nicht sogar mehr Strom, als durch eine Steckdose floss? Er meinte, sein Vater habe mal etwas von 220 Volt in deutschen Steckdosen gesagt und dass es im Ausland, wohin sie verreisen wollten, anders sei. Er spürte plötzlich seine Hände nicht mehr. Wie taub fühlten sie sich an, als sei jegliches Leben aus ihnen gewichen.

Der Mönch klopfte mit dem Zeigefinger auf den Tisch. Seine Finger waren lang und dünn. »Es liegt ja ganz an ihm«, sagte er, »er hatte die Chance, gut zu lernen. Genau wie du. Aber es ist so – die Bestrafung wird ihm helfen, besser zu werden. Was er jetzt nicht kann, wird er genau hiermit schneller lernen. Dazu gibt es mehrere wissenschaftliche Tests, die das belegen. Du tust ihm also sogar noch einen Gefallen.« Er räusperte sich, dann drückte er einen Knopf auf der Apparatur. »Wir beginnen«, sagte er und blickte auf seine Armbanduhr. »Kannst du mich hören?« Diese Frage hatte der Mönch genau auf das Gerät gerichtet, anschließend ließ er den Knopf wieder los.

Ein Moment verging, dann erschien ein »Ja« oben auf der Anzeige.

»Wunderbar!« Der Mönch nickte zufrieden. »Der Schüler ist bereit.« Er warf einen Blick auf den Jungen.

Seine Hand auf dem Regler spürte er noch immer nicht. Schlaff lag sie da, als würde sie nicht zu ihm gehören, als sei sie abgekoppelt von seinem Körper. Der Mönch zog die Augenbrauen hoch. »Ich hoffe, du bist es auch«, sagte er. Dann wurde seine Stimme wieder schneidend. Kalt und glatt wie eine scharfe Rasierklinge, die durch ihn schnitt.

»Du kannst dir vorstellen, was sonst passiert«, sagte der Mönch ganz ruhig, strich seinen Kittel glatt und drückte, ohne ihn eines Blickes zu würdigen, erneut auf den Knopf.

35

Laura hatte nichts ausgelassen. Na ja, fast nichts, nur von dem letzten Besuch bei Clausen und dem Verdacht gegen ihre Mutter hatte sie nichts erzählt. Das wollte sie nicht laut aussprechen, noch nicht einmal denken wollte sie es.

Arne hatte sie nicht unterbrochen. Aber sie hatte genau gespürt, wie aufmerksam er zugehört hatte. Manchmal waren seine Augen noch dunkler geworden, zwischendurch schien sein Schmerz mindestens genauso groß wie ihrer. Er stand breit und schwarz neben ihnen, fast konnte man ihn greifen, so deutlich war er.

Auch als sie geendet hatte, blieb er lange Zeit stumm. Laura nippte an ihrem inzwischen kalt gewordenen »Fehmaraner Leichtmatrosen«, einem gut aromatisierten Schwarztee, wie sie festgestellt hatte. Zu ihrem Erstaunen genoss sie die Stille. Sie fühlte sich leer und ausgelaugt, aber gleichzeitig erleichtert. Es hatte so gutgetan, alles einmal loszuwerden. Nicht nur die ganze Geschichte, auch ihre Ängste. Vor allem die Ängste. Lebte Paul noch? Kam sie zu spät? Wieso hatte sie nicht eher nach ihm gesucht? Wie hatte sie sich all die Jahre einreden können, dass es ihm gutging?

»Eine schreckliche Sache«, fuhr Arnes Stimme plötzlich in ihre Gedanken. »Es tut mir sehr leid, dass du das durchmachen musst.«

»Danke.« Lauras Finger folgten dem Muster auf der Tischdecke, einem Bild aus wirren, ineinandergreifenden Kreisen. »Danke, dass du mir zugehört hast.« Sie warf einen Blick auf ihre Uhr. »Wir sitzen jetzt geschlagene zwei Stunden hier. Oh Mann, sorry.«

»Nein.« Arne schüttelte den Kopf. »Es ist gut, dass du mit mir geredet hast. Aber ...« Er zögerte.

»Was denn?«

»Du weißt schon, dass die Chancen, Paul zu finden, nach zehn Jahren ziemlich schlecht stehen?«

Müde vergrub Laura ihr Gesicht in den Händen. Machte denn heute einfach jeder all ihre Hoffnungen kaputt? Sie seufzte. »Ich muss trotzdem alles versuchen, um die Polizei anzustacheln, die Suche wieder aufzunehmen, verstehst du das nicht? Ich habe mir viel zu lange eingeredet, dass es ihm gutgeht.«

»In Ordnung.« Arne breitete die Arme aus. »Dann helfe ich dir. Ich komme schließlich von dieser Insel. Und wie du eben gesagt hast – du brauchst jemanden, der sich auskennt.«

»Gut.« Mit einer Hand fischte Laura nach ihrem Rucksack und kramte das Portemonnaie heraus. »Ich zahl kurz. Und dann ...« Sie hielt inne. Ja, was dann? Der Tag neigte sich langsam dem Ende entgegen. Die Schatten wurden bereits länger und ein frischer Wind war aufgekommen. Sie hatte jedoch gar keine Lust, zu Wiebke zurückzugehen. Doch was konnten sie jetzt machen, wobei konnte ihr Arne helfen?

Der war schon aufgestanden. »Ich habe ein Hobby«, sagte er. »Fotografie. Alles, was sich hier auf der Insel befindet, aber am liebsten Menschen. Du glaubst nicht, was für einen riesigen Fotofundus ich habe.« Er grinste schief. »Ich bin da etwas altmodisch, entwickle alles noch in der Dunkelkammer. Egal, Bild ist Bild. Du hast doch eben gesagt, dass angeblich niemand Paul an der Eisdiele gesehen hat, an dem Tag, als er verschwunden ist.«

Er hielt kurz inne, denn die Bedienung war an den Tisch getreten und Laura bezahlte. Arne bedankte sich bei ihr für die Einladung. Als sie aufstanden und zu ihren Fahrrädern gingen, redete er weiter: »Vor zehn Jahren habe ich noch nicht so viel fotografiert wie jetzt. Aber schon so einiges, mehr als der Durchschnitt jedenfalls. Wenn wir Glück haben, ist was von dem Tag dabei.«

Laura blieb stehen und lächelte Arne an. »Oh Mann, das wäre spitze!«, rief sie. Und plötzlich änderte sich auch Arnes Gesichtsausdruck. Für einen Moment verschwand der tiefe Ernst, der auf ihm lag wie ein Schatten, und er strahlte. »Ich wusste doch, dass mein Hobby für etwas gut ist«, meinte er zufrieden und schloss sein Fahrrad auf. Dann hielt er inne. »Es gibt da nur ein Problem«, sagte er. »Meine Mutter ... sie mag nicht so gern unangemeldeten Besuch. Wo wohnst denn du? Können wir uns die Fotos vielleicht bei dir anschauen?«

»Hm«. Laura runzelte die Stirn. Also doch zu Wiebke. Egal, irgendwann musste sie eh dorthin zurück. Und sie hatte ja scheinbar ebenfalls nicht gewusst, was Clausen erzählen wollte. Na ja, gewusst vielleicht schon, aber sie hatte Lauras Eltern verteidigt und nicht an Sabines Schuld geglaubt.

»Ja, das geht«, sagte sie deshalb. »Ich wohne bei einer Freundin meiner Mutter.« Sie sagte ihm die genaue Adresse und war erstaunt, dass er sie nicht sofort in sein Handy tippte. »Kannst du dir die Adresse merken?«, fragte sie nach.

»Natürlich. Es wird aber einige Zeit dauern. Ich sehe die Fotos schon mal grob durch. Soll ich vielleicht auch die mitbringen von dem Tag, als Tom verschwunden ist? Das ist doch jetzt genau eine Woche her, richtig?«

»Ja. Das letzte Mal als Nele, seine Mutter, ihn gesehen hat, war das in der Nähe des Kinderladens auf dem Marktplatz. Ähnlich wie bei Paul.«

»Alles klar. Dann lege ich mal los.« Er stieg auf sein Rad.

Einem plötzlichen Impuls folgend legte Laura ihre Hand auf seine. »Danke«, sagte sie.

Arne zuckte zusammen, als hätte sie ihn geschlagen. Dann fing er sich. »Mach ich doch gerne.« Er schaute sie an, als wollte er noch etwas sagen. Doch stattdessen nickte er bloß, stieß in die Pedale und radelte, ohne sich noch einmal umzusehen, die Straße hinunter.

36

Kaum war Laura vor die Haustür getreten, hatte Wiebke diese schon aufgerissen und nahm sie in die Arme. Einen kurzen Moment sträubte Laura sich, dann jedoch entspannte sie und legte ihren Kopf an Wiebkes Schulter.

»Blöder Clausen«, murmelte Laura, ohne sich aus der Umarmung zu lösen. »Der hat doch überhaupt keine Ahnung, wir können ihn echt in die Tonne treten.«

»Ich glaube auch nicht, dass Sabine damit etwas zu tun hat, das ist wirklich Unsinn. Aber Clausen war noch gar nicht fertig. Du bist viel zu schnell abgehauen.«

Nun trat Laura doch einen Schritt zurück und zog sich die Turnschuhe von den Füßen.

»Ja, ich gebe zu«, fuhr Wiebke fort, »es war etwas ungeschickt von ihm, gleich mit der Tür ins Haus zu fallen. Aber er ist einfach nur der Reihe nach vorgegangen. Pauls Verschwinden, das angeblich keiner gesehen haben will, die verdächtige Frau am Staberholz. Doch danach ging es ja noch weiter.«

»Ach ja?« Laura beäugte Wiebke kritisch. »Du bist also noch dageblieben? Ich dachte, du wolltest auch gehen.«

Verlegen hob Wiebke die Arme. »Er hat mich überzeugt, ihm zuzuhören. Und das war auch gut so.« Sie zog Laura ins Wohnzimmer und drückte sie auf die Couch. »Pass auf. Der Verdacht gegen deine Mutter hielt sich zuerst ziemlich hartnäckig. Als sie starb, wurde jedoch nicht weiter ermittelt.«

»Und dann verschwand Finn«, unterbrach Laura sie. »Da war meine Mutter schon tot, das allein beweist eindeutig ihre Unschuld.«

Wiebke klopfte mit den Fingern gegen ihre Lippe. »Bedingt«, sagte sie und fügte schnell hinzu: »Jedenfalls für die Polizei. Die waren sich nämlich gar nicht sicher, ob derselbe Täter dahintersteckte. Sie haben erst einmal weiter angenommen, dass Sabine Pauls Tod vertuschen wollte und mit Finn etwas anderes passiert ist.«

»Aha.« Ausdruckslos starrte Laura in den Garten. »Und damit soll ich mich jetzt besser fühlen, oder was?«

»Hör doch erst einmal zu!« Wiebke nahm Lauras Kinn in ihre Hand und zwang sie, sie anzuschauen. »Clausen war sich nicht sicher. Er wollte nichts unversucht lassen und ermittelte in jede Richtung. Und fand etwas heraus.« Wiebke machte eine dramatische Pause.

»Was denn?« Nun setzte Laura sich kerzengerade auf und hing an Wiebkes Lippen. »Mach es nicht so spannend!«

»Okay.« Wiebke runzelte die Stirn, als versuche sie sich genau an Clausens Worte zu erinnern.

»Und?« Ungeduldig rutsche Laura auf dem Sofa hin und her.

»Clausen hat sich noch einmal alle Zeugenaussagen zu Pauls Verschwinden damals angesehen und auch, was er über Toms Verschwinden vor einer Woche von Kollegen gehört hatte. Und dann fiel ihm eine Beschreibung auf: Ein junger Mann, unter zwanzig, der von mehreren Leuten an beiden Tagen auf dem Marktplatz gesehen worden war – an dem Tag, als Paul verschwunden ist und auch an dem, als Tom plötzlich weg war. Er ist der Einzige, der mit beiden, sagen wir mal Tatorten, in Verbindung gebracht werden konnte und der sich irgendwie auffällig benommen hat. Zeugen sprachen davon, dass er komplett schwarz gekleidet war und dass er sich andauernd umgeschaut hätte. Daran konnten sich mehrere Leute erinnern.«

»Wer ist er?«, fragte Laura und hielt die Luft an.

Wiebke lächelte zufrieden. »Clausen hat mir ein Foto von ihm gezeigt. Und ...« sie griff mit ihrer Hand zu ihrer Handtasche, die neben ihr auf dem Boden lag, »als ich gegangen bin, habe ich es mir unauffällig eingesteckt. Ich kenne den jungen Mann nur leider nicht.« Sie hielt kurz inne. »Ich muss auch dazu sagen, dass er befragt worden ist. Er hatte zwar kein Alibi, gab auch zu, auf dem Marktplatz gewesen zu sein, aber man konnte ihm keine Verbindung zu Paul oder Tom nachweisen.«

»Das heißt nichts.« Laura verzog verächtlich den Mund. »Ich finde, wenn ein Kind verschwindet, dann muss man Tag und Nacht arbeiten, bis man endlich eine Verbindung findet!«

»Das hat die Polizei doch getan, Laura, Clausen hat wirklich nicht geruht. Sie haben nichts unversucht gelassen, jeder hier hat das mitbekommen.«

»Er hat meine Mutter verdächtigt!«

»Ja, das war ein Fehler. Aber stell dir vor, unter was für einem Druck sie standen und jetzt wieder stehen. Alle wollen Ergebnisse sehen – und das sofort.«

Wiebke hob das Foto und wedelte es durch die Luft. »Aber nun haben wir ja das Bild.« Sie hielt kurz inne und beäugte Laura. »Du weißt allerdings – jeder ist unschuldig, bis das Gegenteil bewiesen ist. Aber genau da können wir ja ansetzen. Denn eines ist sicher: Dass einer bei ganze zehn Jahre auseinanderliegenden Fällen zufällig jedes Mal in der Nähe ist ...«

»... das ist mehr als verdächtig!« Laura nickte ungeduldig und griff nach dem Foto. »Nun zeig schon her«, rief sie.

Sie brauchte nur einen Blick. Der Mann, der dort in Großaufnahme zu sehen war, war älter geworden. Zehn Jahre älter. Aber man erkannte ihn immer noch gut. Keine Frage, es war Peer. Peer, der sie am Strand der Gruppe vorgestellt hatte. Peer mit dem sympathischen Lächeln. Peer mit der kleinen Schwester, der Hüterin der Sterne.

Nein, *sie* war die Hüterin der Sterne. Sie, Laura. Und sie hielt das Bild eines Verdächtigen in der Hand, eines Mannes, der vielleicht ihren Bruder entführt hatte. Ihren Bruder und Tom.

37

Wiebkes Gesicht lag in tiefen Falten. Sie hatte sich zu Laura vorgebeugt und schaute sie aufmerksam an. »Du siehst aus, als hättest du ein Gespenst gesehen«, sagte sie. »Kennst du den jungen Mann etwa?«

»Ich ... äh ...« Lauras Gedanken überschlugen sich. Sollte sie Wiebke von ihrem nächtlichen Ausflug erzählen? Nein, besser nicht. »Ich ... ich habe ihn gestern in Burg gesehen«, log sie deshalb. »Er ist in mich hineingelaufen und hat sich entschuldigt. Er sagte, er heiße Peer.«

»Das gibt's doch nicht!« Wiebke schlug sich mit der Hand auf ihren Oberschenkel. »Kaum bist du auf Fehmarn, triffst du den Verdächtigen schon persönlich. Peer also, hm. Es kann nicht schwer sein, herauszubekommen, wer er ist. Wenn er vor zehn Jahren schon hier war, wird er ja wohl auf der Insel wohnen.«

In dem Augenblick fiel Laura Arne wieder ein. »Wir bekommen gleich noch Besuch«, sagte sie. »Ich habe einen jungen Fotografen kennengelernt, der auch hier lebt. Er meint, er interessiere sich für Menschen und bringt gleich alle Bilder, die er von den Tagen hat, als Paul und Tom verschwanden.«

Wiebke lehnte sich überrascht zurück und verschränkte die Arme. »Laura, meine Liebe, du scharst die Männer ja gleich reihenweise um dich.«

»Na ja, Peer habe ich nicht wirklich kennengelernt. Er ist einfach in mich hineingelaufen!« Laura legte beide Hände auf ihre erhitzten Wangen. »Mit Arne, das war auch nur ein Zufall, ich hätte ihn vorhin fast umgebrettert.«

Noch während sie redete, sah sie, wie Wiebke breit grinste. »Aha«, rief sie, »das ist also die neue Anmachmasche der Fehmaraner: Ich stürme einfach in oder vor die Frau, das haut sie im wahrsten Sinne des Wortes um!«

Nun musste Laura ebenfalls lachen. »Da sag mal noch einer, die Nordmenschen seinen kühl und distanziert.« Dann wurde sie wieder ernst. »Die wichtige Frage ist jetzt doch: Ist Peer auch gesehen worden, als Finn verschwand? Und wo ist Finn eigentlich entführt worden?«

»Oh, das weiß ich gar nicht.« Wiebke wippte unruhig mit den Füßen auf und ab.

»Was?«, fragte Laura. »Ob Peer gesehen wurde oder wo Finn verschwunden ist?«

»Beides nicht«, antwortete Wiebke. »Ob Peer auch bei Finns Entführung in der Nähe war, kann wohl nur Kommissar Holstenbach sagen.«

Laura hatte schon ihr Handy herausgeholt und scrollte durch die Seiten. »Ich habe die Zeitungsartikel über Finn alle gelesen und Screenshots gemacht ... warte kurz. Ah ja, genau. Die Mutter war Einkaufen, auch sie hat ihr Kind kurz aus den Augen gelassen. Allerdings nicht in Burg, sondern in Puttgarden. In diesem Shop, wo man zollfrei einkaufen kann.«

»Puttgarden?«, fragte Wiebke erstaunt. »Muss dann wohl der BorderShop gewesen sei. Okay, das ist wirklich anders als bei unseren Jungen und war vielleicht auch einer der Gründe, warum die Polizei Paul und Finn nicht unter einen Hut gebracht hat.«

»Ach!« Ärgerlich warf Laura ihr Handy auf das Sofa. »So weit ist Puttgarden von hier auch nicht entfernt. Und dort herrscht immer viel Gewusel: Abfahrten nach Dänemark, viele Menschen ... Der perfekte Ort, um ungesehen ein Kind mitzunehmen. Der Entführer hat wahrscheinlich immer nur auf die beste Gelegenheit gewartet.«

Bei Lauras Worten stoppte Wiebke abrupt das Wippen ihrer Füße, legte die Stirn in tiefe Furchen und sprach dann langsam: »Laura, da triffst du einen ganz wichtigen Punkt. Nämlich den: Waren Paul, Finn und Tom Zufallsopfer? Hat der Entführer auf eine günstige Gelegenheit gewartet, sich ein Kind geschnappt, auf das die Mutter gerade nicht gut achtete und mit dem er im Gewimmel verschwinden konnte?«

Laura hob ihren Zeigefinger. »Natürlich«, sagte sie und bewegte den Finger rhythmisch auf und ab. »Darüber habe ich noch gar nicht nachgedacht ... Oder hat er die Kinder beobachtet, wollte genau diese haben. Was spricht denn dafür, was dagegen?«

»Gute Frage.« Wiebke griff nach Papier und Kugelschreiber, die auf dem Couchtisch lagen. Schnell hatte sie eine Tabelle mit zwei Spalten gezeichnet. »Gegen eine zufällige Entführung spricht, dass es nur Jungen waren.«

Laura wiegte den Kopf. »Na ja, der Entführer kann das Ziel haben, nur Jungen zu nehmen. Trotzdem kann er dann ja spontan welche aussuchen, oder nicht?« Sie hielt inne, dann sprach sie langsam weiter. »Weißt du, was ich wirklich merkwürdig finde? Dass Tom Diabetes hat und der tote Junge auch, den Nele und Thorben sich anschauen mussten. Das spricht gegen einen Zufall.«

»Hm.« Wiebke schlug mit dem Stift auf das Papier. »Vorausgesetzt, der tote Junge hat überhaupt etwas mit dieser ganzen Sache hier zu tun. Er ist tot – Paul, Finn und Tom nur verschwunden. Und er kommt nicht von Fehmarn. Außerdem waren Finn und Paul gesund.« Sie vergrub den Kopf in ihren Händen. »Oh Mann, das ist alles ganz schön kompliziert. Und wir wissen so wenig!«

»Er kam nicht von Fehmarn«, wiederholte Laura nachdenklich. »Paul ja auch nicht. Und«, sie warf erneut einen Blick auf ihr Handy, » Finn ist ebenfalls kein Fehmaraner. Seine Mutter war mit ihm auf dem Weg nach Dänemark. Allerdings nicht zum ersten Mal, sie schien häufiger von Puttgarden aus dorthin zu reisen.«

»Dann ist also nur Tom von hier?«, fragte Wiebke mit gerunzelter Stirn.

»Ja.« Laura seufzte. »Ob das etwas zu bedeuten hat?« Erschrocken fuhr sie zusammen, als plötzlich laut die Türklingel ertönte.

»Das muss Arne sein!«, rief Laura und sprang auf. »Wenn wir Glück haben, kommen wir jetzt einen Schritt weiter!«

Sie lief zur Tür und öffnete sie mit einem weiten Schwung. Doch nicht Arne befand sich vor ihr. Es war Peer, der sie anstarrte. Groß und breitbeinig stand er im Türrahmen, und sein Schatten fiel über sie.

38

Seine rechte Hand. Sie gehörte nicht zu ihm, war ein abgeschnittener Teil seines Körpers. Er spürte sie nicht mehr, wollte sie nicht. Wollte den Regler nicht bewegen, der einem anderen Menschen Schmerzen zufügte. Seinem Freund.

Was hatte der Mönch gesagt? Dass man nur mit Bestrafung besser lernen konnte? Oh nein, das glaubte er nicht. Seine Lehrerin hatte nie bestraft, im Gegenteil. Sie war freundlich und lobte viel. Und wenn sie das tat, dann floss ein kleiner Strom von Glück durch seinen Körper. Der ihn anspornte und ihn dazu brachte, mehr zu wollen. Es war Lob, das ihn voranbrachte, nicht Strafe.

Und jetzt hatte er Angst, selbst strafen zu müssen. Angst, was der Mönch mit ihm machen würde, wenn er nicht gehorchte. Angst vor der Wanne mit Reis. Und noch viel mehr Angst vor all den anderen Zimmern, von denen er nicht wusste, was sich hinter den großen, schweren Türen verbarg. Aber am meisten bangte er um seinen Freund. Der jetzt alleine in diesem Raum saß, niemanden neben sich, der ihm Mut zusprach. Niemanden, der an ihn glaubte und ihm half. Denn das war es, was man brauchte, um gut zu sein. Man brauchte jemanden, der wollte, dass man besser wurde. Der unterstützte, ermutigte.

Er zuckte zusammen, als der Mönch sprach und auf die Anzeige deutete. »Die Antwort war richtig«, sagte er.

Schnell glitt sein Blick nach oben. Uff, sein Freund hatte das erste Gebot korrekt vervollständigt. Ein Glück. Vielleicht ging ja doch noch alles gut aus.

Aufgeregt schluckte er, während der Mönch erneut den Knopf drückte und sich zu dem Apparat hinunterbeugte. »Zweitens«, sagte er, »der Meister weiß alles, er ...«

Es gab keine Uhr in dem Raum, trotzdem hörte er Zeiger ticken. Es musste in seinem Kopf sein, doch er vernahm sie so laut, als stünde ein Wecker neben ihm. Wie in Zeitlupe sah er den Mönch ungeduldig auf den Tisch tippen. Einen weiteren der vielen schwarzen Knöpfe drücken.

Ein Schweißtropfen bildete sich auf seiner Stirn, bahnte sich einen Weg über seine Nase und tropfte auf den Tisch hinab. Wie eine riesengroße Träne glitt er über die Kante, versuchte, sich für einen Moment zu halten, schaffte es nicht und fiel auf den kühlen Boden.

Er hielt die Luft an, als schwarze Schrift auf der Anzeige erschien. Buchstabe für Buchstabe:

E-R I-S-T A-L-L-M-Ä-C-H-T-I-G.

Nein! Nein, das war falsch. Mit aller Macht versuchte er, dem Jungen nebenan das richtige Wort zu schicken. Unantastbar, nicht allmächtig. Unantastbar, dachte er. Er bemerkte nicht, dass sich seine Lippen lautlos bewegten.

Doch der Junge schien ihn nicht zu hören. Groß und schwarz prangten die Buchstaben, die Anzeige leuchtete fahl in den Raum.

»Falsch.« Kalt war die Stimme des Mönches, so kalt, dass ein Zittern durch seinen Körper lief.

Dann drehte er sich zu ihm herum. »Schieb den Regler hoch!«, befahl er.

Laura war unfähig, auch nur ein Wort herauszubringen. Wie hatte sie Peers wölfisches Grinsen nur als nett empfinden können? Ihre Gedanken überschlugen sich. Woher wusste er, wo sie wohnte? War das Treffen am Strand gar kein Zufall gewesen? War er ihr etwa gefolgt? Sie wollte die Tür einfach wieder zuschlagen, doch ihre Hand auf der Klinke zitterte, ihr gesamter Körper gehorchte nicht. Wie erstarrt war sie mit einem Male, nicht in der Lage, sich zu rühren.

»Hey!« Peer grinste noch immer, er schien gar nicht zu merken, wie aufgewühlt sie war. Vielleicht tat er aber auch nur so. Sie versuchte, zu antworten, doch nur ein Krächzen kam aus ihrer Kehle. Besorgt sah er sie an. »Du hast dich hoffentlich gestern am Strand nicht erkältet?«, fragte er. Und als sie nichts sagte, fuhr er fort: »Heute machen wir wieder ein Lagerfeuer, es ist schließlich Wochenende. Wollte nur fragen, ob du Lust hast, mit mir hinzugehen. Ich könnte dich nachher abholen, wenn es dunkel wird.«

Nein! Laura schrie, merkte dann aber, dass das Wort nur in ihrem Kopf echote. Das hatte gerade noch gefehlt, in tiefer Nacht mit ihm allein unterwegs zu sein. Sie räusperte sich und stellte erleichtert fest, dass ihre Stimme endlich gehorchte. »Woher weißt du, wo ich wohne?«, wollte sie wissen, ohne auf seine Frage einzugehen.

»War grad bei 'nem Kumpel gegenüber.« Peer zeigte vage nach hinten. »Da habe ich dich zufällig kommen sehen. Fehmarn ist halt klein.« Er zuckte mit den Schultern. Dann grinste er erneut. »Klein, aber fein. Also, was ist nun, kommst du mit?«

Okay, jetzt ganz cool bleiben. Peer durfte nichts merken. Eigentlich war es ja gut, ein wenig mehr über ihn herauszufinden. Aber allein im Dunkeln? Auf keinen Fall!

»Heute Abend kann ich nicht«, sagte sie deshalb und versuchte, nachzudenken. »Aber morgen früh würde es mir passen. Was hältst du von Frühstück am Markt? Dort gibt es doch so viele nette Cafés.« Sie war glücklich über ihren Einfall. Am helllichten Tag in einem belebten Raum konnte er ihr wohl nichts tun, oder? Und sie war in der Lage, ihn auszufragen. Unauffällig, natürlich.

»Na gut.« Peer sah enttäuscht aus. »Dann bis morgen.« Er wollte sich gerade zum Gehen wenden, als Arne herangeradelt kam und vor Lauras Haus hielt. Er winkte Laura zu. Während er sein Rad sorgfältig abschloss, schaute Peer ihn mit zusammengezogenen Augenbrauen an. »Was macht der denn da?«, flüsterte er verächtlich, »auf Fehmarn werden doch nur äußerst selten Räder gestohlen.«

Vielleicht, aber dafür verschwinden Kinder und du warst immer in der Nähe, dachte Laura, sprach ihren Gedanken jedoch nicht laut aus. »Wir treffen uns um zehn Uhr vor dem Rathaus, ja?«, sagte sie schnell.

»Klar.« Peer drehte sich um und warf Arne einen finsteren Blick zu. Der grüßte trotzdem höflich.

Während Peer auf die Straße zurücktrat, kam Arne schwankend auf Laura zu. Der Rucksack, den er geschultert hatte, war ganz offensichtlich nicht nur groß, sondern auch sehr schwer. »Guten Abend, schön dich zu sehen.« Arne streckte ihr die Hand entgegen. Verwirrt ergriff Laura sie und Arne schüttelte sie höflich. »Äh, ja, dich auch«, sagte sie. »Komm rein.«

Sie führte Arne ins Wohnzimmer. »Wiebke, das ist Arne. Arne, Wiebke.«

Wiebke sprang auf. »Hallo«, rief sie. »Was habt ihr denn so lange an der Tür gequatscht, ich dachte schon, ihr kommt gar nicht mehr rein.« Sie zeigte auf den Couchtisch. »Ich habe in der Zeit mal Getränke und Snacks bereitgestellt.« Erwartungsvoll sah sie Arne an. »Und«, wollte sie ohne Umschweife wissen, »hast du Bilder von den Tagen gefunden, an denen unsere Jungs verschwunden sind?«

»Ja.« Arne stellte den Rucksack sorgfältig neben das Sofa. »Darf ich?«, fragte er und zeigte fragend darauf.

Wiebke blickte ihn einen Moment an, als wüsste sie nicht, was er wolle. »Natürlich«, sagte sie dann. »Setz dich doch.«

Arne ließ sich ganz am Rand nieder, strich seine Hosenbeine glatt und zog einen großen Ordner aus seiner Tasche. Die Bilder waren penibel nach Datum sortiert und abgeheftet. Laura machte es sich ebenfalls auf der Couch bequem und Wiebke setzte sich in den Sessel gegenüber. Schweigend schauten sie Arne an, der nach und nach Bilder aus den Hüllen zog und sie auf dem Tisch in zwei geraden Reihen ausbreitete. »Hier«, sagte er schließlich und zeigte auf die kleinere Reihe. »Fünfzehnter Juli 2010, der Tag, an dem dein Bruder verschwand. Wie gesagt, da habe ich noch nicht so viel fotografiert.«

Aufmerksam blickte Laura auf die Fotos. Wiebke war aufgestanden und neben sie getreten, damit sie die Bilder nicht auf dem Kopf betrachten musste. Alle Fotos waren in schwarzweiß. Auf einigen waren der Marktplatz und auch mehrere

Menschen zu sehen. Die meisten zeigten jedoch eine Person im Profil.

»Wissen die Leute, dass sie abgelichtet werden?«, fragte Wiebke.

Eine leichte Röte breitete sich auf Arnes Gesicht aus. »Nein. Wenn sie es merken, dann nehmen sie diese bestimmte Foto-Pose ein. Ihr wisst schon, immer das gleiche aufgesetzte Lächeln oder, noch schlimmer, das schreckliche Duck-Face.« Er schüttelte sich, als hätte er etwas Widerliches gegessen. »Das will ich aber nicht. Ich möchte den wirklichen Menschen haben.« Er richtete sich noch gerader auf. »Eigentlich sind die Bilder ja auch nur für mich, ich veröffentliche sie nicht. Facebook und Instagram sind nicht meins.« Er zögerte einen Moment. »Ihr seid die Ersten, die die Fotos sehen«, sagte er dann.

»Hm.« Wiebke nahm ein Bild aus der zweiten Reihe in die Hand, das einen alten Mann zeigte. Tief hatten sich die Furchen in sein Gesicht gegraben, er blickte ernst nach vorne, schien jedoch trotzdem von innen zu lächeln. »Das ist gut«, meinte sie. »Wirklich, richtig gut. Du hast ein Gespür für den passenden Blickwinkel und das Spiel mit dem Licht. Du solltest mal ausstellen. Man muss die Leute dafür allerdings um Erlaubnis fragen.«

Arnes Gesicht war bei ihren Worten immer röter geworden. Gleichzeitig breitete sich eine Spur Erstaunen darauf aus. »Danke, es ist sehr nett, was Sie da sagen.«

Wiebke lächelte ihn an. »Hier«, sagte sie und zeigte auf die Fotos von vor zehn Jahren, »man merkt, dass du da noch nicht so viel Gespür hattest. Das gewisse Etwas fehlt, Gefühl. Aber die hier«, ihre Augen glitten über die zweite Reihe, »die sind toll. Du hast viel gelernt.« Anerkennend nickte sie Arne zu. »Dann lass uns doch mal sehen, ob wir Peer finden.«

»Wen?«, fragte Arne.

Wiebke schlug sich vor die Stirn. »Mist«, sagte sie. Und dann: »Hör zu, alles, was wir hier sagen, bleibt unter uns, okay? Du weißt es ja schon von Laura: Wir versuchen, eine Spur zu dem Entführer der Jungs zu finden, und dabei«, sie zuckte mit den Schultern, »holen wir uns alle Unterstützung, die wir brauchen. Also, bist du dabei oder nicht?«

»Ja.« Arne nickte. »Ja, natürlich. Ihr könnt euch auf mich verlassen, ich spreche mit niemandem darüber. Also, wer ist Peer?«

»Du hast ihn eben an der Tür gesehen«, sagte Laura, und als Wiebke ihr einen entsetzen Blick zuwarf, fügte sie schnell hinzu: »Alles gut. Er wollte mit mir an den Strand. Angeblich wohnt sein Freund gegenüber.«

»Aha.« Wiebkes Stimme klang skeptisch. »Hat er gesagt, wie der heißt?« Laura schüttelte den Kopf. »Egal«, sagte sie und an Arne gewandt: »Die Polizei hat ihn verdächtigt.«

»Oh!« Arnes Blick glitt zurück zu den Bildern, dann griff er eins heraus, das den Marktplatz zeigte. »Ein Portrait habe ich nicht von ihm, aber schaut mal hier. Ist er das nicht?«

Er zeigte auf einen Mann in einem schwarzen Kapuzenpulli, cool an eine Hauswand gelehnt. Ja, das war Peer, keine Frage. Ein großgewachsener Jugendlicher, der sich aufmerksam umblickte. »Und seht mal hier!« Arne griff nach einem Bild aus der anderen Reihe. »Das ist erst eine Woche her, der Tag, als Tom verschwand.« Peer war nun deutlich älter, seine Haare länger geworden. Aber auch auf dem Bild war er klar zu erkennen. Abseits der Straße im Schatten eines Baumes stand er, doch sein aufmerksamer Blick war auf den Platz mit all den Leuten gerichtet, die geschäftig hin- und hereilten.

»Wie Clausen gesagt hat«, murmelte Laura. »Jetzt ist nur noch die Frage: War er auch in Puttgarden, als Finn verschwand?«

»Wann war das noch mal?«, fragte Arne nach.

»Vor neun Jahren, ein Jahr nach Paul. Aber nicht hier in Burg, sondern im BorderShop.«

Noch während sie sprach, hatte sich Arnes Stirn in tiefe Furchen gelegt. Mit einem Mal sah er sehr alt aus. »In Puttgarden«, murmelte er. Dann wandte er sich Laura zu, sein Gesicht wieder glatt und freundlich. »Nein, da bin ich nie gewesen. Ich fotografiere immer nur in und um Burg.«

Laura seufzte. »Na klar, das wäre ja auch zu schön gewesen«, sagte sie. Sie griff nach einer Käsestange und begann, daran herumzuknabbern. »Ich bin morgen mit Peer verabredet«, fuhr sie fort, »da muss ich was aus ihm herausbekommen!«

Erneut breitet sich bei dem Namen Erschrecken auf Wiebkes Gesicht aus. »Das finde ich gar nicht gut!«, rief sie. »Laura, der Typ ist vielleicht gefährlich. Stell dir nur einmal vor, er hat wirklich was mit dem Verschwinden der Jungen zu tun!«

»Aber wir müssen doch etwas unternehmen!« Laura zog hilflos die Schultern hoch. »Nur vom Reden kommen wir auch nicht weiter.«

Arne hob den Arm, als wollte er sich melden. »Ich habe eine Idee«, sagte er. »Ich werde mich morgen auch in das Café setzen, in das ihr geht. Unauffällig, irgendwo in eine Ecke. Dann bist du nicht alleine dort.«

»Gut.« Laura wusste nicht warum, aber ihr gefiel der Vorschlag sofort. Es war beruhigend zu wissen, dass sie sich der

Gefahr nicht allein stellen musste und einen Verbündeten zur Seite hatte. Dann stockte sie. »Aber musst du denn gar nicht arbeiten?«

»Es ist doch Wochenende. Und ich ... ich bin im Moment noch auf Arbeitssuche.« Auf Arnes blassem Gesicht zeigte sich ein kleines Lächeln. »Ich werde morgen da sein, versprochen.«

Auch Wiebke sah zufrieden aus. »Ach, es gibt so viele Orte auf der Insel, wo man herrlich frühstücken kann«, rief sie. »Die ganzen Hofcafés, zum Beispiel. Aber wenn du Peer triffst, dann ist es wahrscheinlich am besten, wenn ihr direkt hier in Burg bleibt.«

Laura nickte. Sie drehte eine Haarsträhne auf ihrem Finger. »Vielleicht können wir das mit dem Hofcafé ja noch anschließen, ohne Peer«, warf sie leicht in den Raum und freute sich über Arnes »Natürlich«, das sofort aus seinem Mund geschossen kam.

Laura wollte gerade nach dem Glas Orangensaft greifen, als ihr Blick auf dem Foto des Marktplatzes hängen blieb, das Peer zeigte, als Jugendlichen, vor zehn Jahren. Sie schluckte, stellte das Glas wieder ab, nahm das Bild in die Hand. Studierte es fuhr sich mit der Zungenspitze über die Lippen.

»Das gibt es doch nicht«, sagte sie heiser. Sie hielt das Bild so, dass Arne und Wiebke es sehen konnten, und deutete rechts in die Ecke. Am Straßenrand hatten einige Wagen geparkt. Aber Wiebke sah sofort, was Laura meinte. Ganz rechts im Bild, zur Hälfte abgeschnitten, stand ein Auto. Ein Opel, schwarz. Peer lehnte nur wenige Schritte davon entfernt an der Wand. »Oh mein Gott«, murmelte Wiebke. Dann sprang sie auf, rannte zur Kommode, wühlte darin und kam schließlich triumphierend zurück. Hoch erhoben hielt sie eine Lupe in der Hand. »Das Nummernschild!«, rief sie. »Ich glaube, hiermit können wir es entziffern!«

40

Ein Weidezaun, dachte er und bemühte sich verzweifelt, seine Hand wieder zu spüren. Sie lag auf dem Regler, als gehörte sie gar nicht zu ihm. Ein Weidezaun, ein kleiner Schlag, mehr nicht. Fest kniff er die Augen zusammen, versuchte, alles auszublenden. Nur seine Finger bewegen, ein klitzekleines Stück, auf die 45 Volt zu.

»Jetzt mach schon!« In der Stimme des Mönches schwang nicht nur die bekannte Eiseskälte, sondern auch Ungeduld mit.

Mit noch immer geschlossenen Augen atmete er tief aus, gab sich einen Ruck, befahl seiner Hand, sich zu bewegen.

Klack. 45 Volt. Er hielt die Luft an, wartete. Nichts geschah. Erleichtert ließ er den angestauten Atem aus seinen Lungen entweichen. Okay, okay, er hatte es geschafft. Und sein Freund hatte einen kleinen Schlag bekommen. Nichts Schlimmes. Lange nicht so schmerzhaft wie die Wanne mit dem Reis. Von nun an musste er einfach nur alles richtig machen, die Gebote richtig ergänzen. So schwierig war das schließlich gar nicht, er selbst hatte das doch auch hinbekommen.

Plötzlich, er wusste nicht woher, spürte er ein komisches Gefühl in sich aufsteigen. Der Junge nebenan war älter als er, hatte der Mönch gesagt. Und trotzdem hatte er die Gebote nicht gut gelernt. Jetzt stand er hier in diesem verfluchten Raum, wegen ihm. Dem Jungen, der es verbockt hatte. Wie eine graue, giftige Pflanze kletterte das Gefühl in ihm hoch, verankerte sich in seinem Kopf. *Du bist schuld,* wisperte es in ihm und aus ihm heraus in den anderen Raum. *Du bist schuld und du bist dumm. Oh, wie dumm bist du, die Gebote nicht richtig zu können!*

Und mit einem Mal spürte er seine Hand wieder. Es kribbelte in seinen Fingerspitzen, sachte bewegte er sie auf dem Regler. Als der Mönch das dritte Gebot anfing, atmete er ruhiger. Gespannt blickte er auf das Feld, in dem gleich die Buchstaben erscheinen würden.

Du bist selber schuld, wisperte es wieder in ihm. *Schuld, dass du dort sitzt und schuld, dass ich hier stehe. Also beantworte die Frage gefälligst richtig!*

Denn falls nicht, wusste er, was er zu tun hatte.

41

Laura ließ die Lupe sinken. Vor Anstrengung hatten ihre Augen bereits zu tränen begonnen. Zuerst hatte Wiebke, dann sie eine Ewigkeit mit der Lupe auf das Foto gestarrt. Aber Wiebke hatte Recht: Einigermaßen deutlich waren die letzten drei Ziffern zu erkennen, 489, ebenfalls der Buchstabe davor, ein T. Doch mehr war aus dem Bild nicht herauszuholen. Der weitere Teil des Nummernschildes lag im Schatten.

Enttäuscht pfefferte Laura die Lupe auf das Sofa. Vorsichtig griff Arne danach und schaute ebenfalls auf das Bild. Doch auch er schüttelte den Kopf. »Es ist immerhin etwas«, versuchte Wiebke die Stimmung zu heben. »Und wenn wir davon ausgehen, dass das Auto hier aus Fehmarn oder der Umgebung kommt, dann hat es vorne ein OH für den Kreis Ostholstein. Sollte das der Fall sein, fehlt uns, soweit ich das sehen kann, nur noch ein einziger Buchstabe!«

»Stimmt!« Lauras Gesicht hellte sich auf. »Und wir gehen ja davon aus, dass der Täter sich hier auskennt.« Die Aufregung hatte ihre Wangen rot gefärbt. Erhitzt sprach sie weiter: »Wiebke, meinst du, damit kann Clausen was anfangen? Man kann doch bestimmt eine Anfrage laufen lassen, die den einen Buchstaben ergänzt und alle in Frage kommenden Kennzeichen ausspuckt, oder?«

Wiebke klopfte mit den Händen einen wilden Rhythmus auf ihre Jeans, der wohl ihrem schnellen Herzschlag glich. »Keine Ahnung, aber das hört sich machbar an«, sagte sie. »Allerdings ist er ja nicht mehr im Dienst. Ich weiß nicht, ob er noch Zugriff auf solche Datenbanken hat.«

»Wir sollten es versuchen«, erwiderte Laura bestimmt. »Wir könnten es auch Holstenbach geben, aber bei dem habe ich kein gutes Gefühl. Nur weil er nicht drauf gekommen ist, lässt er den Zettel mit dem Kennzeichen bestimmt erst einmal tagelang auf seinem Schreibtisch versauern. Nein, lass uns lieber erst herausfinden, wem der Wagen gehört, bevor wir ihm was sagen.«

»Es kann nicht wirklich schwer sein.« Auch Arne hatte sich vorgebeugt und wirkte plötzlich sehr aufgeregt. »Wenn wirklich nur ein Buchstabe fehlt, dann gibt es höchstens sechsundzwanzig Möglichkeiten, richtig?«

»Richtig!« Begeistert sprang Laura auf. »Und dann schauen wir, welche von diesen sechsundzwanzig Kennzeichen auf Fehmarn oder in der unmittelbaren Nähe zugelassen sind. Das dürften doch nur ganz wenige sein, danach gucken wir, welche zu einem schwarzen Opel gehören. Und peng«, sie schlug kräftig mit der Faust in die Hand, »haben wir ihn!«

Wiebke ließ sich von Lauras Begeisterung anstecken. »Endlich!«, rief sie. »Aber sobald wir den Namen wissen, geben wir ihn an Holstenbach weiter, in Ordnung?« Sie blickte Laura an, und ein Schatten huschte über ihr Gesicht. »Keine Alleingänge, hörst du?«

»Ja, ja!« Laura lief im Zimmer auf und ab wie ein eingesperrter Tiger. »Also, pass auf, du gehst morgen früh zu Clausen und versuchst ihn dazu zu bringen, die Liste mit den Nummernschildern und den dazugehörigen Besitzern zu bekommen. In der Zeit treffe ich mich mit Peer im Café. Stell dir nur vor, es wäre sein Auto! Ich versuche, so viel von ihm zu erfahren, wie es geht.« Sie ging zu Arne und blieb vor ihm stehen. »Und du sagst mir jetzt, in welches Café ich mit Peer gehen soll und wartest da auf uns.«

Arne war bereits dabei, die Fotos einzusammeln und wieder in den Ordner zurückzustecken. Er arbeitete eilig und schien Laura gar nicht zu hören. »Arne?«, fragte sie und griff nach einigen Bildern. Er entriss sie ihr fast. »Ich mach das schon«, sagte er.

»Schon gut«, entwaffnend hob Laura die Hände, »ich wollte nur helfen. Also, wo treffen wir uns?«

»Ich schlage die Inselbäckerei vor. Dort ist das Frühstück sehr lecker und man kann gemütlich drinnen oder draußen sitzen.«

»Super, abgemacht. Bring nur eine Zeitung oder so etwas mit, hinter der du dich verstecken kannst. Peer hat dich schließlich schon gesehen.«

»Mach ich.« Arne schien es wirklich eilig zu haben. Er war aufgestanden und hatte seinen Rucksack geschultert. »Meine Mutter wartet«, sagte er entschuldigend. »Ich ... muss ihr noch bei etwas helfen.«

»Okay.« Laura brachte ihn zur Haustür. »Dann bis morgen.«

»Ja, bis morgen.« Doch bevor er die Tür öffnen konnte, hielt Laura ihn zurück. »Du hast uns wirklich sehr geholfen«, sagte sie und legte ihre Hand auf seinen Arm. »Zum ersten Mal seit Tagen habe ich wieder Hoffnung.« Sie atmete tief ein. »Das ist ein schönes Gefühl.« Für einen Moment kam es ihr so vor, als wollte Arne den Arm zurückziehen. Laura schien er wie ein Tier, das bereit ist, jederzeit in den Wald zu fliehen.

Doch dann entspannten sich seine Gesichtszüge. Er blieb stehen und schaute verlegen auf den Boden. »Habe ich gern gemacht«, sagte er schließlich.

Laura drückte seinen Arm. »Also bis morgen«, flüsterte sie und wusste nicht, warum sie plötzlich ganz leise sprach. Es war, als würden sie ein Geheimnis teilen. Ein tiefes Geheimnis, das nur ihre Herzen kannte.

42

Der starke Wind hatte sich auch am nächsten Morgen noch nicht gelegt. Schwere Wolkenungetüme hingen am Himmel und schluckten immer wieder das Licht der Sonne. Fröstelnd zog Laura ihre Strickjacke enger, während sie in Richtung Marktplatz lief. Dabei klopfte ihr Herz schneller als normal, ihr Mund war vor Aufregung trocken.

Gestern Abend hatte sie nicht einschlafen können. Immer wieder waren alle Dinge, die sie bisher herausgefunden hatten, durch ihren Kopf gewirbelt. Konnte Peer etwas mit dieser schrecklichen Sache zu tun haben? Als Paul verschwand, musste er zwischen vierzehn und neunzehn Jahre gewesen sein. War das nicht zu jung, um ein Kind zu entführen? Andererseits wusste sie ja gar nicht, warum Paul entführt worden war.

Und gleichzeitig musste sie an andere Fälle denken, von denen sie gelesen hatte – ein Junge hatte mit vierzehn Jahren einen Mitschüler getötet, ein anderer im selben Alter ein jüngeres Kind missbraucht und erdrosselt. Unsagbares Grauen, denn kein Erwachsener war der Täter, sondern Jugendliche, eigentlich selbst noch Kinder. Es war unfassbar schrecklich, wenn einem Kind etwas geschah, aber noch unbegreiflicher, wenn der Täter selbst noch ein Kind war. Doch in ihrem Fall musste er mindestens 18 gewesen sein, um ein Auto fahren zu dürfen, einen schwarzen Opel. Sie würde Peer nach seinem Alter fragen, keck, als würde sie mit ihm flirten. Ob sie das hinbekommen würde?

Sie blieb stehen, starrte in den schwarzen Himmel. Mit einem Mal sehnte sie sich zurück nach Hamburg, in ihre kleine Welt, das gemütliche Zimmer, zu ihren Freundinnen, mit denen sie über Schule und den neusten Klatsch tratschte, zu Charlotte, die sie in den Arm nahm.

Bei dem Gedanken an ihre Großmutter durchzuckte es Laura heiß. Charlotte hatte schon mehrmals probiert, sie zu erreichen, aber Laura hatte nicht abgenommen. Sie wusste nicht, wie gut sie am Telefon lügen konnte. Deshalb hatte sie nur einige kurze SMS geschrieben. Zum Glück war Charlotte der neuen Technik nicht abgeneigt und hatte sich bereits vor Jahren ein Smartphone zugelegt, um von Laura unkompliziert Fotos und kleine Videos zugeschickt zu bekommen. Das war gut, denn jetzt konnte Laura ihr schreiben, ab und zu ein lächelndes Selfie von sich schicken und Charlotte war beruhigt. Doch irgendwann würde sie Oma auch einmal anrufen müssen. Wenn das Treffen mit Peer heute gut verlief, dann würde sie sich am Abend bei ihr melden, das nahm sie sich ganz fest vor.

Sie gab sich einen Ruck, zwang ihre Konzentration wieder auf die Straße und auf das, was vor ihr lag. Arne würde da sein. Sie war nicht allein. Bei dem Gedanken huschte ein Lächeln über ihr Gesicht. Ja, Arne war etwas merkwürdig. Ein bisschen wie aus einem zu alten Film. Er war so ganz anders als Jan, der mit seinem lässigen Style, den perfekt frisierten Haaren und dem schelmischen Grinsen gleich jeden von sich überzeugte, ohne viel zu machen. Oha. Jan. Erstaunt stellte Laura fest, dass sie, seit sie auf Fehmarn angekommen war, gar nicht mehr an ihn gedacht hatte. Dafür Arne. Er hatte ganz andere sympathische Eigenschaften – seine Höflichkeit, seine Art, still zuzuhören und sich nicht in den Vordergrund zu spielen. Und dann diese Augen, die manchmal einem schwarzen Loch glichen. Das war ein Abgrund, wie er sich auch in ihrem Körper auftat und der sie irgendwie verband.

Laura blieb kurz stehen, senkte den Kopf und achtete nur auf die Geräusche um sie herum. Auf die schönen Geräusche. Ein Lachen in der Ferne. Raschelnde Blätter im Baum über ihr. Der Schrei einer Möwe. Erst dann ging sie weiter. Arne hatte ihr die ganze Zeit zugehört und war für sie da, aber von sich hatte er kaum etwas erzählt. Dabei wollte sie ihn unbedingt fragen, welcher Schatten auf seiner Seele lag. Gleich nach dem Frühstück, wenn Peer verschwunden war, würde sie ihn darauf ansprechen.

Nun aber genug! Ein Blick auf ihre Uhr zeigte, dass es bereits drei Minuten vor zehn war. Sicher stand Peer schon vor dem Rathaus. Laura versuchte, sich nur auf ihre Schritte zu konzentrieren und alle anderen Gedanken zu verbannen. Eins und zwei und drei und vier ...

Das Rathaus von Fehmarn war kein neumodisches Glasding, wie in vielen anderen Städten, sondern ein schmuckes Gebäude mit zwei Türmchen und hohen Bogenfenstern. Fast wie ein kleines Schloss wirkte es. Allerdings stand nicht ihr Prinz davor. Nein, ein Verdächtiger wartete dort auf sie. Laura schüttelte diesen Gedanken ab. Sie musste an Wiebkes Worte denken – sie durfte Peer nicht vorverurteilen. Das würde auch ihre Sicht auf die Dinge trüben und ihr Urteilsvermögen einschränken. Sie zwang sich zu einem Lächeln und ging auf Peer zu, der es sich auf den Stufen des Rathauses bequem gemacht hatte. Aufmerksam blickte er ihr entgegen. Hm, eine weitere Sache, die komisch an ihm war. Alle, die sie in ihrem

Alter kannte, fischten eigentlich sofort das Handy aus der Tasche, wenn sie nur eine Minute irgendwo warten mussten. Peer hingegen schien sich immer die Umgebung anzuschauen. Auf beiden Fotos, und auch jetzt.

»Hallo«, sagte sie, blieb verlegen stehen, fragte sich, ob sie ihn zur Begrüßung kurz umarmen sollte. Bloß ganz normal sein, zwei Freunde, die sich treffen.

»Hi!« Er war aufgesprungen, nahm ihr die Entscheidung ab, indem er sie an sich drückte. Laura roch einen Hauch von Aftershave und noch von etwas anderem, das sie nicht einordnen konnte, ehe er sie wieder losließ und der Duft sich verflüchtigte.

»Geht es dir besser?«, fragte er und schaute sie prüfend an. »Gestern Abend hast du so einen komischen Eindruck gemacht.«

»Äh, ja, alles in Ordnung. Ich war einfach nur überrascht, als du vor der Tür standst.« Laura drehte sich um und zeigte über die Straße. »Wollen wir zur Inselbäckerei gehen? Ich habe gehört, da soll es gutes Frühstück geben.«

»Klar.« Peer setzte die Kapuze seines Sweaters auf. »Ganz schön kalt geworden«, sagte er, während sie losstiefelten. »Aber das ist hier ganz normal. Fehmarn ist zwar eine Sonneninsel– wusstest du, dass die Sonne hier im Durchschnitt fünf Stunden täglich scheint? Das Blöde ist nur, dass das atlantische Klima unsere Wetterlage auch im Sommer beeinflusst und dadurch kann es immer mal zu kräftigen Schauern kommen.« Er zeigte auf die dunklen Wolken, hinter denen plötzlich die Sonne hervorbrach. »Meistens kann sie sich aber durchsetzen, während es dann auf dem Festland regnet«, sagte er zufrieden.

Laura musterte ihn unauffällig. »Du kennst dich aber ganz schön gut aus. Machst du irgendwas beruflich, das mit Wetter zu tun hat?«

»Nein.« Peer schüttelte lachend den Kopf. »Ich bin noch in der Findungsphase. Im Moment verdiene ich mein Geld damit, dass ich Touristen die Insel zeige.«

»Aha.« Laura merkte, wie ihr das Wort hinausgerutscht war und fügte schnell hinzu: »Das ist toll, dann weißt du ja wirklich viel über Fehmarn. Kommst du eigentlich von hier?«

»Yep. Ich bin ein echter fehmarnscher Jung. Lebe schon mein ganzes Leben hier, und ehrlich, ich liebe es.« Er beschrieb mit seinen Armen einen großen Bogen. »Wie man ohne das Meer auskommen kann, ist mir schleierhaft. Und wenn ein Großstädter denkt, dass hier wenig los ist, dann hat er sich auch geschnitten. Wir haben das Rapsblütenfest, das Bulli Festival, Oldtimertreffen, das Stadtfest, die …«

»Super – du, ich glaube, wir sind da.« Laura zeigte auf die Bäckerei vor sich. Mensch, der konnte reden! War das nicht ganz und gar untypisch für einen Norddeutschen? Na ja, sie war aus Hamburg und auch nicht gerade auf den Mund gefallen. Diese ganzen Kategorisierungen waren wahrscheinlich eh totaler Humbug, es kam schließlich viel mehr auf den Charakter an. Arne zum Beispiel, der schien alles zu durchdenken, bevor er es aussprach. Und dann war es kurz und präzise, auf den Punkt.

Während sie eintraten, ließ sie ihren Blick durch den Raum schweifen. Ja, dort hinten saß er. Ganz in der Ecke, eine große Zeitung vor sich, aber sie erkannte ihn trotzdem. Gleich fühlte sie sich besser. Nachdem sie einen Tisch ausgesucht hatten, achtete sie darauf, dass Peer mit dem Rücken zu ihm saß, sie hingegen freie Sicht auf ihn hatte. Sie bestellten, und als Peer mit der Bedienung sprach, ließ Arne kurz die Zeitung sinken und lächelte sie an.

Kaum merklich lächelte sie zurück, ein warmer Stoß durchfuhr ihren Körper. Mit einem Mal fühlte sie sich gut, so gut, dass sie sich an Peer wandte und ihn fragte: »Du arbeitest also als Touristenführer, ja? Aber ist das auch dein berufliches Ziel im Leben? Wie alt bist du eigentlich?« Sie gab sich Mühe, leicht und gelassen zu klingen und gleichzeitig nicht rot zu werden.

»Ach, Alter ist relativ.« Peer winkte ab. »Man ist immer so alt, wie man sich fühlt.«

Mist, der wich aus. »Na ja, kommt drauf an«, sagte sie und diesmal ließ sie es zu, dass die Röte sich auf ihren Wangen ausbreitete. »Ich mein ja nur«, sie zuckte mit den Schultern. »Ich bin gerade erst achtzehn geworden und ...«

»Echt?« Peer grinste. »Ich hätte dich älter geschätzt, auf Anfang zwanzig mindestens.« Er stützte sein Kinn ab und schaute ihr dabei so intensiv in die Augen, dass ihr Gesicht zu glühen anfing. Er sah eigentlich ganz gut aus, ziemlich gut sogar. Verdammt, sie musste sich konzentrieren. »Und?«, fragte Peer sie.

»Und was?« Perplex versuchte sie, zu verstehen, was er meinte.

»Du bist achtzehn geworden, hast du gesagt. Das ist doch ein schönes Alter. Du darfst jetzt machen, was du möchtest. Alles.« Wieder dieser intensive Blick. Als wollte er sie lesen. »Hattest du schon einen Freund?«

Oh Mann, der war direkt. Und sie hatte überlegt, wie sie die Frage nach seinem Alter unauffällig vorbringen konnte.

Leider war sie nicht im selben Maße wie er in der Lage, unangenehme Fragen zu umgehen. »Äh … nein.« Demonstrativ verschränkte sie die Arme. »Jedenfalls nicht so richtig. Also schon mal ein Date und so, aber sonst …« Verlegen brach sie ab und schwieg. Verdammt, das lief gar nicht so, wie sie es sich vorgestellt hatte. Wieso sprachen sie hier über ihre Freunde? Beziehungsweise Nicht-Freunde, wenn sie ehrlich war. Egal, darum ging es ja gar nicht! Sie musste zum Wesentlichen zurückkommen.

Doch Peer nahm ihr wieder das Zepter aus der Hand. »Okay, ich bin ein paar Jahre älter als du. Aber Hand aufs Herz, was willst du auch mit einem so jungen Hampel? Der dich nur dämlich angrinst und mehr mit sich selbst beschäftigt ist als mit dir?«

Sie fuhr sich durch die Haare. »Ah«, sagte sie und versuchte dabei, ganz cool zu wirken. »Und du weißt also, was wir Frauen wollen, he?«

Peer hob lachend die Arme. »Du kannst ja mal versuchen, es rauszufinden.« Dann wurde er wieder ernst. »Nein, pass auf. Ich wollte dir eigentlich was ganz anderes erzählen, gestern Abend schon.« Er beugte sich zu ihr vor, und als er weitersprach, konnte sie die Aufregung in seiner Stimme hören: »An unserer Küste wurden ein paar Schweinswale gesichtet!«

»Schweinswale?«, wiederholte Laura erstaunt. Was war das denn jetzt für ein Themenumschwung?

»Ja, stell dir vor! In den Fehmarnbelt kommen jedes Jahr Wal-Mütter mit ihren Kälbern.« Sein Blick verdüsterte sich. »Damit ist allerdings Schluss, wenn die Bauarbeiten für den Ostsee-Tunnel richtig in Gang kommen. Ein ganzes Ökosystem wird da zerstört!«

»Ah ja, stimmt, der Tunnel. Darüber habe ich gelesen.« Laura zog ihre Stirn kraus. »Aber man ist dann doch viel schneller in Dänemark. Für den Tourismus ist das bestimmt nicht schlecht, oder?«

»Aber doch nicht, wenn dafür die Natur zerstört wird«, gab Peer zurück und seine Stimme bebte vor unterdrückter Wut. »Wir hier auf der Insel wollen das Ding auf jeden Fall nicht. Du hättest Pfingsten hier sein müssen, da wurde wieder gelaufen.«

»Gelaufen?«

»Ja, auf unserer Insel hat schon zum wiederholten Male ein Ultramarathon stattgefunden, fünfundsiebzig Kilometer rund um Fehmarn, ganz ohne Pause. Der Lauf ist der Belt-retter-Bewegung gewidmet, also all denen, die den verdammten Tunnel nicht wollen. Aber noch etwas ist daran besonders.« Er machte eine kurze Pause. Laura sah ihn interessiert an. »Es gibt keinen Sieger«, fuhr Peer fort. »Darum geht es nämlich gar nicht, sondern darum, die Natur, unsere Ostsee, zu retten. Deshalb stimmen alle Läufer ihr Tempo aufeinander ab. Sie laufen zusammen, nicht gegeneinander. So, wie wir es auch mit unserer Natur machen sollten – nämlich im Einklang mit ihr zu leben.«

»Das ist toll!« Laura war wirklich beeindruckt. Von einem Lauf, bei dem darauf geachtet wurde, dass alle eine Einheit bildeten, hatte sie noch nie gehört. »Warst du mit dabei?«

Peer schüttelte den Kopf. »Zu viel Bier und zu viel anderes Zeug inhaliert.« Er grinste. »Aber angefeuert habe ich natürlich.« Dann wurde er wieder ernst und lehnte sich noch weiter über den Tisch. Nun konnte Laura wieder den feinen Duft seines Aftershave riechen. Kurz schossen ihre Augen zu Arne. Der war in die Zeitung vertieft. Oder tat er nur so?

»Fakt ist – wenn erst einmal gebaut wird, dann ist die Chance, Schweinswale zu sehen, verpasst. Aber jetzt gibt es sie noch. Hast du Lust, mit an den Strand zu kommen? Wenn wir Glück haben, können wir heute noch einige der wunderbaren Kreaturen sichten.« Seine Hände beschrieben einen Bogen. »Es ist so schön, wenn du auf das Wasser schaust und dann diese Flosse auftaucht. Du kannst dir das nicht vorstellen, das muss man selber erleben.«

Laura rieb sich über die Stirn. Die Art, wie Peer über die Natur, die Ostsee und über Wale sprach, das passte so gar nicht zu einem gefühllosen Entführer. Andererseits – in einem Film, von dem sie gehört hatte, gab es einen fürchterlichen Killer, der zu Hause mit seinen Katzen lebte und diese hätschelte und tätschelte, während er in seinem Keller Menschen eingesperrt hatte, die er folterte. Klar, das war ein Film, aber so was gab es doch immer wieder. Oder etwa nicht? Mist, was sollte sie bloß tun? War Peer der Richtige oder verfolgte sie hier eine komplett falsche Spur?

»Ich muss mal kurz auf die Toilette«, sagte sie, um ein wenig Zeit zu gewinnen. Sie stand auf, ging auf dem Weg an Arnes Tisch vorbei und lächelte ihm erneut zu. Arne schaute sie fragend an. Das sollte wohl heißen: Alles okay? Sie nickte leicht.

Im Waschraum ließ sie sich kaltes Wasser über die Hände laufen. Gut, sie würde sich mit Peer für den Nachmittag verabreden, da konnte ihr nichts passieren. Vorher würde sie mit Wiebke sprechen und hören, was sie zu berichten hatte. Hoffentlich konnte Clausen den Besitzer des Autos schnell ermitteln.

Während sie ihre Hände abtrocknete, warf sie einen Blick in den Spiegel. Kein Wunder, dass Peer sie für älter gehalten hatte. In der letzten Woche war etwas mit ihr passiert. Man konnte es nicht an etwas Bestimmtem festmachen, keine Sorgenfalten oder tiefe Augenringe. Aber sie spürte es deutlich, als sie eingehend die Frau betrachtete, die sie ernst und durchdringend ansah. Ihre Seele war gealtert, und das spiegelte sich in ihren Augen wieder. Sie musste Paul finden. Sie musste, sie musste. Niemals würde sie Ruhe finden, wenn sie jetzt aufgab.

Entschlossen öffnete sie die Tür und stieß fast mit Peer zusammen. Verdammt, was machte der hier? Hatte er ihr etwa aufgelauert?

»Ich war auch mal kurz ...« Peer deutete mit dem Daumen nach hinten auf das Herrenklo. Dabei bewegte er sich nicht, stand ganz dicht vor ihr.

Laura konnte seinen Atem spüren. Sie trat einen Schritt zurück. »Okay«, sagte sie und versuchte, heiter zu klingen. »Dann essen wir mal auf, was? Ich muss noch mal zu meiner Freundin, aber heute Nachmittag können wir uns gerne treffen.«

»Meinst du Frau Petersen?« Peer schlenderte mit ihr zum Tisch zurück und erklärte auf Lauras fragenden Blick: »Ich habe dir doch erzählt, dass mein Freund gegenüber wohnt. Er hatte früher bei Frau Petersen Unterricht. Meint, sie sei cool drauf. Ich hatte leider nie bei ihr.«

»Äh ... ach so. Ja, genau.« Sie setzten sich und Laura biss in ihr halbes Brötchen mit Käse, das noch auf ihrem Teller lag.

»Gut, dann also heute um drei Uhr an der Promenade?« Peer schlürfte seinen Tee.

»Ja, super.«

Laura gab der Bedienung ein Zeichen, dass sie zahlen wollten. »Getrennt oder zusammen?«, wollte die Dame wissen.

»Getrennt«, sagte Laura und Peer widersprach nicht. Laura warf erneut einen verstohlenen Blick zu Arne hinüber. Der hatte seinen Kopf zur Seite gebeugt und wühlte in seinem Rucksack. Wahrscheinlich merkte er, dass sie aufbrachen, und wollte ebenfalls die Rechnung begleichen.

Laura ging mit Peer zum Ausgang und musste blinzeln, als sie nach draußen traten. Die Wolken hatten sich verzogen, nun schien die Sonne heiß von einem blauen Himmel herab.

»Ich sag's doch, die setzt sich durch«, sagte Peer und zeigte einen erhobenen Daumen nach oben. »Ist halt een fehmarnsche Deern.« Lachend hielt er sein Gesicht in die Sonne. »Dann also bis später, ja?«

Laura wollte antworten, doch es ging nicht. Ein fürchterlicher Schmerz fuhr plötzlich durch ihren Körper. Er war wie ein Messer, das durch ihre Eingeweide schnitt. Unerbittlich, so schlimm, dass er ihr die Luft nahm. Sie keuchte, versuchte, mit aller Macht, Sauerstoff in ihre Lungen zu pumpen. Zu atmen. Aber es funktionierte nicht. Von der einen auf die andere Sekunde war sie unfähig, sich zu rühren.

43

Einfach nur dumm! Dumm, dumm, dumm! Das Wort füllte seinen Kopf aus. Dumm war der Junge nebenan. Er hatte schon wieder einen Fehler gemacht. Hatte er denn gar nichts gelernt?

Er spürte den Blick des Mönches auf sich. Gut, er würde es tun. Der Junge war selbst schuld, ja, er hatte das alles zu verantworten. Er musste das Gehirn eines Spatzen haben!

Diesmal zitterten seine Finger nicht, als er den Regler nach oben schob. 75 Volt. Klack. Der Regler rastete ein. Und in der gleichen Sekunde ertönte ein furchtbarer Schrei. Kurz, doch er fuhr ihm durch Mark und Bein. Nur dumpf zu hören war er durch die Wand, aber er hatte schrecklich geklungen, grausam, wie ein verwundetes Tier, das man quälte.

Er schluckte und seine Hand begann wieder zu zittern. Oh Gott, er hatte ihm wehgetan. Das war kein Weidenzaun mehr, das war schlimmer und seinem Freund tat es weh.

Bitte, flehte er stumm, *bitte mach jetzt keine Fehler mehr!*

All die Selbstsicherheit, die er eben noch verspürt hatte, war verflogen. Der Schrei hallte in seinem Kopf. Mit verkrampfter Haltung und zusammengebissenen Zähnen hörte er dem Mönch zu, der das vierte Gebot anfing: »Gesprochen wird nur ...«

Oh nein, das war das Gebot mit diesem schwierigen Wort. Kannte sein Freund es? Gebannt starrte er auf die Anzeige. Sog die untere Lippe ein, biss mit den Vorderzähnen darauf. Es schien ihm wie eine Ewigkeit, bis die Buchstaben erschienen.

A U F klickerte es dann langsam. *Ja. Und nun ex-pli-zit.* Das schwierige Wort, mach schon. Er buchstabierte es in seinen Gedanken, spie es in den anderen Raum hinüber.

EINDEUTIGE erschien auf der Anzeige, und schon begann er wieder zu zittern. *Nein! Nein!*

AUFFORDERUNG.

Stille. Die schwarzen Buchstaben standen dort, unverrückbar, ein Leuchten in dem dunklen Raum: AUF EINDEUTIGE AUFFORDERUNG.

»Falsch.« Der Mönch sagte es leise. Trotzdem hallte es wie ein Presslufthammer in ihm wider.

Er starrte auf den Regler, auf die 125 Volt, das nächste Feld. Sein Atem ging plötzlich stoßweise und er spürte erneut Schweiß, diesmal an seinem Rücken. Kalt sammelte er sich, tropfte an ihm herunter.

»Los!« Die Stimme des Mönches füllte den Raum. »Denk dran, du tust ihm einen Gefallen. Nur so wird er die Gebote ordentlich lernen.«

Einen Gefallen. Gut. Okay. Er würde es ja tun. Nur ein klein wenig. Los, Finger, nach oben!

Mit einem Ruck bewegte er den Regler. Kniff die Augen fest zusammen. Doch er hörte den Schrei. Noch fürchterlicher diesmal, gar nicht mehr leise. Nein, er dröhnte durch die Wand, als würde der Junge neben ihm stehen. Es war ein Schrei voller Qual und Schmerz, lang gezogen, hoch und schrill.

Er öffnete die Augen nicht. Dafür sammelte er alle Kraft, die er hatte, hob langsam seine rechte Hand, hob sie höher und zog sie zu sich. Das reichte. Er würde den Regler nicht mehr anfassen. Sollte der Mönch doch mit ihm machen, was er wollte. Nur eines stand fest – er würde seinen Freund nicht weiter quälen!

Tief atmete er ein, hielt den Blick gesenkt. Würde er sich jetzt wieder in die Reiswanne müssen? Oder machte der Mönch gar seine Drohung wahr und er müsste sich in dem anderen Raum auf den Stuhl setzen?

Bei dem Gedanken fing sein Puls zu rasen an. Oh Gott, dachte er. Mama, bitte komm und hilf mit. Bitte, hol mich hier doch endlich raus!

44

Der Schmerz war genauso schnell wieder verschwunden, wie er gekommen war. Trotzdem keuchte Laura, betete, dass er nicht wiederkam. Gierig sog sie die Luft ein. Plötzlich war atmen wieder leicht.

»Alles okay mit dir?«, fragte Peer besorgt. Er war neben sie getreten und griff nach ihrem Arm.

Laura schüttelte ihn ab, richtete sich vorsichtig auf, nickte dann. Sie wollte zu Wiebke, hören, was sie herausgefunden hatte, weg von dem Café, den lachenden Menschen, die um sie herumströmten, weg von Peer.

»Es geht schon«, sagte sie, obwohl sie selbst nicht ganz sicher war, ob das stimmte. Irgendetwas rumorte in ihr, fühlte sich nicht gut an. Sie ballte ihre Hand zur Faust, bis sie die Nägel in ihrer Haut spürte.

»Wir sehen uns später«, sagte sie schnell und wandte sich zum Gehen. Peer schaute sie einen Augenblick prüfend an, dann hob kurz er die Hand. »Alles klar.«

Während er die Straße hinunterging, blickte Laura zum Café zurück. Arne musste jeden Moment hinauskommen. Sie wartete, spürte dabei, wie das Rumoren in ihr immer stärker wurde. Verdammt, war an dem Frühstück irgendetwas nicht gut gewesen?

Und dann kam er wieder, der Schmerz, noch fürchterlicher als beim ersten Mal. Ein Feuerball, der in ihr losgelassen wurde, durch die Eingeweide tobte und alles verbrannte. Nein, wegätzte. Erneut bekam Laura keine Luft. Sie krümmte sich, hielt ihren Oberkörper umklammert, wollte schreien. Aus den Augenwinkeln sah sie die Tür der Bäckerei aufgehen, dann Arne, der auf sie zurannte.

»Laura, was ist los?« Arne hörte sich panisch an. Er griff nach ihr, diesmal ließ sie es zu. Hatte das Gefühl, sie würde fallen ohne seinen Halt. Mit schweißnassen Händen klammerte sie sich an ihn, versuchte, irgendwie zu atmen, den Schmerz zu kontrollieren.

»Ich rufe einen Krankenwagen!« Arne fummelte an seiner Jacke herum, krampfhaft bemüht, Laura zu halten und gleichzeitig das Handy zu erwischen.

»Nein!« Laura keuchte. Schwer presste sie die Worte hervor. »Keinen Wagen, es geht schon.«

Aber im selben Moment wusste sie, dass das nicht stimmte. Sah Arne, der sie entsetzt ansah. »*Laura? Laura!*« Seine Stimme, von Ferne, von irgendwo jenseits der Schmerzmauer. Sie konnte sie kaum hören, denn das Feuer war nicht mehr in ihr. Nein, sie war Feuer, alles an ihr, sie stand in Flammen.

Sie versuchte, nach Luft zu schnappen, zu denken. Aber nichts funktionierte mehr, sie war einfach nur noch Schmerz, ein schwarzes, verbranntes Nichts. Sie glitt hinein, spürte nicht, wie sie kippte, wie Arne versuchte, sie zu halten, taumelte, mit ihr fiel und sie auf den harten Boden der Straße aufschlug.

45

»Laura?«

Irgendjemand sprach, sagte ihren Namen. Mühsam versuchte sie, sich darauf zu konzentrieren, den dichten Nebel zu durchdringen, der sie umgab. Ihr Gehirn fühlte sich selbst wie Nebel an, alles um sie herum war von Schwaden umgeben. Sie selbst schien hindurchzuschweben. Sie spürte ihren Körper nicht.

»Laura?«

Oh Gott, war das etwa Mama? Ja, so hörte sich ihre Stimme an, so sanft, so liebevoll. Angestrengt versuchte sie, einen Laut zu formen, die Watte zu durchbrechen, die sie einschloss. Doch sie bekam kein Wort heraus, so sehr sie sich auch bemühte. Aber dafür hörte sie plötzlich etwas anderes. Ein monotones Piepen, Stimmen, weit entfernt. Und langsam verzog sich der Nebel, konnte sie undeutlich eine Person erkennen, dicht über sie gebeugt. Eine Frau, die sie besorgt ansah, ihren Namen rief.

»Mama!«, sagte sie, formte das Wort mit ihren Lippen, hörte, wie wunderbar es klang. Deshalb versuchte sie es gleich noch mal, flüsterte es, legte all ihre Kraft hinein. »Mama!«

»Oh Laura!« Sie hörte die Stimme jetzt deutlicher, nahm den Schmerz darin wahr. »Laura, ich bin es, Wiebke.« Eine Hand strich ihr über den Kopf, immer wieder. »Laura, meine Liebe, oh Gott, Laura, wie geht es dir?«

Wie geht es mir? Sie horchte in sich hinein. Warum klang die Stimme so besorgt? Gut ging es ihr. Sie fühlte sich noch immer, als würde sie schweben. Schön fühlte sich das an, warm und gut.

Laura versuchte, sich auf das Gesicht vor ihr zu konzentrieren. Langsam nahm es Konturen an, die langen blonden Haare, die die schmalen Wangen einrahmten, die großen, blauen Augen. Nein, das war nicht Mama. Und da kamen die Erinnerungen zurück. Fehmarn. Peer, Schmerz.

»Wo bin ich?«, fragte sie und noch immer gelangten die Worte nur mühsam über ihre Lippen.

»Im Krankenhaus. Oh Laura, was ist bloß geschehen?« Wiebke hatte nicht aufgehört, ihren Kopf zu streicheln.

Laura gab sich alle Mühe, beschwor Bilder herbei, Erinnerungen. »Ich weiß es nicht«, wisperte sie dann. »Wir haben gefrühstückt. Und auf einmal ...« Sie sprach nicht weiter.

»Arne hat den Krankenwagen gerufen. Du bist jetzt schon seit mehreren Stunden hier. Der Arzt ...« Wiebke hielt inne, denn in dem Augenblick ging die Tür auf. Laura versuchte, ihren Kopf zu drehen, was ihr nicht gelang. Sie schien die Kontrolle über ihren Körper noch nicht zurückzuhaben. Als der Mann an ihr Bett trat, konnte sie ihn deutlicher erkennen.

»Oh wie gut, Sie sind wieder bei uns«, sagte er. Durch seine Brille musterte er Laura mit hochgezogenen Brauen. »Mädchen, Mädchen, was machen Sie nur?«

Wiebke war aufgesprungen. »Was fehlt ihr denn?«, rief sie. »Keiner konnte mir bisher etwas sagen!«

Der Arzt nickte bedächtig mit dem Kopf. Er deutete auf das Fenster und ging mit Wiebke hinüber. Laura konnte sie nicht mehr sehen, versuchte aber, zu verstehen, was der Arzt sagte. Er hatte die Stimme gesenkt. »Wir hatten ganz schön zu kämpfen. Ein Glück, dass der Junge so schnell reagiert hat. Es war keine Minute zu früh!«

»Was meinen Sie?« Wiebke klang panisch.

Der Arzt räusperte sich. »Wir müssen die letzten Laborergebnisse noch abwarten, aber ...« Er hielt inne, senkte die Stimme noch weiter.

Laura hielt den Atem an. Sie wollte unbedingt hören, was der Arzt zu sagen hatte. Doch als er sprach, spürte sie erneut den Druck in ihrem Innersten. Der ihr die Kehle zuschnürte.

Einen Satz sagte er. Einen Satz, der ihre Welt vollends zum Einsturz brachte: »So wie es aussieht, wurde sie vergiftet.«

46

Der Mönch starrte ihn mit bösen Augen an. »Wir machen weiter«, sagte er.

»Nein!« Er war erstaunt über seine feste Stimme. Das lag bestimmt daran, dass er seiner Sache ganz sicher war. Er würde den Regler nicht weiter hochziehen. Er würde seinem Freund keine Schmerzen mehr zufügen.

Kalt musterte der Mönch ihn. »Der Versuch darf nicht abgebrochen werden. Sonst zieht er daraus keinen Nutzen. Wir fahren fort.«

»Nein!« Erneut, nur dieses eine Wort.

Er hob seine Augen, blickte dem Mönch direkt ins Gesicht. Der schaute ihn nachdenklich an. »Schade«, sagte er dann langsam. »Sehr, sehr schade. Ich dachte, mit dir würde es funktionieren.« Grübelnd hob er den Zeigefinger, legte ihn an die dünnen, schmalen Lippen. »Aber ich habe mich wohl getäuscht.«

Der Junge senkte seinen Blick nicht. Erneut spürte er, wie sich Schweiß auf seinem Rücken sammelte. Und nicht nur dort, auch auf seiner Stirn bildeten sich große Tropfen. Er hatte Angst, furchtbare Angst. Was tat er hier bloß? Warum machte er nicht einfach, was der Mönch vom ihm verlangte?

Doch dann dachte er an seinen Freund. Er hatte keine Ahnung, wie er aussah. Ob er blond war oder dunkelhaarig, groß oder klein, dick oder dünn. Aber was spielte das auch für eine Rolle? Es war ein Mensch, ein Junge, genauso wie er. Dem er wehtun sollte. Und das wollte er nicht.

»Nein«, wiederholte er deshalb noch einmal.

Der Mönch nickte bedächtig. »Du sagst also Nein«, wiederholte er. Er ging langsam auf den Jungen zu, umrundete ihn wie ein Jäger seine Beute. »Das Problem ist«, sagte er dann. »So bist du für mich nicht mehr von Nutzen.«

Und mit einem blitzschnellen Griff umfasste er seinen Arm, hart wie eine Stahlklammer. »Nein, so brauche ich dich nicht mehr!«

47

Wiebke saß an Lauras Bett und hielt ihre Hand.

»Ich kann immer noch nicht klar denken«, flüsterte Laura. »Mein Gehirn ist taub, alles klingt wie durch Watte.«

»Das sind die starken Schmerzmittel. Und das ganze Zeug, das sie in dich reingepumpt haben, um ...« Sie brach erschrocken ab und hielt sich die Hand vor den Mund.

Laura schloss die Augen. »Ich habe es gehört«, wisperte sie. »Jemand wollte mich vergiften.«

»Oh Gott, Kind!« Wiebke drückte Lauras Hand so fest, dass es wehtat.

Der Schmerz ließ Laura zusammenzucken, gleichzeitig fühlte sie, wie sich der Nebel in ihrem Kopf etwas lichtete. »Wer könnte denn so was bloß tun?«

Wiebke ließ ihre Hand nicht los, klammerte sich daran fest. »Laura, ich weiß nicht, was hier vor sich geht. Aber es ist etwas ganz, ganz Schlimmes. Paul ist verschwunden. Tom auch und jemand versucht, dich zu vergiften.« Sie sog scharf die Luft ein. »Das war's Laura. Wir hören auf. Holstenbach wird gleich kommen, um mit dir zu sprechen. Wir sagen ihm alles, was wir wissen, und dann fährst du nach Hause!«

»Auf keinen Fall!« Laura wollte sich aufrichten, was aber kläglich misslang. Immerhin konnte sie wieder einigermaßen klar denken. »Siehst du das denn nicht?«, fragte sie eindringlich. »Es gibt nur einen Grund, mir das anzutun: Ich bin ganz dicht dran!«

»Und begibst dich damit in Riesengefahr!« Nun schrie Wiebke fast. Ihr Gesicht war fahl. »Es reicht, dass Tom fehlt«, fügte sie leise hinzu. »Wenn dir jetzt auch noch etwas passiert, könnte ich mir das nie verzeihen!«

Laura legte die Stirn in tiefe Falten, hörte Wiebke gar nicht zu. »Ich war mit Peer dort«, sagte sie. »Kann er es gewesen sein? Der Paul und Tom entführt und mich vergiftet hat?«

Wiebke zuckte resigniert mit den Schultern. »Der Arzt meint, dass es wohl ein schnellwirkendes Gift gewesen sein muss. Etwas, das dir kurz vorher verabreicht wurde.« Sie nahm Lauras Gesicht in ihre Hände. »Hatte Peer denn Gelegenheit, dir etwas ins Essen zu mischen?«

»Ich war kurz auf der Toilette. Als ich herauskam, lief ich fast in ihn hinein. Aber vielleicht hat er auch nur so getan, als sei er ebenfalls gegangen, um ein Alibi zu haben.«

»Ja, das könnte sein. Es dauert schließlich nur ein paar Sekunden, etwas aufs Brötchen zu streuen.«

»Wie war es eigentlich bei Clausen? Was sagt er zu dem Nummernschild?« Gespannt sah Laura Wiebke an. »Wenn es Peers Auto ist, dann hätten wir etwas Handfestes.«

»Er bemüht sich, aber es scheint nicht so einfach zu sein. Da muss er ein paar Kontakte spielen lassen, sagt er.«

»Bis wir einen Namen haben, bleibe ich auf jeden Fall noch hier!« Entschlossen ließ Laura sich tiefer in das Kissen sinken. Dann weiteten sich ihre Augen plötzlich. »Du hast Charlotte doch nichts gesagt, oder?«,

»Charlotte, oh Gott, nein, ich möchte nicht, dass sie einen Schock erleidet, das kann für eine ältere Person gefährlich werden. Bis eben dachte ich ja auch, dir sei einfach nicht wohl gewesen. Ein Sonnenstich, Magenverstimmung, was weiß ich. Wer kann denn auch so etwas ahnen?« Ihre Stimme brach.

In dem Augenblick öffnete sich die Tür und Kommissar Holstenbach trat ein. Er sah genauso herausgeputzt aus wie bei der letzten Begegnung. »Ich hoffe, ich störe nicht«, sagte er, klang aber so, als ob ihm das völlig egal wäre. Er schob einen Stuhl an Lauras Bett und setzte sich. Als er mit einem schnellen Blick durch das Zimmer feststellte, dass das zweite Bett im Raum nicht belegt war und er mit den beiden Frauen allein war, nickte er zufrieden. Er lehnte sich zurück, verschränkte die Arme, saß breitbeinig da und meinte harsch: »Ich gehe davon aus, dass Sie sich in meine Ermittlungen eingemischt haben. Das war nicht besonders klug von Ihnen!«

»Danke der Nachfrage, aber mir geht es wieder gut«, gab Laura giftig zurück.

Holstenbach schien den Unterton nicht zu bemerken. Er strich sich über seine nach hinten gegelten Haare. »Was haben Sie denn angestellt, dass jemand Sie vergiften will?«, fragte er.

Laura lief rot an. »Scheinbar mehr als die Polizei«, erwiderte sie, »offensichtlich bin ich im Gegensatz zu Ihnen dem Entführer irgendwie zu nahe gekommen.«

»Hören Sie« schaltete Wiebke sich beschwichtigend ein, »ja, wir haben ein wenig herumgeforscht. Tom ist seit einer Woche verschwunden und er hat doch Diabetes. Er wird ...« Sie schluckte und war für einen Moment nicht in der Lage, weiterzusprechen. »Wir müssen ihn endlich finden!«, presste sie dann heraus.

Laura nickte. »Ja, und ich will wissen, was mit Paul passiert ist.« Sie schaute Holstenbach verächtlich an. »Ich habe gehört, dass meine Mutter verdächtig wurde, vollkommen bescheuert. Ich hoffe, Sie denken nicht, dass sie die anderen Kinder aus dem Grab heraus entführt hat.«

Der Kommissar seufzte. »Ihre Mutter ist schon lange raus«, sagte er. »Nein, inzwischen gehe ich von einem Zusammenhang zwischen den entführten Jungen aus. Es war vermutlich derselbe Täter.«

»Na halleluja«, flüsterte Laura.

Holstenbach hörte sie trotzdem. »Gut«, sagte er. »Wer wollte Sie also umbringen?«

Wiebke sog bei den Worten scharf die Luft ein. »Ich war mit Peer verabredet«, erwiderte Laura. »Wie wir mitbekommen haben, ist er schon einmal verdächtigt worden.«

Holstenbach holte sein Tablet aus der Tasche und tippte darauf herum. »Ah ja«, sagte er dann, »Peer Volkening. Er ist sowohl bei Pauls wie bei Toms Entführung auf dem Marktplatz gesehen worden. Wir werden ihn noch genauer zu dem Frühstück mit Ihnen befragen, das ist ja klar.«

»Was ist eigentlich mit dem toten Jungen aus dem Krankenhaus?«, wollte Wiebke wissen. Laura sog ihre Unterlippe ein. Natürlich, den hatten sie bei der ganzen Aufregung aus den Augen verloren.

Der Kommissar blies die Wangen auf, ließ die Luft langsam entweichen. »Hm«, sagte er schließlich.

»Hm, was?« Genervt blickte Laura ihn an. »Nun sagen Sie schon«, drängte Wiebke.

»Nun, es gibt einige Parallelen.« Holstenbach strich sich über seinen Bart, schien zu überlegen, wie viel er verraten wollte. »Er kommt nicht von Fehmarn«, fuhr er letztendlich fort, »war aber mit seinen Eltern jedes Jahr zum Urlaub hier.«

»Wie Paul«, entfuhr es Laura.

Holstenbach nickte bedächtig. »Wie Paul und Finn«, ergänzte er. »Die Mutter des Jungen war mit ihm gerade auf dem Rückweg nach Kiel, als er entführt wurde. An einer Raststätte hier in der Nähe, aber halt nicht mehr auf Fehmarn. Also nicht in unserem Zuständigkeitsbereich. Es hat deshalb ein wenig gedauert, bis wir die Parallelen erkannten.«

»Bis wir euch darauf gestoßen haben«, murmelte Laura. Laut fügte sie hinzu: »Auf einer Raststätte muss es doch Kameras geben?«

»Ja. Der Junge, Lasse, musste auf die Toilette. Da es dort zu voll war, ging die Mutter allerdings bis ganz ans Ende des Parkplatzes, dort standen ein paar Bäume. Sie bekam einen Anruf, er lief ins Gebüsch und als sie mit dem Gespräch fertig war, war der Junge verschwunden.«

»Das ist wirklich ein anderes Szenario«, überlegte Laura. Sie glauben trotzdem, dass es ein und derselbe Täter ist?«

Holstenbach wiegte den Kopf. »Verschiedene Indizien sprechen dafür.«

»Dann sollten Sie schauen, ob Peer bei der Entführung in der Nähe war.« Wiebke kam auf den Punkt zurück. »Außerdem haben wir entdeckt ...«

»Außerdem haben wir entdeckt«, rief Laura schnell dazwischen und übertönte die Freundin ihrer Mutter. Ihr war klar, worauf Wiebke hinauswollte: auf den Opel und das Nummernschild. Und sie wusste nicht warum – aber sie wollte diese Information erst einmal für sich behalten. Da war etwas an Holstenbach, das ihr ganz und gar nicht gefiel. Clausen würde bestimmt schnell herausbekommen, wem der Wagen gehörte, und dann könnten sie immer noch sehen, was mit dem Namen anzufangen war. Die Polizei hatte seltsam langsam gearbeitet, viel zu lange gebraucht, Zusammenhänge herzustellen. Was, wenn Holstenbach den Fahrer des Autos kannte, deshalb die Spur nicht aufnahm, und sei es nur, weil er sich die Person nicht als Täter vorstellen konnte? Nein, sie wollte unbedingt als Erstes die Namen haben.

Der Kommissar schaute sie fragend an, als sie nicht weiterredete. »Äh …« Laura stockte. »Also, wir haben entdeckt, beziehungsweise uns gefragt, wie alt Peer eigentlich ist? Und haben Sie in dem Zusammenhang etwas zu dem schwarzen Opel herausgefunden?«

»Hören Sie, ich verstehe, dass Sie das alles brennend interessiert.« Zum ersten Mal war so etwas wie Verständnis in Holstenbachs Stimme zu erkennen. »Aber ich habe Ihnen schon viel zu viel gesagt. An dem Opel sind wir dran. Und Peer – ja, er könnte ein Auto auch schon vor zehn Jahren gefahren haben.« Er stand auf. »So, das reicht. Frau Wiegand«, er schaute Laura streng an, »Sie fahren am besten nach Hamburg zurück, sobald sie wieder vollständig gesund sind, und lassen uns hier unsere Arbeit machen. Eine weitere Tote kann ich auf Fehmarn beileibe nicht gebrauchen.«

Laura nickte brav. Doch sobald er aus dem Zimmer verschwunden war, sagte sie: »Das könnte ihm so passen. Ich bleibe hier!«

»Laura, ich glaube wirklich nicht ....« Aber Wiebke wurde unterbrochen. »Ich bleibe.« Lauras Stimme war felsenfest. »Wir warten auf den Namen, den Clausen uns gibt. Wir finden Paul und Tom.« Sie zeigte auf die Tür, durch die Holstenbach verschwunden war. »Dem da traue ich keinen Meter. Er wird die Jungs nicht zurückbringen. Hast du gehört? Er hat nichts, aber auch gar nichts zu Tom gesagt. Und warum? Weil er nichts hat!«

»Okay, okay.« Wiebke setzte sich erneut auf das Bett und nahm Lauras Hand. »Dann isst du von nun an aber nur noch, was ich dir gebe. Ich bringe dir das Essen hierher, von mir gekocht und von niemanden sonst angerührt, hörst du?«

»Super!« Laura lächelte zufrieden. »Krankenhausessen schmeckt sowieso nicht. Außerdem«, sie versuchte erneut, sich aufzurichten, »bleib ich bestimmt nicht lange hier. Mir geht es schon viel besser.«

Wiebke drückte sie auf das Kissen zurück. »Du erholst dich erst einmal schön. Ich gehe nach Hause, koche, und dann mache ich Clausen Druck, dass er sich ein bisschen beeilt. Und nach Nele und Thorben möchte ich auch einmal schauen.« Ihr Blick verdüsterte sich. »Die Zeit läuft gegen uns«, flüsterte sie. »Mit jeder Minute, die vergeht, wird es Tom schlechter gehen.«

Nun war es Laura, die Wiebkes Hand drückte. »Wir schaffen das«, sagte sie leise. »Nimm dich nur vor Peer in Acht, er taucht bestimmt noch einmal auf. Ich bin heute Nachmittag mit ihm verabredet, habe aber keine Handynummer, um abzusagen. Andererseits«, sie hielt inne. »Wenn er mich vergiftet hat, dann weiß er ja, dass ich hier bin.«

»Das wird er aber natürlich nicht zugeben. Nein, er wird dich suchen, so tun, als wüsste er von nichts.« Plötzlich lief Wiebke rot an. »Wenn er herausbekommt, dass sein Anschlag fehlgeschlagen ist …« Sie stockte, sprang auf. »Du wirst keine Sekunde alleine in diesem Raum bleiben!«, rief sie dann. »Holstenbach hat mir zwar gesagt, dass alle instruiert sind, auf dich aufzupassen und Polizisten auch nach dir sehen werden. Aber um jemanden vor dieses Zimmer zu setzen, hat er kein Personal.« Sie holte tief Luft. »Sie wollen dich sowieso aufs Festland verlegen, nach Oldenburg in die Sana Kliniken. Du bist nur hierhergekommen, weil sie dachten, es sei nur eine kleine Magenverstimmung. Dieses Krankenhaus ist für so was nicht ausgelegt. Ich weiß nur nicht, wann das sein soll. Ich frage gleich noch mal …«

»Ich will nicht nach Oldenburg«, unterbrach Laura Wiebkes aufgeregten Redefluss. »Ich bleib hier, hier auf Fehmarn. Denk ja nicht, dass ich mich jetzt einfach so abschieben lasse.« Sie griff nach Wiebkes Arm. »Du musst jetzt der Reihe nach die Dinge erledigen, die wir besprochen haben.« Ein Lächeln huschte über ihre Lippen. »Wo ist Arne eigentlich? Vielleicht kann er bei mir bleiben, während du weg bist.«

Wiebkes Gesicht wurde noch röter. »Oh Gott, Arne!« Sie eilte zur Tür. »Er ist die ganze Zeit hiergeblieben, nicht von meiner Seite gewichen, während du behandelt worden bist. Anschließend wollte der Arzt aber nur mich zu dir lassen.« Sie riss die Tür auf, verschwand im Flur, kam kurz darauf wieder hinein. Arne ging hinter ihr.

Er eilte auf das Bett zu, blieb verlegen davor stehen. »Wie geht es dir?«, fragte er und schaute Laura durchdringend an.

»Besser!« Laura lächelte. »Könntest du vielleicht noch ein wenig bei mir bleiben?« Sie klopfte auf den Rand ihres Bettes.

»Sicher.« Arne setzte sich vorsichtig. Seine Hand lag dicht an ihrer, berührte sie jedoch nicht.

»Gut, ich bin dann unterwegs, beeile mich aber.« Wiebke schnappte ihre Tasche und lief zur Tür.

»Und sag denen auch, dass sie mich nicht nach Oldenburg kriegen!«, rief Laura ihr hinterher.

Dann wandte sie sich Arne zu. »Ich habe gehört, du hast mir das Leben gerettet.« Jede Fröhlichkeit war aus ihrer Stimme gewichen. »Ich kann es nicht fassen, dass mir jemand so etwas Schreckliches antun wollte.« Mit einem Mal fühlte sie sich sehr müde. Denn ihr war ein Gedanke in den Kopf geschossen, den sie vorher nicht gewagt hatte, zu denken. Der Entführer war bereit, über Leichen zu gehen. Lasse, der Junge, war tot. Und sie lag nur wegen Arnes schneller Reaktion noch hier. Auch sie hatte der Entführer töten wollen. Das war nicht einfach nur ein Entführer, den sie hier suchten. Nein, es war ein Mörder.

48

Nein, bitte nicht! Er stemmte seine Füße in den Boden, wollte nicht weitergehen. Nicht wieder zurück in den dunklen Raum, in das Verlies, in dem er angekettet gewesen war.

Doch der Mönch hatte seinen Arm fest umklammert, unerbittlich schob er ihn vorwärts. »Ich habe es dir gesagt«, sagte er, und seine Stimme war vollkommen ruhig. Mühelos zerrte er den Jungen mit sich. »Wenn du nicht gehorchst, brauche ich dich nicht. Du hattest die Wahl.«

»Ich will ja gehorchen.« Nun schluchzte er. All die Angst, all die Sehnsucht, alles, was er krampfhaft versucht hatte, zu unterdrücken, flutete mit einem Mal seinen Körper. »Ich will ja, wirklich. Aber ich möchte meinem Freund nicht wehtun.«

»Deinem Freund?« Der Mönch lachte tonlos auf. »Du kennst den Jungen doch gar nicht. Er ist faul, er ist dumm, er ist zu nichts nutze. Und so was nennst du deinen Freund?«

Sie standen schon vor der Tür, der letzten in dem langen Gang. Er erkannte sie sofort wieder. Der Mönch schob ihn hinein, zu der Kette, dem Eisenring, der am Boden lag. Offen wie das Maul eines bösen Tieres, wie der riesige Wolf aus seinen Alpträumen, der ihn manchmal verfolgte.

»Bitte nicht«, wimmerte er.

Doch der Mönch stieß ihn auf den Boden, griff nach seinem dünnen Bein, schlang den Eisenring darum und drückte ihn zu. Fest saß er, eng um seinen Knöchel.

»Das war's«, sagte der Mönch, richtete sich auf und starrte mit seinen grauen Augen auf ihn herunter. »Du bist aufmüpfig und frech. Eigenschaften, die ich hasse. Solche Menschen brauchen wir nicht, im Gegenteil. Es sind Menschen wie du, deretwegen die Welt zugrunde geht. Die immer alles besser wissen, nicht zuhören, sich nicht anstrengen, nicht über sich hinauswachsen.« Er holte tief Luft. »Es ist eine Schande, wie deine Eltern dich erzogen haben«, spie er ihm dann entgegen. »Ich wollte dir helfen, einen besseren Menschen aus dir machen. Doch du«, wütend zeigte er mit dem langen, dünnen Zeigefinger auf ihn, »hast deine Chance nicht genutzt!«

Der Mönch achtete nicht auf das Wimmern. Er hatte sich wieder gefangen, fast schien es, als bereute er seinen Wutausbruch. Er strich über sein langes Gewand, dann schritt er mit erhobenem Haupt zur Tür.

»Nun wirst du sehen, was du davon hast. Auf Wiedersehen.« Damit schloss er die schwere Tür hinter sich.

49

Arne sah blass aus. »Ich bin froh, dass es dir besser geht«, sagte er, und seine Stimme klang heiser.

»Ja, ich auch! Nur das hier«, Laura hob die linke Hand, an der eine Kanüle angebracht war, durch die stetig Flüssigkeit in sie hineingetröpfelt wurde, »stört ein bisschen.«

»Aber es hilft.« Arnes Blick wanderte zu dem Monitor, der über ihr piepte und den Herzschlag anzeigte. »Ganz regelmäßig«, stellte er fest, »das ist gut.«

Laura lächelte leicht. »Jawohl, Herr Doktor.« Doch Arne blieb ernst. Er rückte ein wenig näher an Laura heran. »Apropos Doktor«, sagte er. »Warum wolltest du partout nicht, dass ich einen Krankenwagen rufe? Ich glaube, wenn du nicht ohnmächtig geworden wärst, hätte ich dich dort nicht hineinbekommen.«

Laura wollte schon abwinken, irgendetwas Belangloses sagen, doch dann überlegte sie es sich anders. »Meine Eltern sind bei einem Unfall gestorben.« Sie sprach leise, bemühte sich, die Bilder nicht zuzulassen, die sie bei diesen Worten ansprangen und ihre Klauen schmerzhaft in sie gruben. »Kurz nach Pauls Verschwinden. Ich saß hinten im Auto und ...« Sie schluckte, musste sich sammeln, um weiterzusprechen. »Ich habe als Einzige überlebt.«

»Oh.« Arne wurde noch blasser. »Das tut mir furchtbar leid.« Er schlug seine Beine übereinander, stützte das Kinn auf, schüttelte dabei den Kopf. »Hast du dir schon einmal Hilfe geholt? Mit einem Psychologen gesprochen?«

»Nur früher einmal. Direkt nachdem Paul verschwunden war, da haben mich meine Eltern hingeschickt. Aber seit sie tot sind ... nein.«

»Hm.« Arne schaute sie nachdenklich an. »Ich denke, du solltest das unbedingt noch einmal versuchen. Du kannst doch nicht dein ganzes Leben Angst vor Autos haben.« Er schwieg einen Moment, dann zeigte er vage auf Lauras linke Seite. »Und ich glaube, da ist auch noch einiges, das nicht verarbeitet ist.«

Laura folgte seinem Blick, spürte ihr Herz, das in ihr schlug. »Kann sein«, murmelte sie. Dann tastete sie mit ihren Fingern nach Arnes Hand. Kalt fühlte die sich an. Doch er zog sie nicht fort, als Laura danach griff.

»Jetzt weißt du so viel über mich, aber ich fast nichts über dich«, sagte sie. Sie war froh, einerseits das Thema zu wechseln, andererseits eine Gelegenheit zu haben, endlich mehr über Arne erfahren.

Doch der zuckte nur mit den Schultern. »Was soll es auch über mich zu erzählen geben?« Und als Laura die Stirn kräuselte, fügte er schnell hinzu: »Ich bin ein ganz normaler junger Mann, bin hier aufgewachsen, fotografiere gerne – aber das weißt du ja bereits.«

»Das meine ich nicht.« Laura hatte noch immer die Stirn gerunzelt und ließ ihn nicht aus den Augen. »Es liegt ein Schatten auf dir.« Sie zögerte und fügte dann hinzu: »Ich spüre das, weil auch auf mir einer lastet. Ein dunkler, schwerer Schatten.«

Arne zog seine Hand aus ihrer. »Ich weiß nicht, was du meinst«, sagte er und stand auf. »Mir geht es gut.«

»Okay.« Lauras Augen folgten Arne, der zum Fenster ging und nach draußen starrte. Erleichtert stellte sie fest, dass sie ihren Kopf wieder drehen konnte. Arne stand mit dem Rücken zu ihr. Gut, er wollte nicht darüber reden. Das musste sie akzeptieren.

»Hey, komm wieder her«, sagte sie deshalb und gab ihrer Stimme einen leichten Klang. »Du brauchst mir nichts zu erzählen, wenn du nicht möchtest.« Sie klopfte auf ihre Bettkante, als er nicht reagierte.

Arne drehte sich um und Laura fuhr ein Stich durch ihr Herz. Seine großen Augen stachen aus dem blassen Gesicht hervor. Einsam sah er aus, einsam und traurig.

Langsam kam er auf Laura zu, setzte sich zurück auf das Bett. Laura zögerte kurz, dann hob sie die rechte Hand, berührte sanft seine Wange. Seine Augen waren dunkel, so dunkel, dass er eingehüllt wurde von der Schwärze, die aus ihnen strahlte. Laura wanderte mit ihrer Hand zu seinen Haaren, die zum ersten Mal nicht akkurat gekämmt waren, sondern verwuschelt, und fuhr vorsichtig hindurch. Arne war erstarrt, rührte sich nicht. »Wir werden sie bekämpfen, okay?«, flüsterte sie. »Unsere Schatten. Wir lassen nicht zu, dass sie das Licht ins uns verschlucken.«

Arne bewegte sich noch immer nicht. Wie angewurzelt saß er vor ihr. Laura wusste nicht, ob er ihr überhaupt zugehört hatte. Doch dann sah sie es. Eine winzige Träne, die sich aus seinen Augen gestohlen hatte, auf seiner Wange verharrte.

Behutsam wischte sie die Träne mit ihrem Daumen weg. »Wir schaffen das«, murmelte sie erneut. Mit einem tiefen Atemzug nahm sie ihre Kraft zusammen und richtete sich vorsichtig auf. Arne saß immer noch versteinert seitlich vor ihr. Laura hob ihre Arme, beugte sich nach vorne. Dann umschloss sie Arne, hielt ihn fest. Er verkrampfte sich, war harter Stein. Einen Moment lang befürchtete Laura, er würde erneut aufspringen, sie wegstoßen, doch plötzlich entspannte er sich, griff nach Laura, umklammerte sie. So blieben sie sitzen, Kopf an Kopf, Arm an Arm, Schulter an Schulter.

50

»Junger Mann, Sie müssen jetzt gehen.« Laura und Arne waren gleichermaßen zusammengezuckt, als die Tür des Krankenzimmers aufgestoßen wurde und der Arzt hereingeeilt kam, der bereits mit Wiebke und ihr gesprochen hatte.

Schnell, fast schuldbewusst, ließ Arne Laura los und rückte von ihr weg. »Äh ja, natürlich«, murmelte er und stand auf.

»Wann werde ich entlassen?«, fragte Laura.

»Nun mal langsam mit den jungen Pferden.« Der Arzt lächelte. »Wir werden Sie jetzt noch einmal gründlich untersuchen.« Er sah zufrieden aus. »Dank ihm«, er deutete auf Arne, »hatten wir Sie ganz schnell hier, deshalb konnten wir sofort alle nötigen Entgiftungsmaßnahmen einleiten. Ich denke, Sie werden bald wieder wohlauf sein.« Er lächelte breiter. »Der junge Mann kann ja nach der Untersuchung wiederkommen.«

»Ja, gerne.« Laura stellte fest, dass Arne rot wurde. Sie wusste nicht, warum ihr Herz deshalb hüpfte. »Vielleicht sollten wir Handynummern tauschen?«, fragte sie. »Dann kann ich dir Bescheid geben, wenn ich fertig bin.«

Arne nickte. Er zog ein altmodisches Klapphandy aus der Tasche. Perplex sah Laura darauf. Arne zuckte mit den Schultern. »Ich interessiere mich nicht so sehr fürs Internet, habe ich ja schon gesagt«, meinte er. »Mir reicht dies Ding hier vollkommen.« Er tippte die Nummer ein, die Laura ihm sagte.

»Also bis später.« Er vermied Lauras Blick und ging auf die Tür zu. Doch im Rahmen drehte er sich noch einmal um, hob die Hand leicht und lächelte. Dann war er verschwunden.

»Nun, dann wollen wir mal.« Der Arzt nahm Blut ab, untersuchte sie gründlich, löste zum Schluss den Schlauch aus der Kanüle und bat sie, für eine Urinprobe auf die Toilette zu gehen.

»Können Sie laufen?«, fragte er.

Laura nickte. Sie wollte hier raus, bloß nicht länger als nötig in diesem Haus bleiben. Sie waren ganz dicht dran, das spürte sie, sie musste herausfinden, ob Peer der Täter war, mit Clausen sprechen.

Schwankend stützte sie sich an der Wand ab. Verdammt, ihre Beine knickten weg, weigerten sich, ihren Oberkörper zu tragen. Okay, langsamer. Vorsichtig, Schritt für Schritt. Wie eine alte Greisin tastete sie sich ins Bad.

Als sie die Urinprobe abgegeben hatte, ließ sie sich erleichtert wieder ins Bett fallen. So ganz fit war sie wohl doch noch nicht.

»Das geht jetzt alles ins Labor. Ich komme später wieder, dann sehen wir weiter. Sollten die Ergebnisse nicht gut sein, müssen Sie nach Oldenburg, ob Sie es wollen oder nicht.« Der Arzt nickte Laura aufmunternd zu, während er sie erneut an den Tropf anschloss und die Geräte überprüfte. Er wandte sich um, ging zur Tür, die sich allerdings in dem Augenblick öffnete. Ein weiterer Mann trat ins Zimmer. Er trug keinen Kittel, sondern war schlicht in schwarz gekleidet. »Ach, da ist ja unsere Psychologin!« Der Arzt gab ihr die Hand.

Laura kniff die Augen zusammen. Dann erkannte sie, dass es tatsächlich eine Frau war. Sie war außergewöhnlich groß, sehr dünn und hatte ihre langen, grauen Haare zu einem Zopf zusammengebunden. Mit einem schmalen Lächeln, das wie aufgemalt wirkte, kam sie auf Laura zu.

»Dr. Timmermann«, sagte sie. Timmermanns Stirn war von unzähligen Furchen durchzogen, Falten umrandeten den schmalen Mund und die kleinen, grauen Augen. Sie bemerkte Lauras Blick, der auf ihrem Gesicht hängenblieb. »Ich bin eigentlich schon im Ruhestand«, erklärte sie, »aber wenn auf der Insel Not am Mann ist und die anderen Psychologen ausgelastet sind, dann komme ich trotzdem noch.« Ein leichter osteuropäischer Akzent, kaum hörbar, durchzog ihre Worte.

Sie schob den Stuhl an Lauras Bett. »Falls du jemanden zum Reden brauchst, ich bin da«, sagte sie. Ihre Stimme klang ruhig und kühl, sie lächelte noch immer. Doch noch immer wirkte es künstlich. Laura war einen Moment irritiert, dass die Frau sie einfach so duzte, aber vielleicht war das so üblich, um einen persönlicheren Kontakt zu den Patienten herzustellen.

Der Arzt hatte das Zimmer verlassen und Dr. Timmermann schaute Laura an. Ihr bohrender Blick schien Laura auszuziehen, das, was sie mühsam eingemauert hatte, aus ihr herausbrechen und freilassen zu wollen. Mit einem Mal fühlte sich Laura nackt. »Möchtest du reden?«, hörte sie die Psychologin fragen.

»Äh ...« Laura dachte an Arnes Worte, wusste, dass es eigentlich gut sein müsste, mit jemanden zu sprechen. Aber die Untersuchung hatte sie mehr mitgenommen, als sie zugeben wollte, diese Psychologin gefiel ihr gar nicht und dann Arne ... Was war bloß los mit ihm? Und warum schlug ihr Herz immer so schnell, wenn sie an ihn dachte? Jetzt lenk nicht ab! Es geht hier um dich! Um dich, deine Eltern und deinen Bruder, mahnte sie sich.

»Ich habe gehört, du wurdest vergiftet. Und du suchst nach deinem verschwundenen Bruder.« Die Stimme der Psychologin schnitt scharf in ihre Überlegungen.

Laura versuchte, sich zu konzentrieren. Woher hatte sie diese Informationen? Aber wahrscheinlich wussten inzwischen alle hier über sie Bescheid. Dieser Gedanken machte sie unruhig, ihr Zeigefinger klopfte auf das metallene Bettgestell.

»Ich ...« Sie verzog den Mund, blinzelte. »Ich fühle mich noch nicht so gut«, sagte sie. »Vielleicht können wir ein anders Mal reden?«

»Ich denke, es wäre besser, sofort darüber zu sprechen. So ein Giftanschlag ist immer ein Trauma. Und das muss verarbeitet werden, sonst wird es dich dein Leben lang beschäftigen.«

»Dazu bin ich aber jetzt noch nicht in der Lage.« Mit einem Mal wollte Laura nur noch eins – dass diese Frau aus ihrem Zimmer verschwand.

»Sicher.« Die Psychologin stand auf. Ihr Lächeln war verschwunden. »Du läufst ja nicht weg, ich werde morgen nach dir sehen.« Sie deutete ein Nicken an und verließ das Zimmer. Ein leichter Duft blieb im Zimmer hängen, nach frischen Blumen, Rosen. Wohl das einzig Positive an Timmermann.

Erleichtert sank Laura zurück. Endlich einmal Ruhe. Ihr Kopf drehte sich wie ein außer Kontrolle geratenes Karussell. Zu viel stürmte auf sie ein. Das Schlimmste war, dass Paul von einem Monster entführt worden war, jemandem, der auch vor Mord nicht zurückschreckte. Der mehrere Jungen in seiner Gewalt hatte. Jemand, der versucht hatte, sie zu töten.

Laura sah sich um. Es war inzwischen schon später Nachmittag und Wolken mussten sich erneut vor den Himmel geschoben haben. Laura konnte sie nicht sehen, aber in ihrem Zimmer wurde es plötzlich düster. Schatten tanzten an den Wänden. Mit einem Mal war die Erleichterung, die sie eben noch verspürt hatte, verschwunden. Unruhig fuhren ihre

Hände über die blütenweiße Bettdecke. Ihr Handy, sie musste Arne anrufen. Wiebke hatte doch gesagt, dass sie nicht allein bleiben sollte! Warum hatte sie auch die Psychologin so schnell weggeschickt?

Erneut richtete Laura sich auf. Wo, zur Hölle, hatten die ihr Telefon hingetan? Sie schaute auf den kleinen Nachttisch, doch darauf stand nur eine Flasche mit Wasser. Vielleicht in der Schublade? Laura zog sie heraus. Nein, da lag es auch nicht, außer einer Bibel enthielt das Schränkchen nichts.

Sie spürte den Windhauch in ihrem Rücken. Das Öffnen der Tür hatte sie nicht gehört, doch jemand musste hereingekommen sein, denn es zog. Ihr wurde kalt, eine feine Schicht Gänsehaut überzog ihre Arme. Mühsam drehte sie sich um. Und sah den Schatten. Riesig und groß an der Wand, mit erhobenem Arm.

Laura schrie.

51

Es war dunkel. Es war kalt. Der Eisenring scheuerte erneut an seiner Haut, riss die kaum verheilte Wunde wieder auf. Doch das konnte er ertragen. Das Schlimmste war, dass der Krug Wasser nicht mehr an seinem Platz stand. Er stand nirgendwo.

Es wusste nicht, wie lange er an die Wand gelehnt gesessen hatte. Sobald er in dem Raum war, verlor er jegliches Zeitgefühl. Doch irgendwann hatte er Durst bekommen. Und nach dem Krug getastet. Zuerst erstaunt, dann immer panischer hatte er ihn gesucht. Seine Hände waren über den rauen Boden gefahren, er war auf Knien gekrochen, auch wenn diese noch höllisch schmerzten. Er war so weit gerobbt, wie es die klirrende Kette zuließ, in alle Richtungen. Aber den Krug fand er nicht. Da trommelte der Durst auf ihn ein. Heiß, wie staubiger Wüstensand, und von einer Sekunde auf die andere war seine Kehle ausgedörrt.

Er musste etwas trinken! Erschöpft ließ er sich zu Boden sinken, blieb regungslos liegen. Was hatte der Mönch zu ihm gesagt? Auf Wiedersehen.

Das war ein Abschiedsgruß. Aber gleichzeitig bedeutete er doch, dass man jemanden wiedersehen wollte, oder? Ja, bestimmt. Der Mönch testete ihn nur ein weiteres Mal.

Er blieb liegen. Spürte die Kälte, die sich durch seine Kleider fraß, nicht haltmachte, seine Haut durchdrang, ein eisiger Fluss. Eng krümmte er sich zusammen, mit angewinkelten Beinen, den Kopf in den Armen verborgen.

Es mussten Stunden sein, die er so gelegen hatte. Doch nichts passierte. Keine Schritte ertönten, kein Schlüssel klirrte. Mühsam setzte er sich auf. Er konnte kaum schlucken, solchen Durst hatte er. Und nun fing auch sein Magen an zu knurren. Mit brennenden Augen beschwor er die Tür, sich zu öffnen. Doch je mehr Zeit verging, desto klarer wurde es ihm. Dies war kein weiterer Test. Der Mönch hatte sich von ihm verabschiedet. Er würde nicht mehr wiederkommen.

52

»Laura, um Gottes willen, was ist los?« Wiebke stand neben ihr, Entsetzen spiegelte sich auf ihrem Gesicht. »Warum brüllst du so, wenn ich den Raum betrete? Hier, ich habe dir etwas zu essen mitgebracht.«

Laura keuchte. Die Maschine über ihr piepte wie verrückt. Eine Frau in einem weißen Kittel riss die Tür auf und eilte an Lauras Bett. »Alles in Ordnung hier?«, rief sie.

Lauras Puls raste. »Ja, alles gut«, sagte sie schweratmend. »Ich dachte nur ... ich ...« Sie stockte.

Die Frau drückte auf einigen Knöpfen herum, das Piepen wurde leiser, dann hantierte sie an dem Tropf. »Sie bekommen etwas zur Beruhigung«, sagte sie und zu Wiebke gewandt: »Sie braucht Ruhe. Lassen Sie sie schlafen.«

»Nein, bitte geh nicht.« Laura griff nach Wiebkes Arm. »Ich möchte nicht alleine sein«, flüsterte sie.

»Hey«, vorsichtig legte Wiebke ihr die Hand auf die Stirn. Sie war warm und weich. »Ich gehe nicht, okay? Ich werde heute Nacht hierbleiben, die ganze Zeit, das verspreche ich dir!«

Laura nickte leicht. Das Mittel begann zu wirken, warm wurde ihr plötzlich, ganz warm. »Was hat Clausen gesagt?« Sie musste sich anstrengen, klar zu denken.

»Er hat einen Kollegen, der ist dran.« Die Aufregung in Wiebkes Stimme war unüberhörbar. »Clausen ist sicher, dass wir morgen die sechsundzwanzig Nummernschilder mit Namen und Adressen haben. Morgen, Laura!«

»Das ist ja wunderbar.« Laura hörte ihre Stimme nur noch von weit weg. »Morgen, also, da kriegen wir ihn«, murmelte sie, bevor sich ihr Kopf zur Seite neigte und sie die Augen schloss.

53

Laura wusste nicht, wovon sie aufgewacht war. Sie brauchte ein paar Minuten, um zu verstehen, wo sie sich befand. Dann hörte sie das leise Piepen, gleichmäßig diesmal, sah den matten Schein durch die Gardinen fallen und spürte die Kanüle in ihrer Hand. Sie hatte keine Ahnung, wie spät es war, doch das dämmrige Licht verriet ihr, dass es früher Morgen sein musste. Sie hatte also lange geschlafen und fühlte sich ausgeruht. Zum ersten Mal, seit sie ins Krankenhaus gebracht worden war.

Ihre Augen fielen auf den Stuhl vor ihrem Bett. Darauf saß Wiebke, vielmehr lag sie halb über die Armlehne gebeugt, den Kopf auf ihrer Jacke ruhend. Sie atmete ruhig und gleichmäßig. Laura lächelte dankbar. Was hätte sie hier bloß ohne die Freundin ihrer Mutter gemacht? Dann wurde ihr Lächeln breiter, als sie sich an Wiebkes Worte erinnerte – heute wollte Clausen ihnen die Namen der Opelbesitzer geben! Aufregung ergriff sie. Sie waren ganz nah dran, das bewies schon allein die Tatsache, dass sie hier lag. Und jetzt würden sie einen gewaltigen Schritt vorwärtskommen. Vielleicht würde heute bereits der Täter gefasst. Und würde sie Paul in ihre Arme schließen können? Laura atmete schneller. An alle anderen Möglichkeiten wollte sie jetzt nicht denken. Dass Paul ... dass sie heute erfahren würde ... Nein! Ein, aus. Ein, aus. Sie versuchte, alle Gedanken zu verbannen, sich ganz auf ihren Atem zu konzentrieren und zuckte zusammen. Sie spürte es mehr, als dass sie es sah. Irgendjemand war noch hier im Raum! Erschrocken sprangen ihre Augen hin und her, sie drehte den Kopf. Und dann sah sie ihn – links neben ihrem Bett, auf dem zweiten Stuhl, saß Arne. Im Gegensatz zu Wiebke aufrecht, kerzengerade, seine Haare waren wieder ordentlich gekämmt und mit offenen Augen schaute er Laura an.

»Bist du wach?«, wisperte er. »Ja.« Bei Arnes Anblick war eine warme Welle durch Laura geschossen. »Was tust du hier?«

»Du hast mich gestern nicht mehr angerufen.« Er sprach sehr leise. »Ich habe mir Sorgen gemacht und bin deshalb zurückgekommen. Du hast schon geschlafen, aber Wiebke war hier und sagte, ich könne ebenfalls bleiben.«

Erneut durchflutete Laura Wärme, die bei seinen Worten immer größer wurde. »Ihr seid mega«, flüsterte sie zurück. »Hast du denn gar nicht geschlafen?«

»Nein.« Arne schüttelte den Kopf. »Ich passe auf«, fügte er hinzu.

»Wie spät ist es überhaupt?« Laura griff mit der Hand zu ihrem Nachttisch. »Mein Handy ist weg, deshalb konnte ich dich auch nicht anrufen. Keine Ahnung, wo die es hingepackt haben.«

Arne warf einen Blick auf seine Armbanduhr. »Es ist halb fünf.«

Laura schaute schnell zu Wiebke hinüber, die tief und fest schlief. »Ich bin so froh, dass du da bist«, flüsterte sie. War das

Röte, die sich bei ihren Worten auf Arnes Gesicht ausbreitete? Laura war sich nicht sicher. Die Gardine hielt das frühmorgendliche Sommerlicht zurück und Lauras Augen konnten das Halbdunkel nur schwer durchdringen. »Komm doch mal her«, wisperte sie deshalb.

Arne stand auf, vorsichtig, ließ sich auf dem Bett nieder. Laura hob ihre rechte Hand, berührte sanft seine Wange. Sie wollte die Dunkelheit aus seinen Augen vertreiben, wollte ihn einmal lächeln sehen, tief, aus vollstem Herzen. Er war hier für sie, nun würde sie seinen Schatten verjagen. Wenigstens für einen Moment. Vorsichtig legte sie die Hand in seinen Nacken, zog ihn zu sich hinunter. Spürte, wie er zögerte. Sich anspannte. Sein Gesicht vor ihrem Gesicht, Nasenspitze an Nasenspitze, ganz nah.

Er sagte kein Wort, sein Blick war jedoch unverwandt auf sie gerichtet. Sie fuhr mit ihren Fingern über seine Stirn, seine Augenbrauen, seine Nase. Berührte seinen Mund. Dann hob sie ihren Kopf leicht an, legte ihre Lippen auf seine.

Arne bewegte sich immer noch nicht. Doch ein Schauer fuhr durch seinen Körper. Laura konnte sein Zittern spüren. Und plötzlich waren seine Lippen ganz weich. Sie ließ sich zurücksinken, lag in dem bauschigen Kissen und Arne folgte ihr. Laura schloss die Augen. Ihre Lippen öffneten sich, fanden den Weg zueinander. Sanft, Zunge an Zunge, Atem an Atem.

54

Wiebke bewegte sich geräuschvoll, raschelte mit der Jacke, gähnte, streckte sich. Erschrocken fuhr Arne zurück und setzte sich kerzengrade auf das Bett. Doch Laura konnte ihn immer noch spüren. Seine warmen Lippen, seinen Körper, der ihren gestreift hatte, als er sie küsste, seine Hände, die sich gar nicht mehr kalt angefühlt hatten, die sie plötzlich berührt hatten, sanft auf ihrer Wange ruhten.

Nur mühsam riss sie sich von dem Gefühl los, das nun in ihr ruhte wie ein kostbarer Schatz, und sah zu Wiebke hinüber. Die versuchte gerade, ihre Haare mit den Fingern zu ordnen. Wie lange ist sie wach, hat sie uns beobachtet, fragte Laura sich. Egal, und wenn schon. Es war schließlich nicht verboten, jemanden zu küssen, den man mochte. Sie stutzte. Ja. Sie hatte Arne gern. Sehr gern sogar.

Lächelnd setzte sie sich auf. Wunderbar, auch das funktionierte viel besser als gestern. Überhaupt fühlte sie sich, als könne sie Bäume ausreißen.

»Guten Morgen.« Wiebke war aufgestanden und streckte sich ausgiebig. Ein Knochen knackte. »Oh verdammt«, fluchte sie. Mit erhobenen Armen, die sie rhythmisch hin und her bewegte, stand sie vor Lauras Bett. »Du machst heute einen viel besseren Eindruck«, stellte sie fest und lächelte Laura an.

»Äh ... ja. Ich fühle mich tatsächlich richtig gut!« Laura suchte Arnes Blick, doch der schaute auf den Fußboden. Sie atmete tief ein. »Was meinst du, wann werden wir von Clausen hören?«

Nun hob Arne doch den Kopf. »Gibt es was Neues?«, fragte er interessiert.

Laura schlug sich vor die Stirn. »Das habe ich dir ja noch gar nicht erzählt!«, rief sie. »Clausen will uns heute die Namen der Opelbesitzer geben. Heute, verstehst du?«

»Na ja, geben ist nicht direkt das richtige Wort.« Wiebkes Lächeln wurde breiter. »Er darf die Infos nicht einfach so rausrücken. Aber er hat mir gesagt, dass er die Liste auf den Küchentisch legt, wenn ich komme, und dann mal kurz auf dem Klo verschwindet. Ich habe natürlich mein Handy parat.«

»Super! Du fotografierst also alles ab. Ich glaube, ich habe Clausen doch Unrecht getan. Er hängt sich wirklich voll rein.«

»Wahrscheinlich will er das mit dem Verdacht gegen Sabine wiedergutmachen.« Wiebke ließ sich erneut auf den Stuhl fallen und musterte dabei Laura aufmerksam. »Aber wenn wir wirklich jemand Verdächtigen haben, dann gehen wir damit zu Holstenbach. Keine eigene Jagd auf den Mann, hört ihr?« Hier wanderte ihr strenger Blick auch zu Arne hinüber.

»Ja ... klar. Was für Neuigkeiten!« Arne stammelte vor Aufregung. Er sprang auf. »Was machen wir, wenn du mit den Fotos wiederkommst?«, fragte er atemlos.

»Nun«, Wiebkes Stimme war ebenfalls voller Energie, »wir suchen die Verdächtigsten heraus. Das Beste für uns wäre natürlich, wenn Peer auf der Liste stünde. Oder jemand anderes, den wir oder ich kennen. Dieser Scheißkerl wird sich noch grün und blau wundern! Ich habe das Gefühl, dass wir ganz dicht dran sind. Die Lösung liegt direkt vor unserer Nase!«

Laura ließ die Beine über das Bett baumeln, hielt sich fest und stand vorsichtig auf. »Was machst du denn da?« Wiebke war sofort neben ihr.

»Glaubt ihr etwa, ich bleibe hier einfach so liegen? Oder lasse mich noch nach Oldenburg kutschieren, weg von allem?«

»Laura!« Wiebke drückte sie auf das Bett. »Du bewegst dich nur hier raus, wenn die Ärzte dich entlassen.« Und als bei Laura eine Zornesfalte auf der Stirn erschien, fügte sie hinzu: »Es ist doch gerade einmal halb sechs. Clausens Ergebnisse werden noch auf sich warten lassen. Sobald wir die Liste haben, gehen wir sie hier durch, versprochen. Und dann sehen wir, ob wir etwas tun können.«

»Okay.« Widerwillig lehnte Laura sich zurück. »Ich würde nur einfach gern sofort loslegen«, sagte sie.

Wiebke nickte. »Glaube mir, ich auch. Aber es bringt gar nichts, planlos durch die Gegend zu rennen. Und du musst zu Kräften kommen, das ist jetzt wichtiger denn je.« Sie reckte sich noch einmal ausgiebig. Dann kramte sie in ihrer Tasche, fischte eine Thermoskanne heraus und goss sich befriedigt die immer noch heiße Flüssigkeit in den Deckel. »Es geht doch nichts über einen guten Kaffee«, sagte sie. »Möchte noch jemand?« Sie hielt die Tasse in die Mitte.

»Nein, danke.« Arne zog sich seine Strickjacke über. »Ich muss jetzt nach Hause, ich habe noch ein paar Dinge zu erledigen. Aber ich komme später wieder. Ruft ihr mich an, wenn ihr Clausens Liste habt?«

»Klar!« Wiebke trank erneut einen Schluck, seufzte zufrieden. »Ich muss mal kurz auf die Toilette«, sagte sie dann und zeigte nach hinten.

Sobald sie den Raum verlassen hatte, schaute Laura Arne an. Der blickte verlegen zu Boden. »Ich ... ich gehe jetzt«, stammelte er.

»Ja. Ja, natürlich.«

Komm her. Nimm mich noch einmal in den Arm. Gib mir noch einen ... Doch während Laura Arne in Gedanken zu beschwören versuchte, hatte der schon seinen Rucksack aufgesetzt und war zur Tür gegangen.

»Dann bis später«, sagte er. Er schaute Laura weiterhin nicht an, hob nur kurz die Hand und war verschwunden.

Oh Mann. Wie konnte man nur so schüchtern sein? Laura ließ sich tief in das Kissen sinken. Die Welt fühlte sich ein kleines bisschen leichter an. Arne. Die Liste. Paul. Sie war ihm ganz nah, das konnte sie spüren. Sie lag auf dem Bett und lächelte. Sie lächelte, stellte sich Arne vor, wie er auf sein Rad stieg. Auf sein altmodisches Rad, wie er damit nach Hause fuhr.

War sein Herz ebenso groß und weit wie ihres?

Sie lächelte und wusste nicht, dass Arne wirklich zu seinem Fahrrad eilte. Dass er nicht losfuhr, nein, dass er losraste. Denn er hatte etwas sehr Wichtiges zu erledigen.

Nur war es nicht, was Laura dachte.

Teil II

55

Arne trat aus dem Krankenhaus, hastete zu seinem Rad und öffnete das Schloss. Dabei zitterten seine Hände so, dass es klirrend herunterfiel. Mit versteinerter Miene hob er es auf, hängte es unter den Sattel, dann raste er los. In seinem Kopf überschlugen sich die Gedanken. Mist, verdammter Mist! Sie würden tatsächlich ein Ergebnis von Clausen bekommen. Er hatte gehofft, dass das nicht der Fall sein würde, dass Clausen als Pensionär diese Informationen nicht mehr beschaffen könne. Und jetzt wollte er sie allen Ernstes auch noch an die Frauen weitergeben! Was für eine Arbeitshaltung!

Warum, zur Hölle, hatte er bloß die Fotos mitgebracht? *Oh, ruhig. Nicht fluchen. Fluchen ist schlecht. Klar denken. Systematisch.*

Seine Rechnung war nicht aufgegangen. Einziges Ziel war gewesen, den Verdacht auf Peer zu lenken. Stattdessen hatten sie auf diesen Opel gestarrt. Er hatte nicht geahnt, dass ihnen das Fahrzeug bereits aufgefallen war und dass sie es nun auch noch auf seinen Fotos entdeckten. Eine Verbindung, die er kappen musste. Er radelte schneller, sein Atem ging stoßweise und keuchend. Ganz ruhig, beschwor er sich erneut und versuchte damit, seine Gedanken zu kontrollieren. *Klar denken, nicht fluchen. Fluchen ist schlecht.*

Er hatte einen riesengroßen Vorteil. Sie vertrauten ihm. Laura hatte doch allen Ernstes geglaubt, dass sie es war, die fast in ihn gefahren war. Dabei hatte er sie beobachtet, schon eine ganze Zeit lang verfolgt und dann nur auf den richtigen Moment gewartet. Er wohnte auf der Insel, hatte schnell mitbekommen, dass es ein Mädchen gab, das nach ihrem verschollenen Bruder suchte. Völlig kopflos war sie gewesen an dem Tag, hatte nichts um sich herum mitbekommen. Ihr erhitztes Gesicht tauchte vor seinem inneren Auge auf. So warm hatte sie sich eben auch angefühlt, als sie ... Schnell wischte er das Bild zur Seite. Er musste sich konzentrieren, durfte keinen Fehler machen!

Arne stieß heftiger in die Pedalen. Kurze Zeit später sah er sein Zuhause auftauchen. Erleichtert stellte er das Rad in die Garage, ging durch den Hintereingang zum Haus hinüber, eilte zum Kleiderschrank und zog einen dunklen Pulli heraus. Als er ihn angezogen hatte, nahm er ein schwarzes Käppi, stülpte die breite Kapuze darüber und jagte, erneut den Hintereingang benutzend, zurück auf die Straße.

Mit gesenktem Kopf und großen Schritten eilte er sie hinunter. An dem Abend, als die beiden das Nummernschild entziffern wollten, hatte er in weiser Voraussicht den Opel einige Straßen weiter geparkt, in einer Gegend, die nicht so stark bewohnt war. Er hatte trotzdem gehofft, dass sich das vermeiden ließe, was er jetzt zu tun gedachte.

Aber sie waren zu nah dran. Er musste den Opel loswerden. Zu groß war die Gefahr, dass er untersucht wurde, dass sie etwas finden würden.

Als der Wagen vor ihm auftauchte, starrte er auf das Nummernschild. Gut, der Schlamm, den er darauf geschmiert hatte, verdeckte immer noch einen großen Teil davon. Nur das OH vorne war zu erkennen, der Rest ertrank mehr oder weniger im Schmutz. Nur von der Polizei durfte er sich nicht erwischen lassen. Sowieso.

Bevor er das Auto aufschloss, schaute er sich kurz um. Es war zum Glück früh am Morgen, sonntags, die Straße menschenleer. Schnell stieg er ein, startete den Motor und fuhr langsam los.

Er war ein umsichtiger Mann. Natürlich. Nicht erst seit er Laura getroffen hatte, hatte er immer alle Eventualitäten mitgedacht. Deshalb wusste er jetzt genau, wohin er fahren würde. Eine Karte brauchte er nicht, die hatte er in seinem Kopf. Über Navis konnte er nur müde lächeln. Wenn die Menschen wüssten, was sie über ihre Smartphones alles verrieten. Niemals würde ihm ein solches Ding in die Hände kommen.

Sobald er Burg verlassen hatte, beschleunigte Arne. Allerdings nicht zu schnell, eine Polizeikontrolle hätte ihm jetzt gerade noch gefehlt. Er steuerte auf die Fehmarnsundbrücke zu, doch er hatte keinen Blick für die Schönheit des Morgens, der zu einem prächtigen Sommertag erwachte.

Er wusste nur eins – diesmal musste er weg von Fehmarn. Weit weg. Wenn sie den Opel fanden, sollte keine Verbindung hergestellt werden. Weder zu ihm, noch zu der Insel oder zu sonst irgendjemandem. Deshalb wählte er die Autobahn. Er würde bis Mecklenburg-Vorpommern fahren. Ein anderes Bundesland, da würde, wenn überhaupt, eine Abstimmung zwischen den Polizeibehörden länger dauern. Falls sie den Opel jemals finden würden.

Zur Vorsicht musste er natürlich noch das blaue Kreuz von der Rückscheibe lösen. Wie praktisch jedes Auto auf Fehmarn zierte auch dieses der Fehmarnbeltretter-Aufkleber. Arnes Gesicht war hart wie Stein. Nur zur Vorsicht, denn er hatte nicht vor, dass der Wagen gefunden wurde. In Mecklenburg gab es viele Seen, die meisten in Deutschland. Ganze 2200 Stück. Und darunter waren einige sehr tiefe. Seen, auf deren Grund ein Auto nicht bemerkt werden würde. Und wenn, dann würde es zu spät sein. Bis dahin würde das Wasser totsicher alle Spuren vernichtet haben.

Teil III

56

»Oh, ist Arne weg?« Wiebke war von der Toilette zurückgekommen, hatte sich auf Lauras Bett gesetzt und erneut nach ihrem Kaffeebecher gegriffen.

»Ja, er hat etwas zu erledigen, wird aber später wiederkommen.« Laura setzte sich auf und betrachtete Wiebkes Thermoskanne. »Mann, ich habe richtig Hunger. Wann darf ich denn wieder essen und trinken?«

»Keine Ahnung!« Wiebke hob die Schultern. »Aber du siehst viel besser aus und Hunger ist ein gutes Zeichen. Bestimmt kommt gleich Dr. Langbehn, dann können wir ihn fragen.«

»Gut. Fahr du so schnell wie möglich zu Clausen und komm mit der Liste wieder. Ich kann es wirklich kaum erwarten!«

»Ich auch nicht. Aber ich werde dich hier nicht alleine lassen. Wir werden erst einmal zusammen auf den Arzt warten und sehen, ob sie dich immer noch verlegen wollen.« Sie schaute Laura prüfend an. »Sag mal ... Arne.«

»Äh ...ja?« Laura wollte nicht rot werden, merkte jedoch, wie ihre Wangen heiß anliefen.

»Du magst ihn sehr, oder?«

Verdammt, Wiebke war schlimmer als ihre Mutter. Die hatte auch immer sofort gesehen, was mit Laura los war. Andererseits – hier mit Wiebke zu sitzen, die sie verstand, sich um sie sorgte, das war schon ein ganz gute Gefühl. Fast wie Mutter und Tochter. Deshalb antwortete Laura ehrlich. »Ja, er ist schwer in Ordnung. Ich meine, ein bisschen altmodisch ist er schon. Diese Klamotten! Und manchmal redet er so gestelzt. Aber ...« Sie schwieg einen Augenblick, suchte nach den richtigen Worten. »Ich erkenne meine Traurigkeit in ihm wieder. Er versteht mich, ohne dass ich groß etwas sagen muss. Ich weiß nicht genau, was mit ihm los ist, aber es gibt eine Verbindung zwischen uns.«

Wiebke nickte. »Mir ist auch aufgefallen, dass er sehr verschlossen wirkt. Doch bei dir scheint er wirklich aufzutauen. Vielleicht tut ihr euch beide gut!«

»Hoffentlich.« Laura seufzte. »Jetzt allerdings müssen wir erst einmal Paul und Tom finden.«

Sie schauten beide erwartungsvoll auf die Tür, als diese aufgestoßen wurde und Dr. Langbehn hereineilte. »Guten Morgen, meine Damen, wie geht es uns denn heute?«

»Ich weiß nicht, wie es Ihnen geht, aber mir geht es gut.« Laura grinste ihn an. »Ich habe einen Bärenhunger. Wann darf ich essen? Und noch wichtiger: Wann darf ich gehen?«

»Nun, wie ich sehe, sind Sie wieder ziemlich fit. Sie haben eine robuste Gesundheit, Ihre Werte haben sich stabilisiert. Zur Vorsicht möchte ich Sie aber doch nach Oldenburg übergeben, zur weiteren Beobachtung. Dort stehen einfach mehr Möglichkeiten zur Verfügung als uns hier.« Der Arzt blätterte geschäftsmäßig in Lauras Akte.

»Nein.«

»Nein?« Erstaunte blickte er sie über seine randlose Brille an.

»Ich möchte gehen.« Ohne eine Antwort abzuwarten, schwang sie die Beine über das Bett und stellte zufrieden fest, dass ihr diesmal nicht schwindelig wurde.

»Laura, ich denke, du solltest lieber ...« Wiebke wollte weitersprechen, wurde jedoch von Laura unterbrochen. »Ich möchte nicht verlegt werden«, beharrte sie. »Mir geht es wirklich besser. Du hast etwas Wichtiges zu erledigen«, dabei warf sie Wiebke einen bedeutungsvollen Blick zu, »und ich komme jetzt mit dir nach Hause. In der anderen Klinik kenne ich niemanden, und da ist bestimmt keiner, der auf mich achtgibt.«

»Ja, das stimmt.« Bedächtig wiegte Wiebke ihren Kopf. »Zu Hause können wir alles verriegeln, niemanden hereinlassen und ich hab dich bei mir.«

»Genau.« Laura stand auf und ging zu ihrem Schrank hinüber. »Seht ihr«, rief sie, »ich bin wieder gut auf den Beinen.«

»Hm. Eigentlich wollte unsere Psychologin heute noch einmal in Ruhe mit Ihnen sprechen.« Er sah sie durchdringend an. »Das ist kein Kinderspiel, was Ihnen passiert ist.«

»Es geht schon.« Laura dachte an die harsche Frau und beeilte sich hinzuzufügen: »Nun machen Sie sich mal keine Sorgen, läuft schon.«

»In Ordnung.« Dr. Langbehn zog ein Telefon aus seiner Kitteltasche. »Ich veranlasse die Entlassung, allerdings auf Ihren ausdrücklichen Wunsch und auf eigene Gefahr.«

Wiebke sprang auf. »Ich helfe dir, alles einzupacken. Dann fahren wir nach Hause.«

Laura wartete, bis Dr. Langbehn das Zimmer verlassen hatte. »Wir laufen«, sagte sie.

»Laura!« Aus dem einen Wort klang Resignation und Entsetzen zugleich. »Du bist noch völlig schwach auf den Beinen und mein Auto steht vor der Tür. Außerdem«, jetzt hörte sich Wiebkes Stimme herausfordernd an, »bist du auch mit einem Wagen hierhergekommen.«

»Da war ich ohnmächtig. Ich fahre nicht, und damit basta.« Sie warf ihren Rucksack auf das Bett. Als Wiebke wortlos danach griff und begann, ihre Sachen einzusortieren, fügte Laura besänftigend hinzu: »Etwas frische Luft wird mir guttun. Du kannst den Wagen doch später abholen, wenn du zu Clausen gehst. Das liegt schließlich alles auf einem Weg.«

»Okay, okay.« Wiebke hob die Arme. »Zu Clausen kann ich dich beileibe nicht mitnehmen, wenn du alle Wege laufen willst. Das schaffst du noch nicht! Ich hoffe nur, dass Arne bald wiederkommt. Ich will dich nicht gern allein lassen, auch nicht bei mir.« Wiebke zog den vollgepackten Rucksack zu sich. Dabei fiel die Decke auf den Boden.

»Da ist ja mein Handy!« Glücklich griff Laura nach ihrem Telefon, das plötzlich am Fußende sichtbar wurde. »Hier hat das blöde Ding also gesteckt. Super, jetzt kann ich Arne anrufen, sobald wir die Liste haben.«

Lächelnd zog sie ihre Turnschuhe an. Immer, wenn sie an Arne dachte, verschwand für einen kurzen Moment der Horror, konnte sie, wenigstens für Minuten, an etwas anderes denken als an Paul.

Hoffentlich kam er schnell zurück, um bei ihr zu sein, in Wiebkes Haus. Sie würde ihn anrufen, sobald Wiebke unterwegs war, nicht erst, wenn sie die Fotos hatten. Bei dem Gedanken wurde ihr Lächeln breiter. Sie beiden, allein. Ein verschlossenes Haus, in dem sie niemand störte. Wer weiß, was da passieren würde.

57

Laura genoss die Sonne, die sich auf ihre Haut legte wie eine warme Decke. Als sie den Kopf dem blauen Himmel entgegenreckte, vermeinte sie, fast so etwas wie Glück zu verspüren. Sie lebte. Wer immer ihr etwas antun wollte, war gescheitert. Sie war stärker gewesen. Und mit Clausens Hilfe würde sie auch Paul finden. Alle drei Jungen, die verschwunden waren, ganz sicher.

Während sie mit Wiebke durch die Straßen lief, auf denen Menschen ihnen strahlend entgegenkamen, fühlte sich Laura plötzlich wie eine von ihnen. Jemand, der lächeln konnte, der die Sonnenstrahlen genoss, die Brise, die vom Meer herüberwehte. Sie blieb stehen, breitete die Arme aus, schloss die Augen und wünschte, sie könne für einen Moment, nur einen kleinen, die Welt anhalten. Oder sich zurückbeamen. Denn hier war sie auch mit ihrem Vater langgelaufen. Er hatte ihr erzählt, dass es einen wunderschönen Wanderweg von Burg nach Puttgarden gab. Und sofort war sie Feuer und Flamme gewesen, ihn zusammen mit ihrem Vater zu gehen. Ohne Mama und Paul, nur sie zwei. Neunundzwanzig Kilometer, das wollten sie in drei Etappen schaffen und unterwegs in Pensionen übernachten. Am ersten Tag waren sie von Burg bis an die südöstlichste Spitze nach Staberhuk gelaufen, hatten sich den Leuchtturm angesehen, der auf der einen Seite gelb und auf der anderen Seite rot war. Sie hatten zusammen steinige Wege an der Steilküste gemeistert, den Ausblick auf das Meer bestaunt, Blasen an Lauras Füßen versorgt und dann barfuß die Naturstrände erobert. Es war der schönste Weg, den Laura je gelaufen war. Sie musste sich zwingen, wieder in die Gegenwart zurückzukehren. Mühsam öffnete sie ihre Augen.

Es hatte im Krankenhaus einige Zeit gedauert, bis alle Papiere unterschrieben waren. Jetzt war es bereits später Vormittag, die Wolken hatten sich verzogen und kleine Lichtkreise huschten über Lauras Gesicht.

»Wunderschön, nicht wahr?« Wiebkes Stimme klang trotz der Worte traurig.

Laura nickte. »Bald schlendern wir hier mit Paul und Tom entlang«, sagte sie. »Und dann ist all dieser Horror nur noch eine ferne Erinnerung, ein dunkler Fleck. Er wird immer da sein, aber mehr und mehr verblassen.«

Wiebke atmete tief aus und schob ihren Arm unter Lauras. »Das hoffe ich. Das hoffe ich sehr.«

Sie schwiegen, hingen ihren Gedanken nach, bis sie bei Wiebkes Haus ankamen. »Wie geht es dir jetzt, nachdem du das Stück gelaufen bist?«, fragte Wiebke, als sie die Haustür aufschloss und Laura mit einem Seufzer in die kühle Diele trat.

»Gut.« Mit dem Handrücken wischte sich Laura den Schweiß von der Stirn. »Etwas außer Atem, aber sonst ...« Sie ließ sich erleichtert auf das Sofa fallen. Ganz ehrlich war die Antwort nicht gewesen. Nun war ihr doch wieder schwindelig, und sie atmete schwer, als sei sie lange gejoggt. »Ich habe Hunger«, sagte sie.

Wiebke eilte in die Küche. »Schönes Vollkornbrot mit Käse, Gurken und Tomaten?«, rief sie ins Wohnzimmer hinüber.

»Perfekt!« Laura lief das Wasser im Mund zusammen. Sie ließ sich in die Kissen sinken und holte ihr Handy aus der Tasche. Arne erschien als Erstes in ihrer Kontaktliste. Die Nummer eins. Laura lächelte.

Als Wiebke mit dem Brot zurückkam, musste Laura sich zusammenreißen, es nicht zu verschlingen. Mühsam nahm sie kleine Bissen, kaute langsam, trank zwischendurch Wasser. Der Arzt hatte ihr gesagt, dass sie in den nächsten Tagen aufpassen müsse. Sie wollte sich daran halten, schließlich konnte sie auf keinen Fall hier herumliegen, während Wiebke und Clausen dem Scheißkerl immer näher kamen.

»Also«, sagte Wiebke, als sich auf dem Teller nichts mehr als winzige Krümel befanden. »Dann mache ich mich mal auf den Weg.« Sie schaute auf ihre Uhr. »Ich komme zurück, sobald ich was habe. Sollte das länger dauern, melde ich mich.« Sie setzte sich zu Laura, legte ihr die Hand auf das Bein. »Ich weiß auch noch nicht, was bei Peers Befragung herausgekommen ist und ob sich der Verdacht gegen ihn erhärtet hat. Pass einfach auf. Lass niemanden außer Arne herein, ja?«

»Natürlich!« Laura nickte energisch. Mit dem Essen im Bauch fühlte sie sich gut. »Nun geh schon!« Sie spürte das Handy in ihrer Hand, ihre Ungeduld. Sie wollte endlich mit Arne sprechen. Als Wiebke die Haustür hinter sich zuschlug, atmete sie auf, platzierte ein Kissen unter ihrem Kopf, legte sich gemütlich hin und drückte auf seine Nummer.

58

»Wow!« Laura richtete sich erstaunt auf, als sie den Schlüssel im Schloss hörte. »Du bist aber schnell zurück!«

Strahlend kam Wiebke ins Zimmer, und Clausen folgte ihr dicht. »Moin!«, rief er fröhlich.

»Moin!« Laura musste grinsen. Diese einfache norddeutsche Begrüßung gefiel ihr, zeigte ihr, dass sie zu Hause war.

Clausen freute sich, dass sie damit zurückgrüßte. »Die meisten Leute denken, dat Moin een Abkürzung für Morgen ist. Dat is aber falsch. Moin bedeute nix anderes als schön. Deshalb sagen wir dat auch den ganzen Tag über. Schön, oder?« Er grinste ebenfalls. »Manche grüßen hier aber auch lieber mit Tach. Geht auch. Wichtig ist, dat du nicht Moin Moin sachst. Dat ist Gesabbel.« Ächzend ließ sich dann neben sie auf das Sofa fallen, holte ein Taschentuch heraus und wischte sich damit über die nasse Stirn. »Zu heiß für eine norddeutsche Frohnatur wie mich«, stöhnte er. »Ich sag euch, dat is der Klimawandel, der macht auch vor unserem Knust nicht halt.«

»Ach Jochen, nu tu mal nicht so jammern!« Laura wunderte sich erneut, wie anders Wiebke sprach, wenn sie mit Jochen redete. Sie stellte ein großes Glas Wasser vor ihn auf den Tisch und goss dann Laura ebenfalls nach.

Die beugte sich gespannt vor. »Habt ihr etwas herausgefunden?«, fragte sie und hielt den Atem an.

Jochen zeigte mit dem Finger auf Wiebke. »Dat is ne ganz Gerissene. Wollte die Liste fotografieren und sich dann vom

Acker machen. Aber irgendwie ist mir nicht wohl bei der Sache, dass ihr beiden diese Spur alleine verfolgen wollt. Der Entführer ist gefährlich und zu allem fähig, das hat er mehr als deutlich gezeigt.« Er schwieg einen Moment, schnäuzte sich in das Tuch. »Wir schauen deshalb zusammen, was wir herausfinden können – eine Spur, einen Hinweis, den wir Holstenbach geben können.« Sein Finger fuhr durch die Luft. »Wir müssen ihn informieren, dat iss euch hoffentlich klar. Aber erst, wenn wir uns sicher sind, damit er der Spur auch wirklich nachgeht, okay?«

»Okay, okay!« Laura stimmte sofort zu. Natürlich wollte sie diesem Irren auch nicht alleine gegenüberstehen. Das sollte mal lieber Holstenbach mit seiner Kavallerie erledigen. Aber sie mussten ihm etwas liefern, einen konkreten Verdacht, handfeste Beweise. Sonst würde er nur wieder über seinen gestriegelten Bart streichen und weiter nichts unternehmen.

Sie schaute Clausen an, der ein Stück Papier aus der Hosentasche zog. Zum Glück waren nicht alle Polizisten so drauf wie Holstenbach. Nein, Clausen war von einem ganz anderen Kaliber. Auch, wenn er zuerst ihre Mutter verdächtigt hatte. Aber das schien ja aus der Welt zu sein.

Laura rückte deshalb näher an ihn heran, um einen Blick auf den Zettel zu erhaschen. Wiebke hatte sich rechts neben Clausen gesetzt. »Ach, jetzt zeigste uns dat Ding doch!«, rief sie.

Clausen legte seinen Zeigefinger auf die Lippen. »Wat auf Fehmarn passiert, bleibt auf Fehmarn«, sagte er und fügte schnell hinzu: »Kein Wort zu Holstenbach. Ich gebe ihm später den Hinweis mit dem Kennzeichen, sage ihm, dass ich es auf alten Fotos entdeckt habe. Euch halte ich da schön raus, damit er nicht ausrastet, von wegen Einmischung in Ermittlungsarbeit und so.«

Laura hörte gar nicht zu. Gespannt überflog sie die Liste. Sechsundzwanzig Kennzeichen, los ging es mit OH–AT–489. Dahinter der Name des Fahrzeughalters und der Stadt, in der der Wagen angemeldet war. Drei Mal stand dort Burg. Laura stieß hörbar die Luft aus. »Nur drei von Fehmarn«, rief sie, beugte sich dann sofort tiefer, um die Namen zu lesen. Und ließ sich enttäuscht nach hinten sinken. »Sagen mir alle nichts.« Mit hochgezogener Stirn und vorgeschobener Lippe studierte sie erneut die Liste. »Peer ist auch nicht dabei. Zwei Männer, eine Frau: Friso Harmsen, Jonathan Jansen und Ulla Hinrichs. Sagen die euch was?« Voller Erwartung schaute sie Wiebke und Jochen an.

Jochen kratzte sich hinter dem Ohr. »Jonathan Jansen«, wiederholte er langsam. »Ich glaube, der Name ist mir schon mal untergekommen. Hat, meine ich, gedealt. Kleinere Diebstähle begangen. Musste aber nicht in den Knast, war zu jung, dafür Sozialarbeit und Therapie. Dat war noch zu meiner Zeit, so vor zehn, fünfzehn Jahren. Muss ich aber überprüfen, bin mir nicht ganz sicher.«

Wiebke legte nachdenklich ihren Finger auf die Lippen. »Hört man doch immer wieder«, sagte sie, »dass Gewalttäter und Mörder schon vorher auffallen. Durch Diebstähle, Brandstiftung, Misshandlung von Tieren. Man wird nicht mal eben so über Nacht zum Killer.«

Überrascht schaute Jochen sie an. »Stimmt«, sagte er. »Meist geht dem Ganzen eine lange Reihe schrecklicher Dinge voraus, die ihren Schatten werfen. Missachtung oder Misshandlung in der Kindheit, eigene Gewalterfahrungen.«

Laura schnaubte. »Das ist aber noch lange kein Grund, zum Verbrecher zu werden«, stieß sie wütend hervor.

»Nein, natürlich nicht.« Wiebke legte ihr eine Hand auf den Arm. »Es kann uns nur Erklärungen liefern. Und ein offenes Auge schaffen für unsere Kinder, nicht nur die eigenen. Wir schauen zu oft weg, reden uns zu oft ein, alles sei gut. Und sehen so die Warnsignale nicht, die Hilferufe, die die Kinder senden. Denn das tun sie, das kannst du mir glauben.«

»Man merkt, dass du Lehrerin bist, mit Herz und Seele. Solche wie dich brauchen wir mehr.« Jochen lächelte Wiebke an. Erstaunt stelle Laura fest, dass die rot anlief.

»Ach wat«, winkte Wiebke ab. Dann tippte sie mit ihrem Finger auf Jansens Namen. »Den sollten wir genauer unter die Lupe nehmen«, sagte sie. »Jochen, kannste was über ihn herausfinden? Wat er in den letzten Jahren so gemacht hat?«

»Ja, ich lass das mal checken, alle drei. Die Ulla, die kennen wir doch, oder nicht? Ist das nicht die mit dem Blumenladen in Burg?«

»Stimmt!« Wiebke stand auf. Lief unruhig im Zimmer auf und ab. »Klar, das ist Ulla. Ich kann sie mir allerdings beim besten Willen nicht als eiskalte Entführerin vorstellen. Die ist auch schon fast in Rente, klein, rundlich, immer ein gutes Wort auf den Lippen.«

»Hat sie Kinder?«, fragte Laura. Vielleicht war es ja doch eine Frau gewesen, eine nette ... Hoffnung keimte in ihr auf, erlosch aber gleich wieder, als sie an den armen Lasse dachte.

»Ja, zwei.« Jochen nickte energisch. »Die Hanne und den Fiete. Beide schon groß, studieren irgendwo auf dem Festland, soweit ich weiß.«

Enttäuscht ließ Laura die Schultern sinken. Das hörte sich wirklich nicht so an, als hätte sie irgendwo im Keller Kinder versteckt, eines davon sogar getötet. Doch man konnte nie wissen. »Und Friso?«, fragte sie. Wiebke und Jochen zuckten beide mit den Schultern. »Noch nie gehört«, sagte Jochen und Wiebke nickte bestätigend.

Laura stand auf. »Gut, ich bin dafür, dass wir die drei aufsuchen. Der Blumenladen steht ja mitten in Burg. Und die Adressen der anderen beiden stehen hier ja auch auf der Liste.«

»Super!« Auch Wiebke war aufgesprungen. Doch Clausen blieb sitzen. »Wat wollt ihr machen, einfach so die Häuser stürmen?«, fragte er. Er verzog den Mund und schüttelte den Kopf. »So geiht dat nich, mien Damen. Nein, wir brauchen einen Plan.«

Laura seufzte, musste aber zugeben, dass er Recht hatte. Sie ließ sich erneut auf das Sofa fallen.

»Was ist eigentlich mit Arne?«, fragte Wiebke, als sie sich ebenfalls wieder setzte.

»Ach, der muss heute einem Freund beim Umzug helfen.« Laura sah enttäuscht aus. »Ich habe vorhin mit ihm telefoniert. Er sagt, er versuche, sich zu beeilen, es werde aber wahrscheinlich bis abends dauern.«

»Macht nichts.« Wiebke gab Laura einen aufmunternden Knuff. »Dann fangen wir schon mal an und er stößt später dazu.«

»Genau!« Jochens Bass dröhnte durch den Raum. »Also, ich habe schon eine Idee ...«

59

Beschissen. Völlig beschissen. Missmutig starrte Laura auf das Blumengeschäft ihr gegenüber. Sie hatte sich auf eine Bank gesetzt, die halb in der Sonne, halb im Schatten eines mächtigen Baumes lag und von der sie den Laden gut im Blick hatte. Ihr hatte die Aufteilung gleich nicht gefallen, als Jochen diese vorgeschlagen hatte: Sie sollte das Blumengeschäft und Ulla Hinrichs beobachten, während Wiebke sich Friso Harmsen und er selbst Jonathan Jansen vornahmen. Ihr Protest hatte nichts genutzt. Nein, Wiebke hatte sie sogar zuerst überhaupt nicht allein gehen lassen wollen. Ihr potentieller Mörder lief da draußen schließlich noch frei herum! Doch Laura, die auf keinen Fall im Haus bleiben wollte, während Pauls Entführer gejagt wurden, hatte sie beruhigt. Es würde sie niemand mitten auf der belebten Straße angreifen. Das war vorher auch nicht geschehen – vielmehr hatte jemand versucht, sie hinterrücks zu vergiften. Warum sollte sie jetzt jemand auf offener Straße angreifen? Sie brauchte also nur kein Essen anzurühren. Mit diesem Versprechen hatte Wiebke sie schließlich schweren Herzens gehen lassen.

Laura zog ihr Käppi tiefer in das Gesicht. Hinten ragten die zu einem Pferdeschwanz gebundenen Haare heraus. Zuerst hatte sie die Kappe nicht aufsetzen wollen, die Wiebke ihr hingehalten hatte und auf der groß »Sonneninsel Fehmarn« prangte. Nun war sie aber froh, denn sie bot nicht nur Sonnenschutz, auch ihre Augen und ihr Gesicht lagen im Schatten. Sie konnte so gut beobachten, schlechter erkannt werden und sah dazu noch wie ein ganz normaler Touri aus.

Erneut seufzte sie. Sie hatte versprochen, auf der Bank zu bleiben, aber vorhin hatte sie es nicht mehr ausgehalten. Als sich besonders viele Leute in dem kleinen Geschäft befanden, war sie über die Straße geschlendert, den Kopf tief nach unten gebeugt und hatte sich unter eine Gruppe Frauen gemischt, die verschiedene Topfblumen begutachtet hatten. Sie hatte Ulla sofort erkannt, die hinter der Theke werkelte, einen Blumenstrauß band und dabei freundlich mit einer Kundin schnackte. Ulla sah genauso aus, wie Clausen sie beschrieben hatte. Mit ihren runden, geröteten Wangen, der grünen Schürze und ihren lachenden Augen wirkte sie wie eine Oma aus dem Bilderbuch. Nein, das war keine Entführerin und erst recht keine Killerin.

Laura stützte die Ellbogen auf die Beine und legte ihren Kopf in die Hände. Hier würde sie nicht weiterkommen, das war offensichtlich. Sollte sie Wiebke oder Clausen anrufen, um denen bei der Beschattung zu helfen? Nein, das würden die sicherlich nicht wollen. Clausen hatte ihr absichtlich Ulla zugeteilt, weil er selbst wusste, dass sie vermutlich unschuldig war und Laura hier nichts passieren würde. Die packten sie wirklich nur noch mit Samthandschuhen an. Aber nicht mit ihr. Sie würde hier nicht dämlich rumsitzen und nichts tun.

Nachdenklich zog Laura ihr Handy aus der Tasche und wog es in der Hand. Es gab drei Leute mit einem schwarzen Opel auf Fehmarn, drei Leute, die ihn schon länger als zehn Jahre besaßen und das passende Kennzeichen hatten. Doch musste der Fahrzeughalter auch tatsächlich der Täter sein? Nein, natürlich nicht. Laura richtete sich auf, fuhr sich durch das Gesicht. Was, wenn es der Mann von Ulla war? Oder ihr

Sohn? Wahrscheinlich hatten alle drei Zugang zu dem Wagen. Lauras Atem ging schneller. Wieso hatte Clausen das nicht bedacht? Oder war er auch darauf gekommen, hatte mit Wiebke heimlich besprochen, wer wen überprüfte, während sie Laura vor dem harmlosen Blumenladen ruhiggestellt hatten?

Laura sprang auf. Kurz erfasste sie ein leichter Schwindel, sie musste sich einen Moment an der Banklehne abstützen, dann war er verschwunden und Laura konnte auf ihr Smartphone schauen. Nicht die Adresse des Blumenladens, nein, die Privatadresse der Hinrichs wollte sie haben. War es nicht wunderbar, dass das Internet so bereitwillig alle Informationen preisgab, die man brauchte? Nur ein paar Scrolls und sie hatte die Adresse. Ganz nah, eine Straße weiter, wie sie mit einem zufriedenen Blick auf ihre Karten-App feststellte. Was hatte Clausen gesagt? Der Sohn studierte auf dem Festland? Aber vielleicht war er im Sommer immer zu Hause. Und der Vater, was war mit dem? Sie musste es herausfinden. Schnell wählte sie Wiebkes Nummer.

»Alles gut hier, nichts passiert«, sagte sie betont gelangweilt. »Wie sieht es bei dir aus?«

»Na ja.« Wiebkes Stimme klang dumpf. »Ich stehe vor einem kleinen Häuschen, der Opel direkt vor der Tür. Im Garten werkelt ein alter Mann, mindestens fünfundsiebzig, eher älter. Er scheint alleine zu leben. Wenn das Harmsen ist, dann können wir den streichen, der hat sicher keinen Haufen Kinder entführt.«

»Du musst rausfinden, ob es sich bei dem Typen tatsächlich um Harmsen handelt.« Laura schob eine Haarsträhne, die ihr über die Augen hing, unter die Kappe zurück. »Geh rüber, frag ihn irgendetwas. Alte Leute reden doch gern. Und finde heraus, ob er einen Sohn hat. Vielleicht war der es, nicht der Alte.«

»Okay. Ich lass mir was einfallen. Und du«, Wiebkes Stimme wurde lauter, »bleibst schön auf der Bank sitzen und rufst mich in einer halben Stunde wieder an, ja?«

»Natürlich« Laura versuchte, ehrlich zu klingen. »Hast du was von Clausen gehört?«

»Er hat eben kurz angerufen, er steht vor Jansens Wohnung. Der ist wohl zu Hause, scheint immer noch keinen Job zu haben.«

»In Ordnung. Wir halten uns auf dem Laufenden. Bis später.« Laura beendete das Gespräch und warf einen Blick in die Runde. Die Sonne hatte es erneut geschafft, durch die Wolken zu brechen. Überall lachende Menschen, die Eis aßen, bummelten, schwatzten.

Mit gesenktem Kopf schritt Laura die Straße hinunter an dem Laden vorbei, bog nach rechts in eine weitere kleine Straße ab und suchte die Hausnummer zwölf. Natürlich, das hätte sie sich denken können. Einen schöneren Vorgarten hatte sie selten gesehen. Die verschiedensten Blumen leuchteten um die Wette, und obwohl es nicht künstlich wirkte, passten die Farben zueinander, waren abgestimmt. Hier ein tiefes Blau, dort ein Orange, das überging zu einem satten, rauschenden Rot. In der Mitte plätscherte ein großer Steinbrunnen, aus dem ein kleiner Spatz gierig trank.

Lauras Augen wanderten weiter, die Einfahrt hinauf, auf der der schwarze Opel stand. In dem Augenblick piepte Lauras Handy – eine SMS von Wiebke: Clausen sagt, dass Peer bei Jansen ist! Er hat ihn gerade in die Wohnung gehen sehen!

Aufgeregt ließ Laura das Handy sinken. Wo sie auch waren, immer tauchte Peer auf. Clausen hatte den richtigen Riecher gehabt, nicht bei Hinrichs, nicht bei Harmsen, nein, bei Jonathan Jansen und Peer liefen die Fäden zusammen.

Sie schrak zusammen, als ihr Handy klingelte. Arne! Ihr Herz machte einen Hüpfer, als sie seinen Namen auf dem Display las. Schnell nahm sie ab. Arne klang etwas außer Atem. Kein Wunder, er musste ja wuchtige Umzugskartons schleppen.

»Wie geht es dir und was machst du?«, fragte er.

»Stell dir vor!« Laura fiel es schwer, langsam zu reden. »Einer der Opelbesitzer heißt Jonathan Jansen. Er dealt mit Drogen und gerade ist Peer bei ihm! Ist das nicht wirklich ein komischer Zufall?«

»Tatsächlich, das ist es.« Sie hörte Arne Luft einsaugen. »Ich habe von Anfang an gespürt, dass mit ihm etwas nicht stimmt.«

»Ich auch!« Laura tänzelte von einem Bein auf das andere. Das Haus der Hinrichs hatte sie völlig vergessen. »Dieser Blick, als er an der Tür vor mir stand. Ein durch und durch merkwürdiger Typ, ich sag es dir.«

»Ihr solltet den Kommissar informieren.« Arne klang wieder sachlich. »Ich meine, das sind sehr viele Indizien: Er ist an den Orten, an denen die Kinder entführt wurden, er kennt den Opelbesitzer, teilt sich mit ihm vielleicht sogar den Wagen, Jansen ist vorbestraft und beide haben sie etwas mit Drogen zu tun. Sie sind bestimmt zu noch viel mehr fähig!«

»Du hast Recht.« Laura atmete tief ein. »Holstenbach muss das alles überprüfen, und dann finden wir Paul!«

»Sicher.« Arne räusperte sich. »Ich muss hier jetzt weitermachen. Aber ich denke, wir sind bald fertig. Am frühen

Abend bin ich zurück, dann komme ich gleich zu Wiebke, okay?«

»Auf jeden Fall. Vielleicht wissen wir bis dahin schon mehr.«

Laura lächelte breit, als sie auf den roten Hörer drückte. Sie kamen dem Entführer immer näher und Arne würde bald wieder bei ihr sein. Das waren doch endlich einmal gute Nachrichten.

Sie war so in Gedanken versunken, dass sie den Mann nicht kommen sah. Sie hörte ihn auch nicht, denn er lief schnell und lautlos. Erst als sich zwei große, schwere Hände auf ihre Schultern legten, wollte sie sich erschrocken umdrehen, doch die Finger waren wie ein Schraubstock. Mit weit geöffneten Augen starrte sie auf Hinrichs Haus und konnte sich nicht bewegen.

60

Es war kalt. So fürchterlich kalt. Fröstelnd schlang er die Arme um seinen kleinen Körper. Erneut starrte er zu dem Licht hinauf. Ja, auch hier hing eine Kamera. Jetzt sah er es, das wütende, rote Blinken oben in der Ecke. Wie oft schon waren seine Augen dorthin gewandert. Der Mönch war da, das spürte er. Wartete. Lauerte.

Er musste nur eins tun, das war klar. Wenn der Mönch ihm zu reden erlaubte, musste er ihn um Vergebung bitten. Dann würde der Mönch ihn erhören. Würde kommen und seine

Fesseln lösen, ihm zu Essen geben und ein Glas Wasser. Er musste nur darum bitten.

Und dann würde er seinen Freund quälen müssen. Seinen Freund, in dem anderen Zimmer. Er würde den Regler ziehen müssen, höher und höher. Seine Schmerzensschreie ertragen. Schreie gegen Brot. Schreie gegen Wasser. Schreie und Schmerz, um ihn herauszuholen.

Er musste nur darum bitten.

61

Laura war schwindelig. Sie schloss die Augen, versuchte, ihre Beine zu spüren. Mit einem Satz war Wiebke neben ihr, drückte sie vorsichtig auf das Sofa. »Hey, alles okay?«, fragte sie besorgt.

Laura nickte, zog seufzend eine Decke heran und kuschelte sich darunter. »War wohl doch ein bisschen viel heute«, sagte sie. Noch immer spürte sie die Hände auf ihren Schultern, die kurze Panik, die sie gelähmt hatte und die unendliche Erleichterung, als sie Clausens Stimme hinter sich gehört hatte.

»Musst du dich anschleichen und mich so packen?«, hatte sie ihn empört angefahren, in sein sprachloses Gesicht geblickt, auf seine Arme, die schnell herunterfuhren. In dem Moment hatte sie sich über sich selbst erschrocken und über die freundschaftliche Geste, die sie völlig falsch interpretiert hatte. Über ihre Angst, die in ihr lauerte wie ein wildes Tier.

Clausen hatte sie nur abholen wollen und nach ihr gesucht. Als er sie vor dem Blumenladen nicht gefunden hatte, hatte er eins und eins zusammengezählt und eine Straße weiter vor Hinrichs Haus nach ihr geschaut. Nun hielt er Laura ein Glas Wasser hin und schüttelte milde den Kopf. »Jetzt überlassen wir den Rest mal schön der Polizei«, sagte er. Kritisch beäugte er Laura, die in kleinen Schlucken trank. »Holstenbach weiß inzwischen über alles Bescheid: Die Opel, die Nummernschilder, unseren Verdacht über Peer und dass er und Jansen sich kennen.«

Laura verzog den Mund, sah aber befriedigt aus. »Ich wette, das hatte er alles noch nicht herausgefunden.« Wohl war ihr nicht bei der Sache, die Fäden aus der Hand zu geben, all ihre Ergebnisse an den Kommissar weiterzuleiten, doch sie sah ein, dass sie unmöglich eine Spurensicherung an einem Auto vornehmen konnte. Nein, jetzt musste Holstenbach loslegen, sofort und auf der Stelle!

Clausen zuckte mit den Schultern. »Nett wie er ist, hat er mich nur angeschnauzt, dass ich mich nicht in seine Ermittlungen einmischen soll. Ich habe aber durchs Telefon gehört, wie er mitgeschrieben hat, und zwar akribisch.«

»Wunderbar.« Wiebke setzte sich neben Laura und bedeutete Clausen, den Sessel zu nehmen. Dann fuhr sie fort und sprach Laura aus der Seele: »Hoffentlich legt Holstenbach sich ins Zeug. Sie können einfach die Opel beschlagnahmen, oder? Man muss doch merken, wenn die Jungen mal darin gesessen haben.«

Clausen schnalzte mit der Zunge. »Nun ja, so eenfach ist dat auch nicht, da muss schon ein begründeter Verdacht vorliegen. Aber ich denke, wenigstens bei Jansen müsste es klappen, bei seiner Vorvergangenheit und der Bekanntschaft mit Peer.«

»Wir können ja trotzdem noch ein bisschen helfen.« Laura blickte gedankenverloren in den Garten. »Wir haben im Krankenhaus selber gesehen, dass die hier nicht viel Personal haben. Jedenfalls nicht genug, um Hinrichs und Harmsen zu beschatten. Das können wir doch übernehmen, stimmt's? Vielleicht entdecken wir noch etwas Neues.«

»Aber alles erst morgen!« Wiebke zog behutsam die Decke über Laura zurecht. »Du musst dich jetzt ausruhen!«

»Nein!« Wild schüttelte Laura den Kopf. »Arne kommt gleich noch. Er hat eben geschrieben, dass er fertig ist und unterwegs hierher.«

»In Ordnung, aber ihr bleibt schön hier und du machst nichts mehr, was dich aufregt, ja?« Wiebke strich noch immer über die Decke. Laura nahm ihre Hand. Es fühlte sich so gut an, bei ihr zu sein, bei der besten Freundin ihrer Mutter, die zu ihr stand, alles mitmachte. Und das, obwohl sie vor Sorge um ihren eigenen Enkel fast umkommen musste. Plötzlich erfüllte Laura eine große Welle von Dankbarkeit. »Ich denke, du musst auch mal auf andere Gedanken kommen«, sagte sie. Sie überlegte einen Moment, schaute von Clausen, der in seinem Sessel saß und den Blick nicht von Wiebke nahm, auf die Freundin ihrer Mutter. »Wollt ihr zwei nicht was essen gehen?«, fragte sie, einer plötzlichen Eingebung folgend. Überrascht runzelte Wiebke die Stirn. »Ja«, fuhr Laura fort, »das Essen von gestern reicht nicht mehr für uns alle zum Abendbrot. Wenn ihr allerdings in ein Restaurant gehen würdet, dann könnten Arne und ich uns hier den Rest warm machen.«

Clausen schob die Lippe nach vorne. »Klingt nach einer guten Idee«, sagte er und lächelte Wiebke an. Die räusperte sich. »Also, ich ... ich wollte dich jetzt eigentlich nicht allein lassen.«

»Bin ich doch nicht!« Laura klang plötzlich energisch. »Arne ist ja da. Und es sind ja nur ein, zwei Stunden. Dann kommt ihr wieder, alle sind satt und morgen nehmen wir gestärkt die Beschattungen auf.«

»Nun ja.« Erneut fuhren Wiebkes Hände über die weiche Decke. Laura konnte die Gedanken hinter ihrer Stirn förmlich rasen sehen. Sie wusste, dass Wiebke gerne mit Clausen allein sein würde, die Blicke zwischen den beiden waren nicht zu übersehen. Doch Wiebke wusste ebenso, dass auch eine große Portion Eigennutz hinter dem Vorschlag lag. Denn auch Laura wollte Arne für sich.

»Also gut«, gab Wiebke sich einen Ruck. »Aber wir fahren alle Rollos herunter und verriegeln die Türen. Ihr lasst außer uns niemanden mehr ins Haus, verstanden?«

»Natürlich nicht.« Laura selbst hatte ganz bestimmt keine Lust darauf, dass plötzlich Peer vor ihr stand. Oder Jansen oder Hinrichs. Das Monster, das Kinder stahl. Einer von denen musste es sein. Ihr Handy bingte, als Wiebke und Clausen gerade fertig waren mit dem Runterlassen der Rollladen in allen Räumen. »Arne ist in fünf Minuten hier«, sagte sie. »Nun aber los mit euch, husch, husch, wir kriegen das schon hin.«

»Nu mal nicht so ungeduldig.« Clausen strahlte Wiebke an. »Wie weit trauen wir uns denn weg?«, fragte er. »Wollen wir bis nach Lemkenhafen in die *Aalkate*? Ich liebe den Fisch dort! Oder nach Burkstaaken in den *Goldenen Anker*?« Er wiegte bedächtig den Kopf. »Da haben wir den Blick auf den Hafen und sind auch schneller wieder hier.«

»Ja, entscheidet euch mal in Ruhe draußen.« Ungeduldig wedelte Laura mit der Hand.

Wiebke hob ihren Zeigefinger, während sie Clausen in den Flur folgte. »In spätestens zwei Stunden sind wir zurück.« Es sah aus, als wolle sie noch etwas sagen, überlegte es sich aber anders.

»Schließ hinter uns ab.« Clausen blickte sie durchdringend an, ehe er nach draußen trat. Prüfend scannte er die Umgebung und drehte sich anschließend noch einmal zu Laura um. »Keine Fisimatenten«, sagte er, lächelte und legte den Arm um Wiebke, als sie zum Gartentor hinunterliefen.

»Ja, ja, ihr auch nicht«, brummte Laura. Dann schloss sie die Tür, drehte sie den Schlüssel zweimal um und legte die Kette ins Vorhängeschloss. Außer Arne und ihr würde in den nächsten Stunden niemand hier hereinkommen, so viel war sicher.

62

»Hey!« Laura lächelte Arne an, ließ ihn in die Wohnung. Dann schloss sie sorgfältig hinter ihm ab und legte die Kette vor die Tür.

»Hallo.« Arne stand verlegen im Flur und konnte Lauras Blick nicht begegnen. Männer, dachte Laura, machen immer einen auf obercool, aber wenn es hart auf hart kommt, sind sie die Schüchternen.

Sie räusperte sich. »Schön, dass du da bist! Wie hat der Umzug geklappt?«

»Alles gut.« Arne blickte sich um. »Wo ist Wiebke?«

»Ach, die ist essen mit Clausen.« Laura führte Arne ins Wohnzimmer und ließ sich neben ihm auf das Sofa fallen. Jetzt ganz locker bleiben, dachte sie, während sie ihrer Stimme einen leichten Klang zu geben versuchte: »Wir haben also ein paar Stunden für uns allein.«

Zu ihrer Enttäuschung lächelte Arne nicht und schaute ihr immer noch nicht in die Augen. Stattdessen scannte er das Wohnzimmer, ließ seinen Blick durch die offene Tür in die Küche schweifen. »Warum sind alle Rollladen unten?«

»Na, damit keiner reinkommt oder uns beobachtet. Der Typ, der mich vergiften wollte, läuft schließlich noch frei herum!« Stirnrunzelnd griff Laura nach einem Kissen, drückte es. Arne benahm sich irgendwie merkwürdig, gar nicht so, wie sie es sich nach ihrem ersten Kuss vorgestellt hatte. Was war bloß los mit ihm? »Hast du Hunger? Wir haben noch, warte, wie hieß es? Irgendwas mit Kack ...« Ungewollt kicherte sie.

»Kak't Dösch. Das ist Dorsch mit Gemüse.«

»Genau!« Laura schnippte mit dem Finger. »Ich kann es uns warm machen.«

»Ja. Ja, warum nicht.« Arne antwortete ihr, aber sie hatte das Gefühl, er hörte ihr gar nicht zu.

»Okay.« Sie stand auf. »Dann lass uns in die Küche gehen.« Sie zeigte auf einen der großen, gemütlichen Küchenstühle, während sie selbst das Essen aus dem Kühlschrank holte.

Arne setzte sich. »Was ist bei euch den Tag über passiert?«, fragte er.

»Clausen hat Holstenbach informiert. Er wird jetzt hoffentlich die drei Opel untersuchen.« Sie portionierte das Essen auf zwei Teller, häufte das Gemüse kunstvoll zu einem kleinen Hügel und streute ein wenig Petersilie über die Kartoffeln. »Wir können eigentlich nicht mehr viel machen, aber ich will nicht einfach so rumsitzen. Ich möchte morgen Jansen beschatten. Es ist doch komisch, dass er Peer kennt und einen Opel fährt.«

Nun schaute Arne sie endlich an. »Meinst du nicht«, sagte er ernst, »dass du dich jetzt besser raushalten solltest?« Er fuhr sich über das Kinn. »Ich meine, jemand wollte dich vergiften. Hast du denn gar keine Angst?«

Laura hielt inne, lehnte sich gegen die Küchenanrichte. »Klar habe ich Angst. Aber dass mich jemand umbringen will, zeigt doch, dass ich auf der richtigen Spur bin. Paul ist hier und ich soll ihn nicht finden.«

Arne legte den Zeigefinger auf seine Nasenspitze, klopfte unruhig darauf. »Vielleicht«, sagte er. »Aber dann ist es doch umso wichtiger, dass du die Sache der Polizei überlässt und dich nicht in weitere Gefahr begibst.«

»Nein.« Laura schüttelte energisch den Kopf. »Es ist zu viel passiert. Über Jahre habe ich mir eingeredet, dass es ihm gutgeht. Aber das tut es nicht. Und die Polizei hat ihn nicht gefunden. Ich werde weiter nach ihm suchen, komme was da wolle.«

Sie konnte in Arnes Gesicht keine Regung erkennen, nur seine dunklen Augen blickten sie durchdringend an. »Du wirst also nicht aufgeben?«

»Natürlich nicht!« Laura stieß sich vom Tresen ab, nahm die Teller und schob den ersten in die Mikrowelle. Mit Schwung schlug sie die Tür zu. »Ich bete allerdings, dass Holstenbach etwas findet und ich Paul endlich wieder in den Arm nehmen kann!«

»Aber wenn nicht«, beharrte Arne, »was willst du dann tun? Du kannst doch nicht ewig hier auf Fehmarn bleiben.«

Laura nahm den zweiten Teller, wartete, bis das Gerät auch ihn erhitzt hatte, und kam dann zum Tisch hinüber. Sie fluchte kurz, weil sie sich an dem zu heißen Porzellan die Finger verbrannt hatte und stellte die Teller mit einem Klirren auf den Tisch. Arne gegenüber ließ sie sich auf den Stuhl fallen. »Ewig nicht, aber lange. Ich habe Zeit, ich habe ein wenig Geld und ich möchte meinen Bruder finden. Ich bin ganz nah dran, das spüre ich.«

Arne nahm die Gabel, aß jedoch nicht, sondern drehte sie in seiner Hand. »Ja, ich habe es mir gedacht«, sagte er langsam. »Du wirst die Sache durchziehen. Bis zum bitteren Ende.«

Laura legte ihr Messer, das sie gerade hochgehoben hatte, wieder hin. »Bis zum Ende«, wiederholte sie und fügte dann leise hinzu. »Ich hoffe nur nicht, dass es bitter ist.«

Arne seufzte, doch plötzlich lächelte er. »Du hast mich schon mehrmals gefragt, was mit mir los ist«, sagte er. »Welchen Schatten ich mit mir herumtrage, wie du es ausdrückst.« Das Lächeln verschwand wieder, als sei es weggewischt worden. »Ich werde es dir sagen. Das heißt, mir fällt es sehr schwer, darüber zu sprechen. Ich würde es lieber aufschreiben.«

»Okay.« Laura stützte ihre Hand auf dem Kinn ab. Mit diesem Umschwung hatte sie überhaupt nicht gerechnet. Andererseits war sie furchtbar neugierig. Welche Geschichte hatte Arne zu erzählen?

»Damit ich nicht schreibe und du danebensitzt, bin ich dafür, dass du die Sache mit Paul auch noch einmal aufschreibst«, fuhr Arne fort.

»Was?« Laura ließ ihren Arm schwer auf den Tisch fallen. »Ich habe dir das alles doch schon erzählt!«

»Ja, schon.« Arne hatte das Essen immer noch nicht angerührt. »Aber ich meine mehr über deine Gefühle, wie dich sein Verschwinden belastet und so. Schreib dir das mal von der Seele. Ich weiß, so was hat eine therapeutische Wirkung, glaube mir.«

»Aha.« Laura stocherte mit der Gabel im Gemüse, nahm ab und an einen kleinen Bissen. So hatte sie sich den Abend wirklich nicht vorgestellt. Andererseits wollte sie unbedingt wissen, was mit Arne los war. Und er würde sich ihr nun endlich öffnen. Wenn sie dafür selbst über Paul schreiben musste und was sein Verschwinden mit ihr machte, nun gut. Sie würde es tun.

»Na dann«, sagte sie deshalb. »Ich hole uns Papier und Stifte.«

»Gut.« Arne stand auf. »Ich werde mich an den Couchtisch setzen, dann kannst du hier schreiben. Wir sollten uns dabei nicht stören.«

»Aber du hast ja noch gar nichts gegessen!«

»Das mach ich später, ich habe gerade keinen großen Hunger.«

»Äh ... okay.« Verwirrt drückte sie ihm Papier und einen Kuli in die Hand und blickte ihm durch die Küchentür gegenüber dem Wohnzimmer nach. Über den Flur konnte sie sehen, wie er auf dem Sofa Platz nahm. Kerzengrade saß er und fing sofort an zu schreiben.

Zögernd zog sie das Papier zu sich heran und überlegte. Dann schrieb sie mit großen Buchstaben PAUL oben auf das Blatt. Und direkt darunter MEIN KLEINER WUNDERBARER BRUDER.

63

Als sie erst einmal die Überschrift hatte, war es ganz einfach. Die Sätze flossen geradezu aus ihr heraus. Dabei versuchte sie, sich auf die wesentlichen Dinge und vor allem ihre Gefühle zu beschränken, sonst würde sie morgen noch hier sitzen. Zwischendurch blickte sie ins Wohnzimmer hinüber. Arne saß konzentriert über seinem Blatt. Laura stellte sich vor, dass seine Handschrift fein säuberlich aussehen würde, eine kleine Reihe gerader Buchstaben, die sich eng aneinander festhielten.

Auch sie hatte sich Mühe gegeben, sauber und ordentlich zu schreiben, obwohl manchmal die Emotionen mit ihr davongelaufen waren. An diesen Stellen wurden die Buchstaben unregelmäßig, fielen die Linie hinunter, stürzten in den Abgrund zweier Zeilen. Sie schaute kritisch auf das Blatt, holte Luft und ließ etwas Platz unter dem letzten Satz. Dann schrieb sie in Druckbuchstaben: PAUL, OHNE DICH GEHE ICH NICHT NACH HAUSE. ICH KOMME!

DEINE DICH LIEBENDE SCHWESTER LAURA

Als sie den Stift weglegte, fühlte sie sich ausgelaugt. Es hatte Kraft gekostet, alles niederzuschreiben, ihre Gefühle zu offenbaren. Aber es war gleichzeitig eine Erleichterung, einfach alles aufzuschreiben, ohne groß nachzudenken. Vielleicht wäre ein Tagebuch doch etwas für sie?

Noch während sie grübelte, stand Arne plötzlich vor ihr. Laura fuhr zusammen. Sie hatte ihn nicht kommen hören. »Fertig?«, fragte er.

Laura nickte und zeigte auf die sechs Blätter, die sie vollgeschrieben hatte. Arne hielt nur einen Zettel in der Hand, sorgfältig in der Mitte gefaltet. Sie musste an das Abitur denken, als sie im Deutsch-Leistungskurs achtzehn eng beschriebene Seiten abgegeben hatte, während Jan, seine vier Seiten aufs Pult legend, ungläubig auf ihren großen Stapel geschaut hatte.

»Ich auch.«

»Gut.« Laura stand auf, schloss und öffnete ihre rechte Hand. Sie tat ein wenig weh vom vielen Schreiben. »Und jetzt? Wollen wir uns aufs Sofa setzen und lesen?« Verstohlen warf sie einen Blick auf die Uhr. Es war schon weit über eine Stunde vergangen, seit Wiebke und Clausen gegangen waren. Bestimmt kamen sie bald wieder.

»Nein.« Arne schüttelte den Kopf. »Ich habe eine bessere Idee. Ich möchte dir gern etwas zeigen.«

Überrascht hob Laura die Augenbrauen.

Ein kleines Lächeln huschte über Arnes Gesicht, doch es kam Laura traurig vor. »Es dauert nicht lange«, sagte er. »Wir müssen nur ein kurzes Stück gehen.«

»Ohhhkayyyy.« Laura sprach das Wort gedehnt, sie brauchte einen Moment, um zu überlegen. Wiebke hatte ihr eingebläut, auf keinen Fall das Haus zu verlassen. Und damit hatte sie auch Recht. Jemand hatte versucht, sie zu töten, und inzwischen war es draußen sicher schon dunkel. Andererseits war sie ja nicht allein, Arne war bei ihr. Und sie wollte unbedingt wissen, was er verbarg, was er erlebt und durchgemacht hatte.

»Na gut«, sagte sie, »ich schreibe nur Wiebke schnell eine Nachricht.« Sie wollte nach ihrem Handy greifen, das sie neben sich auf den Küchentisch gelegt hatte. Doch da befand es sich nicht mehr. »Hm.« Mit gerunzelter Stirn ließ sie ihren Blick durch die Küche schweifen. »Hast du mein Telefon gesehen?«

»Nein, keine Ahnung.« Auch Arne schaute sich um. »Bist du sicher, dass du es nicht eingesteckt hast?«

Laura fühlte ihre Hosentaschen, tastete über ihre Sweatjacke. Nichts. »Es ist weg.«

Arne nahm ihre Hand. »Ist doch egal«, sagte er. »Wir suchen es später. In ein paar Minuten sind wir wieder zurück.«

Er griff nach ihrem Stapel Blätter, legte seins dazu und zog sie in den Flur. Laura lachte. Gut fühlte sie sich an, seine Hand, die ihre fest umfasst hielt. Vor der Garderobe ließ er sie los, damit sie ihre Turnschuhe überziehen konnte. Auch er zog seine Schuhe zu sich heran, die er, wie Wiebke es wollte, direkt an der Tür ausgezogen hatte. Ordentlich standen sie nebeneinander. Er hatte den Blätterstapel auf die große Kommode gelegt, gleich neben den Strauß bunter Blumen, die Wiebke schon vor geraumer Zeit gepflückt haben musste. Ihre Blüten begannen zu welken, einige Köpfe hingen braun und kraftlos herunter.

Laura nahm ihre leichte Sommerjacke vom Haken und warf sie sich mit Schwung über ihren Rücken. Der Luftstoß ließ alle Blätter zu Boden segeln, direkt vor ihr verteilten sie sich auf den Holzdielen. »Oh nein.« Laura bückte sich, um sie einzusammeln.

Schnell hockte Arne neben ihr. »Lass, ich mach das«, rief er.

Doch Laura hatte bereits nach seinem Blatt gegriffen. Es hatte sich geöffnet, lag mit der Schrift nach oben. Als sie es hochnahm, sah sie allerdings, dass sich keine Buchstaben darauf befanden. Keine säuberliche Schrift, nein, überhaupt nichts Lesbares. Das ganze Blatt war voll mit Kreisen. Kleine, ordentliche Kreise, Reihe für Reihe, Zeile für Zeile.

Laura starrte auf das Blatt, ihr Kopf war wie leergefegt. Sie versuchte, sich die Kreise zu erklären, kam aber zu keinem Ergebnis. Arne hatte doch gewollt, dass sie ihre Schatten aufschrieben. Wieso, in Gottes Namen, befanden sich jetzt nur kleine Kringel auf seinem Blatt?

Langsam hob sie den Kopf und blickte Arne an. Der saß regungslos vor ihr. Als sich ihre Augen trafen, versuchte er ein Lächeln. »Entschuldige«, sagte er. »Als ich schreiben wollte, habe ich gemerkt, dass das doch nicht so gut klappt. Ich habe es probiert, aber es ging nicht.« Er schluckte. »Deshalb möchte ich dir ja auch zeigen, was ich eigentlich notieren wollte.«

Laura rieb sich über die Stirn. »Warum hast du mir nichts gesagt? Mich so lange schreiben lassen.«

»Ich wollte dich nicht stören, du sahst sehr konzentriert aus.«

»Hm.« Plötzlich hatte Laura Kopfschmerzen. Sie versuchte, sie mit den Zeigefingern wegzumassieren. »Du sahst auch sehr konzentriert aus. Nicht, als würdest du nur malen.«

Arne sprang auf, griff erneut nach ihrer Hand. Doch Laura entzog sie ihm. Er tat so, als würde er das nicht merken. »Komm mit«, sagte er bittend, »dann werde ich dir alles erklären.«

Einen Moment stand Laura unschlüssig an der Haustür. »In Ordnung. Aber wir müssen bald zurück sein. Wiebke und Clausen werden sich sonst fragen, wo wir sind.«

»Ja, klar.«

Laura entriegelte die Vorhängekette, drehte den Schlüssel im Schloss. Gerade, als sie die Tür öffnen wollte, ertönte das Piepen eines Handys. »Oh!«, rief Laura. »Das war mein Nachrichtenton.« Suchend blickte sie sich im Flur um. »Es kam ganz aus der Nähe.«

Arne war ein paar Schritte zurückgetreten, stand mit dem Rücken zu ihr. »Äh, ja«, sagte er, »ich habe es auch gehört. Ich glaube, es liegt in der Küche.«

»Nein, es war direkt neben mir.« Laura ging zur Kommode hinüber, die nur eine Armeslänge von ihr entfernt stand, schob den verwelkten Blumenstrauß zur Seite. In dem Moment erklang das Piepen erneut. Laura dreht den Kopf, zu Arne neben sich.

»Der Ton kam von dir.« Laura sprach langsam, fast so, als könne sie ihren eigenen Worten nicht glauben. Sie ging einen Schritt auf Arne zu, hielt dann jedoch ruckartig an. Wie in Zeitlupe drehte Arne sich zu ihr um. Seine Augen huschten durch den Flur. »Hast du mein Handy?«, fragte sie.

»Nein. Nein, natürlich nicht!«

Doch in dem Augenblick begann das Telefon zu klingeln. Es war der Anfang von »Wild und Free«, Lauras Lieblingslied von Lena. Laut und eindringlich durchbrach es die Stille. Lauras Gesicht wurde fahl. Sie bewegte sich nicht, war wie erstarrt. Denn nun sah sie auch das leuchtende Display, genau vor ihr. In Arnes Hosentasche.

64

Es ruckelte. Laura stöhnte. Ein schrecklicher Schmerz pochte hinter ihren Schläfen, ihr ganzer Kopf dröhnte. Sie versuchte, sich zu bewegen, doch das war unmöglich. Ihre Hände und auch ihre Füße gehorchten ihr nicht, rührten sich kaum. Langsam öffnete sie die Augen, verengte sie zu einem schmalen Schlitz, blinzelte in die Dunkelheit. Dann schnappte sie laut nach Luft. Sie lag in einem Auto, auf der Rückbank. Schemenhaft konnte sie die zwei Sitzlehnen vor sich ausmachen. Sofort schloss sie die Augen wieder. Stoßweise kam der Atem aus ihrer Brust, sie versuchte hektisch, den Sauerstoffverlust zu kompensieren, der sich durch ihre flache Schnappatmung im Gehirn auszudehnen begann. Ihr wurde schwindelig. Sie wollte ihre Hände heben, ihre Füße, sich aufsetzen. Doch das ging nicht, denn, wie sie mit wachsender Panik feststellte, irgendetwas war darumgebunden, etwas Strammes, das ihr in die Haut schnitt.

Erneut öffnete sie die Augen und zwang sich, an ihrem Körper hinunterzuschauen. Sie sah, dass ihre Hände vor ihrem Bauch mit einem weißen Kabelbinder zusammengeschnürt waren. Die Schnur leuchtete hell in der Dunkelheit. Sie hob den Kopf leicht an, um einen Blick auf ihre Füße zu erhaschen und ließ ihn mit einem Stöhnen wieder sinken. Ein heller Blitz war durch ihr Gehirn gefahren. Der Schmerz war fürchterlich, aber noch schlimmer war die Gewissheit: Sie war an Händen und Füßen gefesselt. Und – ihr größter Albtraum – in einem Auto.

Und doch war das nichts gegen die eisige Kälte, die sie durchfuhr, als sie plötzlich Arnes Stimme hörte. »Bist du wach?«, fragte er. Er klang seltsam emotionslos.

Nein! Nein, das konnte nicht sein! Laura atmete tief ein und aus. Das war ein Alptraum, nichts als ein fürchterlicher Streich, den ihre Gedanken ihr spielten. Sie würde gleich aufwachen, bei Wiebke, im Bett. Alles war gut.

»Es tut mir leid.«

Verdammt, sie hörte Arnes Stimme immer noch. *Bitte, wach auf. Wach auf, Laura.*

»Warum bist du nicht einfach in Hamburg geblieben.«

Ganz ruhig. Ganz ruhig, ein und ausatmen. Du halluzinierst. Vielleicht war es eine Folgeerscheinung der Vergiftung, die ihr solche Träume bescherte.

»Ich wollte das nicht tun, wirklich nicht. Du bist ...« Arnes Stimme wurde leiser, Laura konnte den Rest nicht verstehen. Dann sprach er wieder lauter. »Du wirst nie aufgeben, das weiß ich. Du hast es selbst gesagt. Du wirst ewig nach deinem Bruder suchen, nicht aufhören, bevor du weißt, was passiert ist.«

»Paul.« Laura flüsterte den Namen, und noch während sie ihn aussprach, wurde ihr schlagartig klar, dass das kein Traum war. Nein, es war ganz und gar kein Traum.

»Was hast du mit ihm gemacht?« Ihre Stimme war rau. Sie öffnete die Augen, versuchte, die Dunkelheit zu durchdringen. In dem Moment fuhr ein anderes Auto an ihnen vorbei, ein Lichtblitz in der Nacht. Im Scheinwerferlicht sah sie kurz einen Teil von Arnes Gesicht aufleuchten. Er blickte sich nicht zu ihr um.

»Was hast du mit ihm gemacht?« Nun schrie sie, schrie all ihre Wut, all ihren Schmerz hinaus. Als Arne nicht antwortete, ruckelte sie an ihren Handgelenken, versuchte, den Kabelbinder zu lockern. »Mach mich los, verdammt!« Sie führte die Hände zum Mund, griff mit den Zähnen nach dem Plastik.

»Wärst du bloß nicht gekommen.«

Laura hielt inne, starrte nach vorne. War das etwa Traurigkeit in Arnes Stimme? *Oh, lieber Gott, bitte hilf mir. Was geht hier vor sich?*

»Es war doch zehn Jahre alles gut. Du hättest es dabei belassen sollen.«

»Alles gut?« Laura spuckte die Worte aus. »Alles gut, sagst du? Ich habe meinen Bruder und meine Eltern verloren. Nichts ist gut, gar nichts.« Sie versuchte, einen klaren Gedanken zu fassen. »Wo ist er?«, fragte sie, zwang sich zur Ruhe. »Arne, was hast du mit Paul gemacht?« Sie hörte Arne schlucken.

Doch dann sprach er. Vier Worte nur, aber Laura brauchte lange, bis sie realisierte, was sie bedeuteten.

»Ich bringe dich zu ihm.«

65

»Wo sind wir?« Laura drehte den Kopf ruckartig in alle Richtungen. Arne hatte die Autotür geöffnet und Laura aufgesetzt. Ihre Beine hingen zur Tür hinaus, waren jedoch immer noch zusammengebunden. Sie versuchte, mit ihren Augen die Dunkelheit zu durchdringen. In der Nähe hörte sie das Rauschen von Wellen.

»Wir sind am Meer.«

»Am Meer?« Laura richtete sich gerader auf, lehnte ihren Körper an die Türöffnung und versuchte, draußen etwas zu erkennen. Blinzelnd sah sie schemenhaft den Strand vor sich. Menschenleer und düster lag er da. Die Kälte, die ihr entgegenschlug, breitete sich auch in ihrem Inneren aus. »Wo ist er?«, fragte sie. Ihre Augenlider zitterten, unkontrollierbar, als wären sie ein panischer Schmetterling. »Wo ist Paul?« Nun schrie sie.

Der Wind trug ihre Stimme davon. Arne beugte sich zu ihr hinunter. Sofort wich sie ein Stück zurück. »Ich binde jetzt deine Füße los«, sagte er. »Aber versuch nicht, wegzulaufen. Im Dunkeln mit gefesselten Händen wirst du nicht weit kommen.«

Laura starrte Arne an. »Wer bist du bloß?«, flüsterte sie.

»Ich bin niemand.« Arnes Stimme klang tonlos. Er zog ein Taschenmesser hervor, öffnete es und für einen Moment glänzte die Klinge im schwachen Licht des Neumondes. Im selben Augenblick spürte Laura, wie der Druck von ihren Beinen wich. Sie bewegte die Füße, die gleich wütend zu kribbeln begannen. Den Schmerz ignorierend schob sie sich aus dem Auto und stellte sich hin. Sofort erfasste sie eine Windböe und sie fröstelte erneut. Von der warmen Sonne des Tages war nichts mehr zu spüren, kalt war es, beinahe herbstlich. Arne stand neben ihr, und erst jetzt fiel Laura so richtig auf, wie groß er war. Groß und hager. Sie konnte in der Dunkelheit sein Gesicht nicht erkennen.

»Also«, sagte sie und versuchte, ganz ruhig zu klingen. Rastlos wanderten ihre Augen über den düsteren Strand. »Wo ist Paul, Arne?«

Der griff wortlos ihren Arm. Er führte sie von dem kleinen Pfad, an dem sie gehalten hatten, hinunter zum Strand. Sie stapften durch den Sand dem Wasser entgegen. Laura blickte sich suchend um. Der Mond hatte sich wieder hinter Wolkenfetzen versteckt und man konnte kaum eine Handbreit sehen. Doch Arne schien sich seines Weges sicher. Ohne anzuhalten, führte er sie vorwärts. Das Rauschen wurde lauter. Laura sah das Wasser jedoch erst vor sich, als es fast ihre Füße berührte. Nun spürte sie auch, dass der Sand fester wurde, nass. Arne lenkte sie nach rechts. Sie strauchelte, als sie gegen etwas Hartes stieß, und Arne musste sie halten, damit sie nicht fiel. »Vorsichtig«, sagte er, »hier sind Steine.« In dem Augenblick schoben sich die Wolken zur Seite und das fahle Licht des Mondes ließ Laura einen Steinwall erkennen, der in das Meer lief.

»Das sind Buhnen«, erklärte Arne.

Laura zwang sich, ruhig zu atmen. »Das weiß ich selbst. Hältst du mich für blöd? Außerdem ist es grad scheißegal, was das ist«, zischte sie. »Ich möchte zu meinem Bruder!«

»Wir müssen da rauf.« Arne zog sie den kleinen Wall hinauf. Mit den gefesselten Händen war es gar nicht leicht, auf den nassen, glitschigen Steinen das Gleichgewicht zu halten, doch sie schüttelte Arne unwirsch ab, als der sie erneut stützen wollte. Arne nickte und ging langsam den Steinwall entlang. Mit klopfendem Herzen folgte Laura ihm. Sie liefen immer weiter auf der Buhne hinaus aufs Meer. Laura hielt ihr Gesicht in den Wind, um die Haare, die ihr wild um den Kopf geweht wurden, in eine Richtung zu bannen. Sie blinzelte, versuchte, das Ende der Buhne auszumachen. Wo, zur Hölle, sollte Paul hier sein? Mitten in der Nacht, auf dem Meer? Wer war Arne und was für ein furchtbares Spiel spielte er mit ihr? Doch sie ging weiter, lief hinter dem hageren Mann her, gefesselt, wie ein Lamm zur Schlachtbank.

Schließlich hatten sie das Ende der Buhne erreicht und Arne blieb stehen. Der Mond warf sein blasses Licht auf sie, doch Laura konnte den Strand in der Entfernung nicht mehr erkennen. Wasser peitschte um die Steine, immer wieder flogen kleine Gischtflocken zu ihnen hinauf. Das ganze Meer war wütend, es tobte. Laura trieb der eisige Wind Tränen in die Augen. Die Wellen dröhnten in ihren Ohren, füllten ihren Kopf aus. Mit weit aufgerissenen Augen sah sie Arne an.

Der schaute nicht zu ihr, sondern blickte starr auf das Wasser. Aber er musste sie auch nicht ansehen, er musste nichts sagen. Denn in diesem Moment verstand Laura.

»Nein«, flüsterte sie. Sie hob die gefesselten Hände. »Nein. Nein, nein, nein!« Sie machte einen Schritt auf Arne zu. Dann trommelte sie mit ihren gebundenen Händen auf ihn ein. »Warum?«, schrie sie. »Warum hast du das getan?«

»Er hat nicht gehorcht.« Arnes Stimme war leise, und Laura war sich nicht sicher, ob sie ihn richtig verstanden hatte. Sie blieb mir erhobenen Händen stehen, die Augen blind vor Tränen.

»Was hast du gesagt?«, fragte sie heiser.

Nun sah Arne endlich zu ihr. »Er hat nicht gehorcht«, wiederholte er. »Er hätte nicht sterben müssen.«

Für einen Moment schloss Laura die Augen. Versuchte das wütende Rauschen, die beißende Kälte, die Schwärze um sich herum auszublenden.

»Was meinst du damit?«

»Er hat es selbst so gewählt. Es war seine Entscheidung.«

»Seine Entscheidung? Er war ein Kind, verdammt!« Sie keuchte. »Wann?«, fragte sie. »Wann ist er gestorben?«

»Es ist schon lange her. Kurz nach der Entführung. Ein paar Tage später.«

Laura schwankte. Die Erkenntnis traf sie jetzt mit voller Wucht, als hätte ihr Gehirn erst in dem Moment zugelassen, die schreckliche Information aufzunehmen. Paul war tot. Ihr kleiner Bruder, seit zehn Jahren tot. Sie hörte Arne reden, aber seine Stimme klang weit weg.

»Er liegt hier im Meer. Das ist doch ein schönes Grab, nicht wahr? Du hast gesagt, er hat das Meer geliebt.«

Laura fühlte ihre Beine nicht mehr. Es war, als sei ihr Leib aus Watte, ganz ohne Spannung, bereit, zusammenzusacken. Sie taumelte, versuchte, sich mit den Händen abzufangen, schlug trotzdem dumpf auf den Steinen auf. Die gefesselten Arme waren keine Hilfe, lagen vor ihrem Körper, fingen den Fall nicht ab. Sie sah sich selbst fallen, auf den Boden knallen, ein Knacken an ihrer Schulter, ihre Haare, die über ihr Gesicht fielen, der Kopf, der nach hinten geschleudert wurde.

Regungslos blieb sie liegen. Sie hatte verloren. Ihr Bruder war tot. Schon seit zehn Jahren tot, auf dem Grund des Meeres. Sie hatte versagt, sie hatte ihm nicht geholfen. Sie wischte die Tränen nicht weg, die ihr über die Wangen liefen. Auf die nassen Steine unter ihr tropften, sich mit dem Salz der Ostsee vermischten. Ihre Eltern waren tot, Paul war tot.

Etwas war in ihr zerbrochen, etwas Wichtiges, Kostbares, das sie am Leben gehalten hatte. Und während der Schmerz in ihr immer größer wurde, sie von innen heraus aufschnitt, begriff sie, dass es die Hoffnung war, die in ihrem Körper zerschellt war.

Sie hob die Augen, starrte auf das schwarze Wasser. Auf das Grab ihres Bruders. »Ich will nicht mehr«, flüsterte sie. Sie dachte an das Versprechen, dass sie ihm gegeben hatte. An seinen kleinen Körper, seine Hände, die nach ihr griffen. Sie atmete tief ein. »Ich will zu Paul«, sagte sie. »Bring mich zu ihm.«

66

Paul. Paul lachte. Er streckte seine Hände in den blauen Himmel, während sich ihre Finger fest um seine schlossen. »Höher!«, jauchzte er und Paps hielt ihn, so hoch er konnte, stellte sich auf die Zehenspitzen. Sie musste ihn loslassen, denn auch wenn sie größer war, so weit kam Mama nicht, obwohl sie sich bemühte. Laura spürte das Zittern in ihren Armen. »Halt mich fest, Laura«, rief Paul, »los, Mama, heb sie höher!«

»Ich schaff es nicht!« Mama ließ lachend ihre Arme sinken und stellte ihre Tochter sanft auf den Boden.

Laura schaute nach oben. Paul schwebte über ihr, vor dem blauen Himmel. Seine zerzausten, braunen Haare wehten im Wind. Sie streckte sich, reckte ihre Hand aus, versuchte, ihn zu berühren. »Paul«, murmelte sie.

»Du hast es gleich geschafft.« Sie brauchte einen Moment, um zu verstehen, zu wem die Stimme gehörte. Dann war alles schlagartig wieder da: der nasse Stein, auf dem sie lag, der eisige Wind, die Kälte, die durch ihren Körper kroch, als Arnè sprach.

Er hatte sich neben sie gehockt, hielt eine kleine Wasserflasche in der Hand. Sie war geöffnet, vorsichtig ließ er ein weißes Pulver hineinrieseln. Dann schüttelte er sie und streckte sie Laura hin. »Hier, trink das«, sagte er. Seine Finger waren um die Flasche geklammert, doch Laura konnte trotzdem sehen, wie sie zitterten.

»Warum?« Stirnrunzelnd betrachtete Laura die Flasche.

»Das macht es leichter.«

»Warum?«

Arne seufzte. »Nun frag doch nicht so viel«, sagte er. »Ich kann dich auch einfach so ins Meer stoßen. Aber betäubt bekommst du nicht so viel davon mit. Dann tragen dich die Wellen einfach davon.«

Laura starrte ihn an, eine tiefe Furche hatte sich auf ihrer Stirn gebildet. »Wo habe ich es nicht gesehen?«, fragte sie.

»Was?«

»Wer du wirklich bist? An welcher Stelle hätte ich es merken müssen?« Sie schüttelte den Kopf. »Wieso bin ich so blind gewesen?«

Arne atmete tief ein. »Du hast gesehen, was du sehen wolltest.« Er stellte die Flasche hin, schob sie Laura zu.

»Wieso«, fragte Laura langsam und schaute von dem Getränk, in dem das weiße Pulver wirbelte, zu Arnes Gesicht vor ihr. »Wieso hast du ein Betäubungsmittel dabei?« Mit einem Mal arbeitete ihr Gehirn wieder.

»Oh Gott. Du hast es doch gerade selbst gesagt: Du willst zu deinem Bruder. Und das macht es einfach leichter.«

»Aber du konntest doch nicht wissen, was ich möchte, als wir hierhergekommen sind.«

»Das ist doch völlig egal. Nun trink endlich!«

Laura starrte ihn an. Sie musste mehrmals schlucken, bevor sie es schaffte, den nächsten Satz herauszupressen. »Du hast das hier geplant, oder?«, fragte sie. Sie hielt inne, befeuchtete ihre Lippen. »Bitte sag, dass du nicht geplant hast, mich zu töten.«

Arne antwortete nicht. Sein Gesicht war fahl, bleich wie das Licht des Mondes. Laura setzte sich auf, die gefesselten Arme vor sich. »Sag bitte, dass es nicht wahr ist«, flüsterte sie.

In dem Augenblick sprang Arne auf. »Was sollte ich denn tun?«, schrie er. »Du hast doch selber gemeint, dass du niemals aufgeben wirst! Habe ich es dir nicht mehrmals gesagt?« Er schaute sie mit wildem Blick an. »Habe ich dir nicht immer wieder vorgebetet, dass du zurückfahren sollst, nach Hause, nach Hamburg? Und der Arzt … er wollte dich nach Oldenburg bringen lassen. Aber du …«, wütend zeigte er mit dem Finger auf sie, »wolltest ja nicht hören! Und das ist das ganze Problem: dass Leute nicht gehorchen!« Arne zerrte an seiner Jacke, riss ihre Blätter heraus. »Ich habe erst den Vorschlag gemacht, alles aufzuschreiben, als du gesagt hast, dass du niemals aufgibst. Mir war klar, dass ich dich stoppen musste. «

Laura starrte auf ihre vollgeschriebenen Seiten. Wie wild wedelte Arne mit ihnen in der Luft herum. »Das ist dein Abschiedsbrief«, rief er. »Das hier zeigt, dass du ohne Paul nicht leben kannst. Dass du seinen Verlust nie verkraftet hast. Deshalb wird sich auch niemand wundern, wenn sie deine Kleidung zusammen mit den Blättern hier am Strand finden werden. Weil du ins Wasser gegangen bist.«

Mit blankem Horror sah Laura ihn an. Ja, sie hatte eben noch Paul folgen wollen. Aber es war eine Sache, eine eigene Entscheidung zu treffen. Und eine ganz andere, zu hören, dass man ermordet werden sollte. Von jemandem, von dem man dachte, er sei ein Freund. Und sogar mehr als das.

»Hast du auch versucht, mich zu vergiften?« Es tat weh, zu sprechen, ihr ganzer Hals schien wund.

»Ich ... ich ...«

»Oh mein Gott.« Der Schmerz nahm zu, dehnte sich aus. »Dann wolltest du mich schon die ganze Zeit loswerden. Nicht erst jetzt.«

»Nein, das stimmt nicht. Das Vergiften hatte einen ganz anderen Zweck ...« Er stockte, hielt sich die Hand vor den Mund.

»Einen anderen Zweck? Was denn für einen?« Laura dachte angestrengt nach. Irgendetwas stimmte hier nicht, passte nicht zusammen. Sie sah das große Ganze noch nicht, kroch nur am Boden, klaubte Scherben auf, ohne sich das Glas vorstellen zu können, zu denen sie gehörten.

In dem Augenblick blinkte ihr Handy auf. Es steckte noch immer in Arnes Hosentasche. »Wiebke«, sagte er. Er starrte erneut auf das Meer hinaus. »Ich werde ihr gleich schreiben, von deinem Handy natürlich, eine Nachricht von dir. Dass ich nicht mehr kann, nicht mehr leben will ohne Paul.« Er drehte ihr den Kopf zu, nur ein winziges bisschen. »Du solltest besser aufpassen, wenn du deine PIN eingibst. Ich konnte sie mehrmals deutlich erkennen.«

Doch Laura hatte ihm gar nicht zugehört, ihre PIN war gerade das Letzte, das sie interessierte. Denn mit dem Gedanken an Wiebke war ihr ein ganz anderer gekommen. »Wo ist Tom?«, fragte sie. »Lebt er noch?«

Arne blickte wieder auf das Wasser. »Er hat Diabetes«, fuhr Laura fort und hob dabei ihre Stimme, obwohl das schrecklich schmerzte.

»Ja, ich weiß.«

Es war, als hätten seine nüchternen Worte einen Schalter umgelegt. Für ein paar Sekunden konnte Laura nicht atmen, dann überrollte sie die Wut mit einer solchen Wucht, dass sie keuchte. Mit einem Satz sprang sie auf, balancierte sich aus, stand breitbeinig vor Arne.

»Wir gehen jetzt sofort zur Polizei!«, rief sie. »Arne, es ist aus, begreifst du das denn nicht?«

»Oh nein, das werden wir nicht tun.« Arne machte einen Schritt auf sie zu. Doch mit einer Schnelligkeit, die sie sich mit gefesselten Armen selbst nicht zugetraut hätte, duckte sie sich weg und stürmte los. Sie hastete die schmale Buhne entlang, zurück Richtung Strand. Zum Glück war der Mond in diesem Moment nicht verdeckt. Konzentriert schaute sie nach unten. Sie hörte Arne direkt hinter sich, er keuchte. Aber sie war Sportlerin, Trampolinspringerin, sie wusste, wie man das Gleichgewicht hielt, sie wusste, wie man lief. Aber noch viel mehr als all das wusste sie plötzlich eins mit absoluter Sicherheit: Sie wollte nicht sterben.

Sie hob die Arme nach vorne, erhöhte das Tempo. Nur nicht ausrutschen auf den glitschigen Steinen, weiter, weiter, der Strand kam näher. Als sie den Sand vor sich sah, atmete sie erleichtert auf und verlangsamte ein wenig, um zu springen. Hart kam sie auf, Wasser spritzte hoch, sie verlor die Balance, taumelte, konnte sich nicht mehr halten. Fiel. Diese verdammten Arme, sie stützte sich auf die zusammengeschnürten Hände. Halb im Wasser lag sie, die nächste Welle rollte heran, mühsam rappelte sie sich auf. Der Sand spülte unter ihr weg, ihre Hände versanken, wurden überspült, sie zerrte sie nach oben. Sie kam nicht hoch, sie konnte nicht aufstehen.

Und da war Arne, sie hörte, wie er neben ihr landete. Er griff nach ihren Beinen. Sie trat nach ihm, liegend, im Wasser, war frei, robbte nach vorne. Versuchte erneut, aufzustehen, keuchte, richtete sich auf. Doch Arne hatte sich an ihren Knöchel geklammert, hielt sie mit aller Macht fest. Sie stöhnte, zerrte am Kabelbinder, wand sich auf dem körnigen Strand. Wirr hingen ihr die nassen Haare über die Augen. Und dann war Arne plötzlich neben ihr, drückte ihr Gesicht in den Sand. Sie bekam keine Luft, überall war Sand und Wasser. Sie schlug um sich, sie trat, versuchte, sich zu befreien. Erkämpfte sich einen Zentimeter, ein winziges Stück Luft, gierig schnappte sie danach. Hörte Arne direkt neben sich atmen, seinen Kopf nah an ihrem.

»Bitte«, keuchte sie. »Bitte, Arne, tu das nicht.«

Doch er drückte sie erneut nach unten. Sand, Sand und Wasser. Sie wollte husten, aber selbst dafür war kein Raum mehr. Verzweifelt versuchte sie, ihre Lungen zu füllen, Sauerstoff zu bekommen. Ihre Gegenwehr wurde schwächer, ihre Bewegungen weniger. *Oh bitte, lass mich atmen. Ich will nicht sterben. Ich will nicht ...*

Dann wurde alles um sie schwarz.

Er konnte sich nur noch vage an die Kälte erinnern, die allmählich in seinen gesamten Körper eindrang. Zuerst hatte er gezittert, jede Ritze, jede Unebenheit des harten Fußbodens gespürt, auf dem er zusammengekrümmt lag. Dann hatte der grausame Durst ihn alles andere vergessen lassen. Je größer er geworden war, desto mehr hatte er gehadert. Hatte mehrmals den Kopf gehoben, um zu rufen: Ja, ich tue es. Hol mich hier raus. Doch etwas hatte ihn zurückgehalten. Denn er sah die Zahlen vor sich. Selbst wenn er die Augen schloss, sah er sie. Sie tanzten vor ihm, sie tanzten einen tödlichen Reigen. Bestimmt konnte niemand 330 Volt überleben.

Und so war er liegen geblieben. Mit jeder Minute, die verstrich, war es einfacher geworden. Schon lange war er nicht mehr in der Lage, den Kopf zu heben, um auf das rote Licht zu schauen. Selbst der Durst verschwand. Seit geraumer Zeit fühlte er nichts mehr. Nein, das stimmte nicht. Es war warm geworden. Langsam, ganz langsam war die Kälte aus ihm gewichen, hatte sich verwandelt. Jetzt fühlte er sich leicht, fast schwebend. Keine Zahlen mehr, kein wütendes Schwarz. Von irgendwo strahlte ein Licht, erhellte die Dunkelheit. Etwas in ihm regte sich, seine Lippen öffneten sich einen Spalt. Trocken waren sie, aber er strengte sich an. Murmelte ein Wort. War das seine eigene Stimme? Er horchte. Nein, da war jemand, er bekam eine Antwort. Jemand rief ihn, das Licht wurde stärker.

Auf seinen Mund legte sich ein Lächeln, sanft, als streichle eine Hand es auf sein Gesicht.

Ihr Kopf tat weh. Alles dröhnte. Mühsam öffnete sie die Augen und schloss sie sofort wieder. Zu grell war das Licht. Sie wollte ihre Hände heben, vor ihr Gesicht legen, doch das ging nicht. Sie waren immer noch zusammengebunden, etwas schnitt tief in ihre Haut. Sie keuchte, schnappte nach Luft. Die Erinnerungen stürmten auf sie ein. Der Strand, Wasser, Luft. Arne ... Sie zwang sich, die Augen zu öffnen, blickte hektisch umher. Was war passiert? Wo war sie hier bloß?

Sie saß auf einem Stuhl, die Hände noch immer mit Kabelbinder zusammengeschnürt, zitternd. Es war kalt, und ihre nassen Klamotten, die an ihrem Körper klebten, machten es nicht gerade angenehmer. Schnell konzentrierte sie sich auf ihre Umgebung. Der Raum war klein und an der einen Seite weiß gekachelt. Links von ihr befand sich ein Schreibtisch, ein altes, abgenutztes Teil aus Holz, auf dem ein Computer mit einem großen Monitor stand. Der Bildschirm war schwarz. In dem Augenblick nahm sie eine Bewegung wahr. Sie schluckte, als ihre Augen nach rechts wanderten und sie Arne erblickte, der an dem Tisch lehnte.

»Gut, du bist aufgewacht«, sagte er. »Ich wollte dir etwas zeigen.« Sie verfolgte, wie er an dem Computer herumhantierte. Ein Bildschirm leuchtete auf. Laura schnappte nach Luft, als Paul plötzlich darauf erschien. Sofort schossen ihr Tränen in die Augen. Ihr kleiner Bruder, da stand er vor ihr. Doch es war nicht der Paul, den sie kannte. Seine wunderschönen Haare waren kurzgeschoren und er lächelte nicht.

Nein, im Gegenteil, seine Augen zeigten Angst und Panik, als er vor einem merkwürdigen Apparat stand, auf dem sich eine Skala von Zahlen befand.

»Hier siehst du, wie er nicht gehorcht. Er hätte einfach tun müssen, was man ihm sagt. Dann wäre nichts passiert!« Arnes Stimme war leise, doch sie hallte hohl durch den Raum.

Laura versuchte, die Tränen wegzublinzeln. Mit schmalen Schlitzen schaute sie auf den Bildschirm. Was zum Teufel ging dort vor sich? Plötzlich kam eine andere Person ins Bild. Groß und hager, mit einem weißen Kittel. Nur von hinten sah man sie. Laura kniff die Augen noch enger zusammen.

»Was bedeutet das?«, fragte sie. »Bist du das da etwa im Bild? Was macht ihr da?«

In dem Moment drehte die Person sich um. Blickte direkt in die Kamera. Und Laura erkannte, dass es nicht Arne war. Sie atmete schwer. Die Person kam ihr bekannt vor, sie hatte sie schon einmal gesehen. Doch was machte sie mit Paul dort vor diesem Apparat? Und wieso zitterte ihr Bruder, konnte seine Hand kaum bewegen? Angespannt starrte Laura den Monitor an. »Wer ist das?«, wiederholte sie. »Arne, was geht hier vor sich?«

Noch während sie sprach, hatte sich die Tür geöffnet. Laura wandte ihren Blick vom Bildschirm und sah zu ihrem Erstaunen eine große, hagere Gestalt in den Raum treten. Sie ging aufrecht und trug ein langes, braunes Gewand. Das Gesicht sah verhärmt aus, der Mund war zu einem schmalen, dünnen Strich zusammengepresst, die grauen Augen schauten unerbittlich und kalt.

Laura zuckte zusammen, als plötzlich ein heller Gong durch den Raum dröhnte. Im selben Augenblick ließ Arne sich auf die Knie fallen und senkte tief den Kopf. Hektisch glitt Lauras Blick von dem Mann zum knienden Arne. Was ging hier vor sich? Sie starrte erneut die Gestalt ån, die langsam auf sie zukam. Sie kannte sie, wo, verdammt, hatte sie die bloß schon gesehen? Als der Mann den Kopf drehte, sah sie, dass er keine kurzen Haare hatte, sondern diese auf dem Rücken zu einem lockeren Pferdeschwanz zusammengebunden waren. Und da durchzuckte sie die Erinnerung: das Krankenhaus, der Arzt ...

»Dr. Timmermann!«

Die Frau blieb vor ihr stehen, ein schmales Lächeln umspielte ihre Lippen. Dann zog sie sich mit einem Ruck die Haare vom Kopf, hielt eine Perücke in der Hand. »Leider mögen die Leute keine Frauen ohne Haare«, sagte sie. »Wahrscheinlich sehe ich ihnen damit zu männlich aus. Was mich allerdings nicht stört. Im Gegenteil.« Sie legte die Perücke sorgfältig auf den Tisch. Dann drehte sie sich zu Laura herum, trat dicht an den Stuhl, beugte ihren Kopf hinunter, bis ihr Mund genau an Lauras Ohr lag. »Draußen mag ich vielleicht Dr. Timmermann sein«, flüsterte sie. »Doch hier drinnen bin ich nur eines – der Meister.«

69

»Der Meister?« Laura wiederholte die Worte, versuchte, ihnen einen Sinn abzugewinnen. Oh Gott, warum schmerzte ihr
Kopf so fürchterlich?

Mit weit geöffneten Augen blickte sie auf Arne, der plötzlich zu reden begonnen hatte. »Erstens«, sagte er, »es gibt nur
einen Meister und niemanden, der über ihm steht.« Er schaute
nicht auf, während er sprach, doch die Worte schossen nur so
aus seinem Mund, als hätte er sie schon Hunderte Male gesagt.
»Zweitens, der Meister weiß alles, er ist unantastbar.«

Dr. Timmermann hatte sich von Laura abgewandt, groß
stand sie zwischen ihr und Arne. Sie nickte leicht mit dem
Kopf.

»Drittens«, fuhr Arne ohne Zögern fort, »wenn der Meister spricht, haben alle zu schweigen.« Wieder ein Nicken.

Mit entsetztem Staunen lauschte Laura, bis Arne bei zehn
angekommen war. Danach schwieg er, mit gesenktem Kopf.
Eine unheimliche Stille breitete sich in dem Raum aus. Laura
überlegte fieberhaft. Warum verhielt Arne sich so merkwürdig, was waren das für Gebote und wieso ließ Dr. Timmermann sich Meister nennen? Mit gerunzelter Stirn blickte sie
auf Arne, der auf dem Boden hockte und auf die hagere Gestalt
daneben, in dieser lächerlichen Verkleidung, eine Frau, die ein
Mann sein wollte, ein Meister. Mit einem Mal überkam sie das
Gefühl, lachen zu müssen. Sie konnte nicht dagegen ankämpfen, es flutete in ihr hoch, überrannte sie. Und so lachte sie.
Lachte, musste sich krümmen. Laut klang es in dem Raum, zu

laut, schrecklich laut hallte es von den gefliesten Wänden wider.

Sie sah die Frau nicht auf sich zukommen, Tränen liefen ihr über das Gesicht, tropften auf ihr nasses T-Shirt. Dafür spürte sie den Schlag umso mehr. Ihr Kopf flog von der Wucht der Ohrfeige zur Seite, sofort begann ihre Wange zu brennen. Ihr Lachen erstarb.

»Du bist wie dein Bruder«, zischte eine Stimme neben ihr. »Kein Funken Anstand und Benehmen.« Sie sah einen dünnen Finger, der auf Arne zeigte. »Siehst du ihn?«, fuhr die Stimme fort. »Er hat gelernt. Er gehorcht. Er ist ein guter Junge.« Die Frau ging zu Arne hinüber, der noch immer bewegungslos auf dem Boden hockte, strich ihm kurz über den Kopf, so, wie man einen Hund lobt. Dann zog sie die Hand weg. »Nur eines hat er nicht geschafft«, sagte sie und ihr Mund wurde schmaler. »Dich zu töten. Schon in dem Café nicht und auch nicht am Meer.« Sie sog scharf die Luft ein. »Er hat sich in letzter Zeit immer wieder einmal widerborstig gezeigt. Nun, ich werde ihn schon wieder auf den richtigen Weg bringen, nicht wahr?« Sie tätschelte seinen Kopf. Dann schaute sie angewidert zu Laura hinüber. »Und du hockst hier, machst dich lustig und ich muss mich jetzt deiner annehmen. Na ja, ein Gutes hatte es, ich habe dich im Krankenhaus schon kennengelernt. Und das hat meinen Entschluss bekräftigt – du bist eine ganz unerzogene Göre, ein hoffnungsloser Fall!«

Laura konnte ihre Augen nicht von Arne wenden. »Was haben Sie mit ihm gemacht?«, flüsterte sie.

Dr. Timmermanns Mund war ein harter Strich. »Oh, ich habe ihn zu einem guten Kind erzogen. Dein Bruder«, ihre Miene verfinsterte sich, »war dafür leider völlig unbrauchbar.

Ich habe mir Mühe gegeben, wirklich. Aber er wollte einfach nicht gehorchen. Ist lieber gestorben, als seinen *Freund* zu verraten.«

»Seinen Freund?«

Dr. Timmermann winkte ab. »Es gab ihn natürlich nicht wirklich. Ich war es selbst, die so getan hat, als gäbe es noch einen Jungen. Ich habe Klopfzeichen vom Nebenraum gegeben, um vorzutäuschen, dass da jemand sei. Und beim Experiment waren die Antworten einprogrammiert, die Schreie kamen auf Knopfdruck von Band.«

»Experiment?« Laura versuchte, den Worten einen Sinn zu entnehmen. Wovon sprach die Frau bloß? Sie starrte erneut auf den Bildschirm, auf ihren Bruder vor diesem komischen Ding.

»Das Gehorsamsexperiment von Milgram. Stanley Milgram.« Sie machte eine Pause. »Nun, kein Wunder, dass du davon noch nicht gehört hast, so ungebildet, wie du bist. Zum Glück sind die meisten Menschen anders als dein Bruder. Das hat das Experiment bewiesen.« Sie schwieg einen Moment, dann fuhr sie fort: »Menschen sollten einem anderen Menschen, der angeblich in einem Raum neben ihnen saß, für bestimmte Fehler Stromstöße verabreichen. In Wirklichkeit ist nichts passiert, die Schmerzensschreie kamen von Schauspielern. Achtzig Prozent aller Versuchsteilnehmer, ganz normale Menschen, übrigens, verabreichten die Stromstöße. Bis zum maximalen Wert, der tödlich ist.«

Entsetzt keuchte Laura auf. »Wie bitte? Wieso denn das?«

»Weil sie gehorchen!« Dr. Timmermann schrie nun, ihre Stimme überschlug sich, klang schrill. »Das, was immer mehr Menschen verloren geht. Gehorsamkeit, gutes Benehmen.« Sie schnaubte. »Ich bin Kinderpsychologin, ich weiß, wovon ich spreche. Immer mehr Eltern, die mit der Erziehung maßlos überfordert sind. Immer mehr Kinder, die keine Richtung im Leben haben, keinen Halt.« Sie hob einen Zeigefinger in die Luft. »Das kann und darf ich einfach nicht akzeptieren!«

»Und deshalb entführen sie Kinder?« Unglauben breitete sich auf Lauras Gesicht aus. Dr. Timmermann richtete sich gerader auf. »Ich habe einen Sohn«, sagte sie. »Aber nachdem mein Mann starb, war er nicht mehr er selbst. Kam nicht mehr nach Hause, traf sich mit den falschen Leuten und dann ...« Sie stockte. »Dann ... fing er an zu rauchen. Haschisch!« Empörung ließ ihre Stimme zittern. »Jetzt lungert er schon seit Jahren am Strand herum und spielt Gitarre. Nur, um mich bloßzustellen. Eine Schande ist das, eine Schande!«

Laura schluckte. »Sie meinen doch nicht etwa ... Lukas?« Sie dachte an den Gitarrenspieler, die große, dünne Gestalt, den harten Zug um die Augen.

»Aha.« Dr. Timmermann nickte. »Du hast ihn also auch schon kennengelernt. Kein Wunder, jeder kennt ihn, den Nichtsnutz. Deshalb musste ich es mir auch selbst beweisen. Dass ich in der Lage bin, ein ordentliches Kind zu erziehen. Ein braves Kind, das gehorcht und tut, was man ihm sagt.« Sie zeigte erneut auf Arne. »Steh auf und hol mir ein Glas Wasser«, befahl sie.

Arne stand auf und eilte, ohne Laura dabei anzuschauen, aus dem Raum. »Ich sage ja, er gehorcht«, wiederholte Dr. Timmermann zufrieden.

»Wo ist denn Arnes Vater?«, fragte Laura. »Sie haben eben gesagt, dass Ihr Mann gestorben ist.«

Dr. Timmermann seufzte. »Du dummes Kind«, sagte sie schließlich. »Arne ist nicht mein Sohn. Nach Lukas konnte ich keine Kinder mehr bekommen.« Sie faltete die Hände. »Ich wollte aber ein Zeichen setzen gegen all die ungezogenen Kinder auf dieser Welt. Und da wusste ich, was ich tun musste!«

»Sie haben ...« Laura konnte es nicht fassen. »Sie haben Arne auch entführt?«

»Natürlich.« Die Psychologin hob die Hände nach oben, breitete sie weit aus. »Nachdem Paul gestorben war. Ich habe ein bisschen gründlicher geschaut, wen ich diesmal nehme. Habe länger beobachtet. Bis mir in Puttgarden dieser kleine Kerl auffiel. Ich wusste gleich, mit ihm würde es etwas werden. Er musste nur von seiner Mutter weg, dieser schrecklichen Person, die ihn verhätschelte und vertätschelte und vollkommen verzog – und das, obwohl er gar kein Kleinkind mehr war.«

»Puttgarden?« Laura versuchte nachzudenken, auch wenn es ihr schwerfiel, bei den Informationen, die auf sie einprasselten. »Sie meinen ... Arne ist ... er ist ... Finn?«

»Finn!« Dr. Timmermann winkte ab. »Was für ein fürchterlicher, neumodischer Name. Arne passt doch viel besser, findest du nicht auch?«

Sie hatte kaum zu Ende gesprochen, als Arne zurück in den Raum trat. Er trug ein großes Glas Wasser und ging damit vorsichtig zu der Frau hinüber. Als sie es nahm, blieb er mit gesenktem Kopf vor ihr stehen.

»Wenn Sie ihn so gut erzogen haben, wozu dann noch die anderen Jungen? Und wo ist Tom?« Bei dem Gedanken an Wiebkes Enkel kam plötzlich Leben in Laura. Nervös ruckelte sie auf ihrem Stuhl hin und her und zerrte an dem Kabelbinder.

»Oh, meine Mission ist noch lange nicht beendet!« Dr. Timmermann lächelte. »Arne ist jetzt über zwanzig, es wird Zeit, dass ein neues Kind in den Genuss meiner Erziehung kommt!« Sie verzog den Mund. »In meiner Praxis habe ich festgestellt, dass Kinder mit einer Autoimmunerkrankung wesentlich sorgfältiger und reifer sind als ihre Altersgenossen. Deshalb wollte ich sehen, wie sich Diabetes auf die Gehorsamkeit auswirkt. Ein interessantes Forschungsgebiet. Ich könnte mir vorstellen, darüber eine zweite Dissertation zu verfassen.« Ein Schatten flog über ihr Gesicht. »Leider habe ich keine fundierte medizinische Ausbildung, schließlich bin ich Psychologin und keine Diabetologin. Bei dem ersten Jungen habe ich mich mit dem Insulin verschätzt. Er ist vollkommen unterzuckert und ins Koma gefallen. Ich konnte ihm nicht mehr helfen.« Sie zuckte mit den Schultern. »Ich lerne ja schnell, bei Tom habe ich besser aufgepasst. Das Problem ist – er kommt ganz nach Paul. Diese ungezogene Göre will einfach nicht tun, was man ihr sagt!« Sie schüttelte den Kopf. »Diabetes ist also kein Garant für ein vernünftiges Kind. Das immerhin habe ich gelernt. Ich muss sehen, ob ich dieses Ergebnis bereits veröffentlichen kann, aber ich denke, ich brauche noch weitere Versuchsobjekte.« Sie sah Laura nicht mehr an, blickte nachdenklich durch die Wand hindurch.

Laura richtete sich auf. »Er lebt also noch?«, rief sie. Und als die Psychologin nicht reagierte, fuhr sie sie an: »Tom! Lebt er noch, verdammt noch mal?«

Dr. Timmermann fuhr sich mit der Zunge über die Lippen. »Ich bin mir nicht ganz sicher«, sagte sie. »Er trotzt.«

Sie ging zu dem Schreibtisch hinüber, tippte auf ein paar Tasten herum und auf dem Bildschirm erschien ein anderer

Raum. Laura musste einige Sekunden warten, bis sich ihre Augen an die Dunkelheit auf dem Monitor gewöhnt hatten. Dann erkannte sie die Umrisse eines Jungen, der auf dem Boden lag. Sein rechter Fuß steckte in einem Eisenring an einer Kette, die an der Wand befestigt war.

»Oh mein Gott!« Laura sah entsetzt, dass der kleine Körper sich nicht bewegte. Regungslos lag er auf dem harten Boden. »Er trotzt?«, schrie sie. »Ihr Ernst?«. Sie sprang auf. »Er trotzt nicht, er stirbt!« Wild sah sie sich in dem Raum um, ging einen Schritt auf Arne zu. »Arne, mein Gott, siehst du denn nicht, was hier los ist?« Sie machte einen weiteren Schritt. »Bitte Arne, lass ihn nicht sterben. Lauf! Lauf und hol Hilfe.«

»Das reicht!« Dr. Timmermanns Stimme schnitt eindringlich durch den Raum. Sie griff Laura am Arm, zerrte sie zum Stuhl zurück und stieß sie darauf. »Du bleibst da sitzen«, sagte sie. Dann ging sie zu Arne herüber. »Und du kommst jetzt mit mir!« Herrisch schritt sie zur Tür, Arne folgte ihr wie in braves Hündchen. Noch immer sah er Laura nicht an. Dr. Timmermann öffnete die schwere Stahltür und drehte einen Schlüssel im Schloss.

Dann war Laura allein.

70

Lauras Gedanken jagten. Für einen Moment dachte sie, sie würde wahnsinnig werden. Nicht nur eine, gleich mehrere Welten waren zusammengebrochen. Ihr Bruder, ihr kleiner zauberhafter Bruder war tot. Eine Frau hatte ihn entführt, aber keine nette, nein. Verrückt war sie, vollkommen durchgedreht, besessen von der Idee, perfekte Kinder zu erziehen. Damit hatte sie Arne in einen laufenden Roboter verwandelt und Tom lag irgendwo gefesselt, regungslos. Ob er überhaupt noch lebte?

Denk nach! Laura zerrte an dem Kabelbinder, während sich ihre Stirn in tiefe Falten legte. Dr. Timmermann hatte keinen Hehl daraus gemacht, dass sie Laura töten würde. Arne hätte das erledigen sollen, und da er dazu nicht in der Lage gewesen war, würde sie es machen. Und sie würde keinerlei Skrupel zeigen, da war Laura sich sicher. Nein, für sie stand alles auf dem Spiel. Sie würde Laura verschwinden lassen, so wie auch Paul verschwunden war.

Laura sah sich erneut in dem Raum um. Wo war sie hier? Es musste noch weitere dieser zellenartigen Zimmer geben – mindestens das, in dem Tom lag, und das mit der merkwürdigen Apparatur, in dem Paul gefilmt worden war. Überall sah es alt und heruntergekommen aus, die Wände bedeckt mit verschrammten und zerbrochenen Kacheln. Sie schaute auf ihre Füße hinunter. Zwar waren ihre Hände gefesselt, aber ihre Füße waren frei. Vorsicht stand sie auf und wurde sofort von einem heftigen Schwindel erfasst. Sie stöhnte und fuhr sich mit ihren gebundenen Händen an den Kopf. Vorsichtig tastete sie mit einem Finger darüber. Sie fühlte eine riesige Beule, die sie bei der Berührung zusammenzucken ließ. Außerdem konnte sie verkrustetes Blut spüren. Verdammt, Arne musste sie mit etwas sehr Hartem geschlagen haben, einem Stein vielleicht.

Leicht schwankend ging sie auf den Schreibtisch zu, stützte sich an dessen Rand ab. Sie drückte auf die Tastatur und der Monitor erwachte aus seinem Stand-by, das schreckliche Bild flammte wieder auf. Tom lag noch immer regungslos auf dem Boden. Atmete er? Angestrengt starrte Laura auf seine Brust, konnte aber keine Bewegung ausmachen.

Sie hämmerte auf die Tasten und plötzlich erschien ein anderer Raum. In ihm war eine alte Badewanne zu sehen und ein Waschbecken, das halb aus den Angeln gerissen war. Jetzt wusste sie, welche Tasten sie betätigen musste. Ein erneuter Klick und wieder ein neues Zimmer. In ihm stand nur ein Computer, daneben ein Lautsprecher. Und dann, nach einem weiteren Klick, ein kleiner Raum, in dem sich nur ein Tisch und ein Stuhl befanden. Und keine Fenster, nirgendwo. Laura stöhnte auf. Sie war in einem Horrorhaus gelandet, im Keller irgendeines alten, runtergekommenen Gebäudes, vermutlich mitten in der Walachei. Irgendwo an einem Ort, an dem niemand ihre Schreie hören würde.

Für einen Moment wollte sie einfach auf den Boden sinken, nichts mehr spüren. Doch dann erwachte ihre Wut erneut. Wer war diese Frau, die sich anmaß, fremden Familien ihre Kinder zu entreißen? Sie musste sie aufhalten! Nur wie? Laura ließ ihren Blick durch den Raum schweifen. Schließlich ging sie langsam zu dem Stuhl zurück, versuchte, ihn mit ihren zusammengebundenen Händen hochzuheben. Er entglitt ihr und fiel polternd auf den Boden. Laura blieb keuchend stehen. Ihr war so schwindelig, dass sich das ganze Zimmer drehte. Egal, hier wollte sie nicht sterben! Sie packte den Stuhl an der Lehne und schleifte ihn zur Tür. In dem Augenblick hörte sie, wie der Schlüssel im Schloss gedreht wurde. Sie spannte sich an, sammelte all ihre Kräfte, langte nach dem Metallstab, der Sitz und Lehne miteinander verband. Als die Tür geöffnet wurde, griff sie zu, ignorierte den Schmerz, hob den Stuhl.

Sie schlug mit voller Wucht und so fest sie konnte auf den Schädel. Und sie traf. Hörte ein Knacken, taumelte, der Stuhl entglitt ihr. Dann fiel die Person, die sie geschlagen hatte, und prallte auf den Boden. Erleichtert atmete Laura auf, starrte nach unten. Und gefror. Denn auf den Fliesen lag nicht Dr. Timmermann, nein, dort lag Arne. Regungslos, nur ein Rinnsal Blut sickerte aus seinem Kopf.

Laura wich einen Schritt zurück.

»Wie gut, dass ich ihn habe vorgehen lassen!« Dr. Timmermann klang fast fröhlich. Mit zusammengezogenen Augenbrauen schaute sie auf Arne, bückte sich schließlich, fasste an seine Stirn, wischte fast unwirsch das Blut zur Seite.

Es dauerte nur einen Bruchteil einer Sekunde, dann hatte Laura sich auf die kniende Frau geworfen. Beide kippten, fielen übereinander. Laura ignorierte den explodierenden Schmerz in ihrem Körper. Sie schrie, hob ihre gefesselten Arme und ließ sie mit voller Wucht hinuntersausen. *Ihren Kopf treffen, ihren Kopf.* Doch die Ärztin rollte sich blitzschnell zur Seite, sprang auf. Holte aus, schlug Laura so hart gegen die Schläfe, dass sie nichts mehr sah. Kleine, bunte Punkte tanzten vor ihren Augen. Sie versuchte, das Gleichgewicht zu halten, sich auszubalancieren. Doch sie hatte keinen Fixpunkt mehr, alles drehte sich. Sie sackte zur Seite, knallte zum zweiten Mal an diesem Tage auf ihre Schulter und dann auf den Boden.

Durch einen nebeligen Schleier sah sie Dr. Timmermann vor sich. Woher kam das Messer in ihrer Hand? Laura hielt die Luft an, als die Ärztin die Klinge hob. Böse funkelte sie im kalten Neonlicht.

Gleich würde es vorbei sein. Paul, dachte sie. Und schloss die Augen.

71

Als sie das Keuchen hörte, öffnete sie die Augen wieder. Sah die Bewegung, den Schatten hinter der Ärztin, wie sie herumwirbelte. Doch der Stuhl hatte sie schon getroffen, ließ ihren Kopf zur Seite schleudern. Dann fiel sie, wie ein großer Baum, der im Sturme knickt. Direkt vor ihr knallte sie auf die weißen Fliesen.

Lauras Lider flatterten, als sie Arne sah, der taumelte und den Stuhl polternd fallen ließ, sich an den Kopf fasste, mitten hinein in das fließende Rot. Dann kniete er plötzlich neben ihr, das Messer in der Hand. Für einen absurden Moment glaubte sie, er würde zustechen. Doch er durchschnitt den Kabelbinder, zog sie nach oben.

»Lauf, Laura«, flüsterte er.

Sie blickte in sein Gesicht. Es war über und über von Blut beschmiert, seine blonden Haare waren rotgetränkt, aus der großen Wunde an der Stirn tropfte es auf seine Augen, auf seine Wangen, lief auf sein Hemd hinunter. Er schwankte immer noch.

Laura zwang ihren eigenen Schwindel nieder, kämpfte gegen die Übelkeit, die ihren Körper durchflutete wie ein schreckliches Hochwasser. »Komm mit«, sagte sie, und packte ihn am Arm.

Arne schüttelte den Kopf. »Ich kann nicht«, flüsterte er, »ich ...« Er taumelte, fiel auf die Knie.

»Doch, du kannst.« Mit aller Kraft, die ihr möglich war, griff Laura ihn, zerrte ihn nach oben. Sie stützte ihn, atmete schwer, als sie ihn aus der Tür zog. Ein Blick zurück, Dr. Timmermann lag noch immer auf dem Boden. Laura ließ die schwere Tür ins Schloss fallen. Arne lehnte an ihr, sein Blut tropfte auf sie. Oder war es ihr eigenes?

»Wo ist Tom?« Lauras Stimme hallte seltsam laut von den gefliesten Wänden wider. Mit zitternden Fingern zeigte Arne auf die Tür am Ende des Ganges. Dann sackte er zusammen, ließ sich an der Wand nach unten gleiten. Alles um ihn herum war voller Blut. Laura zog ihre Jacke aus, knüllte sie zu einem Bündel, legte sie gegen seinen Kopf. »Press das dagegen«, sagte sie. Dann schwankte sie auf die Tür am Ende des Ganges zu.

»Halt!« Arnes Stimme war nur noch ein Flüstern. »Die Schlüssel. In meiner Tasche.«

Laura griff danach, zog sie heraus. Und ihr Handy. Die Erleichterung ließ sie aufstöhnen. 110, schnell. Warum klingelte es nicht?

»Hier ist kein Empfang!« Arnes Stimme war nur noch ein Wispern. Seine Finger, die die Jacke hielten, zitterten unkontrolliert.

Hastig schob Laura das Telefon in ihre Tasche, taumelte den Gang hinunter. Mit fahrigen Fingern steckte sie den größten Schlüssel ins Schloss. Oh Gott, er passte! Einen Augenblick dauerte es, bis sich ihre Augen an die Dunkelheit gewöhnt hatten. Dann stürzte sie zu Tom. Sie rüttelte ihn und hätte vor Dankbarkeit am liebsten geweint, als ein leises Röcheln ertönte. Hektisch durchsuchte sie den Schlüsselbund, nahm den kleinsten, steckte ihn in den Ring, der Toms Fuß umfasste, er ließ sich drehen, der Ring sprang auf.

»Es ist alles gut, ich bin hier, Tom«, murmelte sie. »Alles wird gut, wir holen dich hier raus!« Sie umfasste ihn, richtete ihn auf. Tom blinzelte.

»Mama?«, fragte er leise.

»Ich bringe dich zu ihr.« Laura lachte und schluchzte gleichzeitig. Hob Tom hoch, sammelte ihre Kräfte, legte all ihre Wut und all ihre Trauer in ihre Arme. Trug ihn in den Flur.

Sie schleppte sich zu Arne. Sein Kopf war zur Seite gesackt, er hatte die Augen geschlossen. Laura stand vor ihm, Tom in ihrem Arm. »Arne«, rief sie. »Arne, steh auf!« Als der nicht reagierte, bückte sie sich leicht, schüttelte ihn mit ihrer linken Hand. Auf der anderen Seite hielt sie Tom fest umklammert. Arne stöhnte. »Du stehst jetzt auf, verdammt noch Mal!« Sie zerrte an ihm.

»Okay.« Arnes Stimme klang matt, aber er bewegte sich. Sie hielt seinen Arm, zog ihn hoch. Arne schwankte, stützte sich auf sie.

»Wir schaffen das!« Laura spürte ihren rechten Arm nicht mehr, doch sie hielt Tom weiter. Nicht loslassen! Einfach gehen. Weiter, Schritt für Schritt, spornte sie sich selbst an. Mit Tom auf ihrem Arm und Arne an sie gestützt, schleppte sie sich durch den Flur.

»Hier entlang.« Arne deutete auf eine Tür. Laura stieß sie auf und keuchte. Vor ihnen lag eine lange, dunkle Treppe.

»Halt dich am Geländer fest. Zieh dich nach oben!« Laura atmete tief ein, nahm die erste Stufe. Umklammerte Tom. Und die zweite. Schweiß lief ihr die Stirn hinunter. Sie hörte Arne hinter sich schnaufen. Und dann waren sie oben. Sie taumelten auf den Hof hinaus. Dunkelheit umfing sie.

Arne zeigte nach vorne. »Da steht das Auto«, sagte er.

Laura schluckte. Schaute auf Tom. Er atmete flach, hing nun vollkommen regungslos an ihr und roch merkwürdig nach Apfel. Ein schmerzhafter Stich durchfuhr sie, als ihr der Bericht über Diabetes, den sie bei Wiebke gelesen hatte, wie ein Blitz durch ihr Gehirn schoss: Starke Überzuckerung machte sich durch Acetongruch bemerkbar, ähnlich dem von Obst. Sie drückte Tom fester an sich.

»Okay«, murmelte sie. »Okay, wir schaffen das. Wir steigen jetzt in das Auto und du fährst uns ins Krankenhaus, Arne.«

»Ich ...« Arne schwankte. Blut klebte in seinen Augenbrauen, in seinen Wimpern. »Ich ... kann nicht. Ich ...«

Panisch schaute Laura von ihm auf das Auto. Sie öffnete die Tür, legte Tom auf die Rückbank. Furchtbar blass war er, ein Gespenst in rabenschwarzer Nacht.

Arne ließ sich neben ihn fallen, sackte zur Seite. »Du musst fahren«, flüsterte er.

»Aber ich kann doch nicht ... Ich weiß überhaupt nicht, wie das geht!« Lauras Panik wuchs. Sie kniff ihre Lippen zusammen.

»Es ist ein Automatik. Das geht ganz leicht.« Arne versuchte ein Lächeln. Wie eine Grimasse sah es aus, seine Zähne schimmerten rot. Er atmete schwer, presste die Wörter abgehackt heraus. »Setz dich hinters Steuer ... Ich ... ich erkläre es dir.« Mühsam wischte er sich über das Gesicht, rieb das Blut aus seinen Augen.

Laura zitterte. Sie schaute auf Tom, die kurzgeschorenen, braunen Haare, schweißnass. Doch seine Lippen hatten sich geöffnet. Laura hielt die Luft an, glaubte erst, sie hätte sich verhört. Aber nein, Tom war noch da, bei Bewusstsein, er kämpfte. Seine Worte pulsierten durch ihr Gehirn: »Ich will zu Mama.«

Laura atmete tief ein. Dann griffen ihre Hände um das Lenkrad. »Ja, Tom«, sagte sie und gab ihrer Stimme einen festen Klang. »Wir fahren los. Ich bringe dich zu deiner Mutter.«

72

Warm war der Sand. Warm und weich. Laura ließ ihn durch ihre Finger rieseln. Sie beobachtete blinzelnd die Frau und das kleine Kind, die am Wasser spielten. Jauchzend rannten sie vor den Wellen davon und, wenn diese sich zurückzogen, wieder dem Wasser entgegen.

»Hier, dein Eis!« Der Mann ließ sich neben sie auf das Handtuch fallen, hielt ihr den großen Erdbeerbecher hin.

»Dankeschön!« Laura richtete sich auf und strich über die sonnengebräunten Wangen des Mannes. Beugte sich vor, küsste ihn.

Er lächelte. »Ich hätte nicht gedacht, dass du jemals wieder nach Fehmarn willst. Nach allem, was hier passiert ist.«

Laura seufzte. Sie hob den Blick, schaute in den blauen Himmel. »Ich glaube, man muss sich seinen Schatten stellen«, sagte sie. »Schreckliches ist hier passiert, aber auch so viel Schönes. Immer wenn ich hier am Strand sitze, dann sehe ich sie vor mir – Mama, Paps und Paul. Hier bin ich ihnen am nächsten, verstehst du?«

Der Mann nickte. Einen Moment blickte er nachdenklich auf das Meer. »Du warst verändert, als du damals nach Hamburg zurückgekommen bist.« Er schaute sie an. »Trauriger. Und froher zugleich. Macht das Sinn?«

Laura zuckte mit den Schultern. Sie dachte an den Keller in sich. An die Wände, die gebrochen waren, ihren Schmerz, der nicht mehr eingeschlossen war. Nun schwamm er frei in ihr, sie spürte ihn. Manchmal war er ein kleiner Bach. Manchmal ein tosender Orkan, dessen haushohe Wellen ihr den Atem nahmen. Doch egal, wie er sich zeigte, sie konnte ihn annehmen. Bekam Luft, selbst wenn das schwarze Wasser über ihr hereinbrach und die Schatten heulten. Und die Stürme wurden weniger. Je mehr sie den Wellen trotzte, nicht vor ihnen davonlief, desto ruhiger wurden sie.

Leise lächelte sie. »Auf jeden Fall habe ich mich getraut, dich endlich nach einem Date zu fragen!«

Jan grinste. »Und ich hatte schon gedacht, du fragst nie!«

Laura boxte ihn in die Seite. Die Frau kam ihnen vom Wasser entgegen. Ihre blonden Haare, in denen man das Grau kaum bemerkte, hatte sie zu einem Pferdeschwanz zusammengebunden. Sie blickte immer wieder hinter sich auf das Kind, das weiterhin jauchzend vor den Wellen davonlief.

»Na, ihr Turteltauben«, sagte sie lachend und ließ sich ebenfalls auf das Handtuch fallen.

»Er liebt dich!« Laura beobachtete lächelnd den kleinen Jungen.

»Ich liebe ihn auch.« Wiebke grinste. »Muss ich ja wohl auch, als Patentante!« Dann wurde ihr Blick ernst. »Ich hoffe, Tom wird mir auch einmal einen so tollen Urenkel schenken!«

»Na, da lass ihm aber noch ein bisschen Zeit! Wie geht es ihm denn? So kurz vorm Abi hat er bestimmt eine Menge zu tun, oder?«

»Oh ja, allerdings. Aber es geht ihm gut. Sein Diabetes ist vernünftig eingestellt und stellt euch vor – er hat jetzt eine Freundin. Er möchte sie dir gerne vorstellen, Laura.« Wiebke lächelte. »Er wird niemals vergessen, was du für ihn getan hast.«

»Wunderbar, natürlich möchte ich sie kennenlernen!«

»Das habe ich mir gedacht. Charlotte und Jochen bereiten eine kleine Überraschung vor – sie kochen gerade für uns. Und Tom wird mit Viola zum Essen kommen. Ist das nicht großartig, wir alle einmal zusammen? Nele und Thorben sind natürlich auch dabei.« Sie griff nach der Sonnencreme und begann, ihr Gesicht einzuschmieren. »Es ist toll, dass du Charlotte überreden konntest, mitzukommen. Unfassbar, wie fit sie noch ist.«

»Ich glaube, die Seeluft tut ihr richtig gut.« Laura genoss selbst diese wunderbare Mischung aus Salz, Algen und Wasser, die ihr vom Meer entgegenwehte.

Wiebke neben ihr bewegte sich unruhig, schob mit ihren Füßen ihr Handtuch im Sand hin und her. Schließlich sagte sie zögernd: »Ich habe vor ein paar Wochen Arne gesehen. Also, Finn. Er heißt ja wieder so.«

Laura saß plötzlich kerzengerade.

»Er war mit seiner Mutter hier. Seiner richtigen Mutter, natürlich. Stell dir vor, er macht hier eine Fotoausstellung. Licht und Schatten hat er sie genannt. «

Laura versuchte, ruhig zu atmen. Doch sofort war der Abend in ihrem Kopf, sie, Wiebke und Arne auf dem Sofa, er mit dem großen Ordner voller Fotos auf dem Schoß. »Du hast schon damals erkannt, dass er Talent hat«, antwortete sie langsam. »Die Fotos von Toms Verschwinden waren von ihm, die hast du gelobt. Aber die von Paul ...«

»Die hat Dr. Timmermann gemacht«, beendete Wiebke den Satz. »Das hat Arne ja gar nicht miterlebt.« Sie schwieg einen Moment. »Man konnte den Unterschied sofort sehen«, fuhr sie dann fort. »In Arnes Bildern lag Gefühl, ein Verständnis für die Menschen, das den anderen Bildern fehlte.«

Laura knetete ihre Hände. »Timmermann hat ja auch nur fotografiert, um mögliche Opfer zu finden und zu beobachten, Arne hingegen aus ehrlichem Interesse.«

Wiebke schnaubte. »Und dann gibt sie ihm die Bilder mit, er muss so tun, als seien alle von ihm, nur damit wir Peer verdächtigen. So durchtrieben!«

Laura hörte nicht richtig zu. Ihr Kopf war eine weiße Fläche, eine Leinwand, auf der sich Bilder spiegelten. Licht und Schatten. Die Nacht im Krankenhaus. Der Kuss. *Lass mich den Schatten von deiner Seele nehmen.*

Arne. Nein, Finn. Der Name hörte sich komisch an. Würde sie sich je daran gewöhnen, ihn so zu nennen? Ob sie die Ausstellung einmal besuchen sollte? *Hallo Finn. Hallo Laura ...* Sie würde das später entscheiden. »Hast du mit ihm gesprochen?«, fragte sie Wiebke stattdessen.

Wiebke schüttelte den Kopf. »Er kann mich immer noch nicht ansehen.« Sie seufzte erneut. »Ich gebe dem Jungen keine Schuld. Über Jahre hat sie ihn eingesperrt, indoktriniert, ihn zu ihrem *perfekten* Sohn erzogen. Ich weiß nicht, ob irgendjemand solch eine Gehirnwäsche überstehen kann.« Sie hob ihre Hand und legte sie Laura an die Wange. »Aber er hat dich gerettet. Schlussendlich hat er sich für dich entschieden. Du hast ihm gezeigt, was wirkliches Leben bedeutet. Vertrauen. Zuneigung.«

»Unfassbar, diese ganze verfluchte Geschichte.« Jan legte seinen Arm um Laura. »Ich verstehe nur nicht, wie Timmermann das hinbekommen hat. Ich meine, ihn als Sohn großzuziehen.«

Laura zeichnete Kreise in den Sand. »Wiebke war doch beim Gericht als Nebenklägerin, zusammen mit Nele und

Thorben. Dort kam heraus, dass Timmermann gebürtige Rumänin ist. Sie hat einen Fehmaraner geheiratet, sich eine Praxis und ein gutes Ansehen aufgebaut. Als ihr Mann gestorben ist und ihr Sohn sich nicht so entwickelt hat, wie sie wollte, ist sie durchgeknallt. Na ja, wahrscheinlich hatte sie auch vorher schon ein echtes Problem.«

Wiebke nickte. »Sie sagte, in Rumänien sei es leicht, mit Geld und an den richtigen Stellen gefälschte Papiere zu bekommen. Sie hat Arne, ich meine, Finn, dorthin mitgenommen und als den Sohn ihrer toten Schwester ausgegeben. So konnte sie ihn *legal* adoptieren. Dasselbe hatte sie auch mit Tom vor. Mit allen Jungen.«

»Oh mein Gott!« Pfeifend ließ Jan die Luft entweichen. Er drückte Laura fester. »Ich bin froh, dass du bei dem Prozess außer für deine Aussage nicht anwesend sein musstest. Aber du warst ja auch gerade erst volljährig.«

Wiebke nickte bedächtig mit dem Kopf. »Es war wirklich fürchterlich. Sie haben uns all diese Aufnahmen gezeigt – Paul, Finn, Tom und auch Lasse. Alles hat sie penibel gefilmt, wollte ihre sogenannten Erfolge festhalten. Aber Paul und Tom haben sich gewehrt.« Ihre Stimme zitterte plötzlich. »Kleine starke Kerle. Ganz stark«, flüsterte sie.

Laura schloss die Augen. »Es ist wirklich unfassbar, wie sie die Menschen ausgenutzt hat. Die Menschen und ihre Position als Psychologin.«

»Ja.« Wiebkes Blick war nach innen gerichtet. »Mit Jonathan Jansen waren wir schon auf der richtigen Spur. Er ist als junger Kerl ein Patient von ihr gewesen, als er wegen Drogenkonsums erwischt worden war und eine Therapie machen musste. Bei ihr. Sie hat ihn systematisch abhängig von sich gemacht. Nicht mit Drogen, sondern psychisch. Ich weiß nicht, was schlimmer ist. Dann hat sie ihn darin unterstützt, ein Auto zu kaufen. Denn genau das, den Opel, wollte sie sich ab und zu von ihm leihen. So konnte die Spur nicht zu ihr verfolgt werden. Erst, als wir ihr auf die Schliche kamen, musste Arne ihn entsorgen. Deshalb bist du nachher in ihrem eigenen Mercedes kutschiert worden und hast damit Tom und Finn ins Krankenhaus gefahren.« Sie lachte kurz auf, aber es klang vollkommen freudlos. »Perfide, wie genau sie alles geplant hat. Dass Peer Jonathan kannte, weil sie früher zusammen gedealt haben, kam ihr auch entgegen. Peer hat weiter mit Haschisch gehandelt, deshalb hat er immer so aufgepasst, er wollte ja nicht erwischt werden. Ein gefundenes Fressen für die Psychologin, den Verdacht so auf den armen Kerl zu lenken. Und wir sind zuerst auch noch darauf reingefallen!« Sie holte tief Luft. »Das Schlimmste war aber, dass Dr. Timmermann dann im Prozess alle Schuld auf Arne laden wollte.«

Jan sah verzweifelt aus. »Hat das in all den Jahren denn keiner gemerkt?«, fragte er. »Dass sie einen totalen Lattenschuss hat?«

Wiebke lächelte müde. »Autorität«, sagte sie.

Jan runzelte die Stirn.

»Es ist eigentlich unglaublich«, erklärte Laura, »dass ihr Leben genau das gezeigt hat, was sie in ihren *Versuchen* beweisen wollte: Nämlich, dass Menschen Autoritäten in vielen Fällen gehorchen und sie nicht hinterfragen. Oft genügt ein weißer Kittel oder ein schwarzes Gewand. Dazu kommt, dass viele Eltern dankbar waren für die präzisen Anleitungen, die in ihrer Praxis natürlich nicht so radikal ausfielen wie in dem stillgelegten kleinen Schlachthof mitten im Nirgendwo, den sie sich gekauft hat.«

Einen Moment schwiegen alle. »Ich hoffe nur, sie kommt nie mehr frei«, stieß Laura plötzlich heftig hervor.

»Nein, nie mehr.« Sanft legte Wiebke Laura eine Hand auf das Knie. »Du weißt, sie hat lebenslänglich mit anschließender Sicherheitsverwahrung bekommen.«

Laura nickte, dann sprang sie auf. »Genug mit der Vergangenheit«, rief sie. Sie lief die paar Schritte zum Wasser hinunter, wo der kleine Junge sich weiter mit den Wellen neckte.

»Mama!« Der Junge stürmte zu ihr, griff nach ihrem T-Shirt.

Sie beugte sich zu ihm hinunter. »Na, du Süßer!«, sagte sie. »Was machst du hier?«

»Ich spiele Fangen mit den Wellen!« Jauchzend hielt er seinen kleinen Fuß nach oben und stieß ihn dann mit einem Platsch ins Wasser.

Lächelnd legte Laura ihren Arm um das Kind. »Das ist ein sehr schönes Spiel, Paul«, sagte sie. Sie deutete auf den Horizont. »Und überhaupt sollte man am Meer immer nach vorn schauen. Niemals zurück.«

Sie hob das Kind auf ihre Arme. Gemeinsam blickten sie auf das schaukelnde Blau, auf dem sich die Sonne spiegelte.

Nachwort

Jeder, der Kinder hat, weiß, wie schwierig es manchmal sein kann, sie zu selbstbewussten, offenen und freundlichen Menschen zu erziehen; gerade in einer Welt, in der das sprichwörtliche Dorf, das man dazu braucht, immer mehr schrumpft, oft kaum noch existiert.

Und immer stellen sich Eltern die Frage, ob es bestimmte Erziehungsmethoden gibt, die die Entwicklung des Kindes bestmöglich fördern. Als Mutter und Lehrerin werde ich danach häufig gefragt und stelle mir die Frage im Umgang mit meinen Kindern und Schülern ebenfalls.

Natürlich ist die Antwort nicht, ein Kind zum Gehorsam zu zwingen, so wie Dr. Timmermann es in diesem Roman versucht. Die Art ihrer Erziehung habe ich mir nicht ausgedacht. Die Ideen stammen zum größten Teil aus der sogenannten *Schwarzen Pädagogik.* So bezeichnet man die Pädagogik der Aufklärung, in der die Kindesnatur ausgemerzt werden sollte. Als Mittel zum Zweck wurden Einschüchterung, Erniedrigung und auch Gewalt gebraucht. Eine beliebte Strafe war es, Kinder stundenlang in ungekochtem Reis sitzen zu lassen, so wie es in diesem Buch beschrieben wird. Lange bis ins 20. Jahrhundert hinein folgten Eltern den Ratgebern dieser schwarzen Pädagogik und prügelten ihren Kindern Gehorsam ein. Viele können aus der eigenen Schulzeit noch von Schlägen und erniedrigenden Praktiken berichten.

Auch das Experiment von Stanley Milgram entspringt nicht meiner Fantasie. Milgram, ein US-amerikanischer Psychologe wollte in den 60er Jahren herausfinden, was Menschen dazu bringt, gehorsam zu sein. Er wollte verstehen, wie normale Bürger, die keine Vorstrafen hatten, sich dazu hinreißen lassen, Grausamkeiten zu begehen. Seine Testpersonen kamen aus einem kleinen, amerikanischen Städtchen. Von einem Versuchsleiter wurden zwei Probanden als »Lehrer« und »Schüler« bestimmt. Der Versuchsleiter und der Schüler waren in den Versuch eingeweiht. Der »Lehrer« sollte dem Schüler, der in einem anderen Raum auf einen Stuhl gefesselt und angeblich elektrisch verkabelt wurde, Fragen stellen und, wenn diese falsch beantwortet wurden, einen Stromstoß versetzen. Die Stärke steigerte sich dabei bei jeder falschen Antwort.

Milgrams Ergebnisse wichen deutlich von dem ab, was zuvor befragte Personen dachten, nämlich dass ein Großteil der »Lehrer« dem Versuchsleiter den Gehorsam verweigern würden. Das Gegenteil war der Fall. 65 Prozent der »Lehrer« versetzten den »Schülern« angebliche Stromstöße bis über 300 Volt, obwohl sie wussten, dass diese tödlich sein können. Der Versuch wurde mehrmals, auch Jahrzehnte später, in verschiedenen Varianten wiederholt und wies immer wieder das gleiche erschreckende Ergebnis auf.

Inzwischen wird zwar angezweifelt, ob es wirklich Gehorsam war, der die Versuchsteilnehmer antrieb. Doch das ändert überhaupt nichts an dem Ergebnis: dem Verabreichen der Stromschläge.

Für mich persönlich lässt dies nur einen Rückschluss zu: Wir dürfen unsere Kinder nicht zu Ja-Sagern erziehen. Das Wichtigste, was wir ihnen mitgeben können, ist Liebe. Denn daraus wächst Stärke und der Mut, der Welt die Stirn zu bieten, sich ihr zu stellen, mit allen Höhen und auch allen Tiefen. Daraus wächst dann auch Selbstliebe und Selbstachtung. Und wer sich selbst annehmen kann, der nimmt auch andere an.

Das hört sich simpel an? Ja, mag sein. Und dennoch glaube ich, dass es eine tiefe Wahrheit enthält. Lieben Sie ihr Kind. Zeigen Sie ihm, dass es etwas wert ist, dass es schön ist, Zeit mit ihm zu verbringen. Dass nicht die besten Schulnoten, das beste Zeugnis, das neue Smartphone das Non-Plus-Ultra der Welt ist.

Laufen Sie mit ihm oder mit Ihrem Freund, Ihrer Freundin, Ihrem Mann, Ihrer Frau, Ihrem Schwarm, Ihrer Nachbarin – laufen Sie mit wem auch immer nach draußen. Umarmen Sie Bäume, lachen Sie, schlagen Sie Purzelbäume. Sie sind alle erwachsen? Dann erst recht!

Ist heute nicht der perfekte Tag dafür?

Meike Messal (im Sommer 2020)

Von derselben Autorin

Meike Messal, Nachtfahrt ins Grauen
Minden Krimi
232 Seiten, Paperback
ISBN 978-3-95475-123-5

Im Wald bei Häverstädt wird eine grauenhaft zugerichtete
Leiche gefunden. Das Opfer, eine junge Rechtsanwältin, war an
einen Baum gebunden und dann mehrmals mit einem Auto angefahren worden. Kurz darauf wird eine weitere junge Frau auf
dieselbe Art umgebracht. Geht in Minden ein Psychopath um?
Die Mindener Kommissarin Marlene Borchert und ihr Team erhalten Unterstützung von einer Gruppe Bielefelder Kollegen
unter der Führung von Benno Erdmann. Gemeinsam arbeiten
sie mit Hochdruck an der Aufklärung der Morde. Marlene und
Benno waren einmal ein Paar, aber das stört ihre Ermittlungen
nicht, bis Marlene den Mörder im Alleingang stellt und von
ihrer eigenen Vergangenheit eingeholt wird ...

Von derselben Autorin

Meike Messal, Atemlose Stille
Minden Krimi
282 Seiten, Paperback
ISBN 978-3-95475-164-8

Wie lange kannst du die Luft anhalten?
Eine Minute, sogar zwei? Das wird nicht reichen …
Luft!
Verzweifelt hämmerte er mit den Fäusten an die Scheibe. Seine Augen waren weit aufgerissen und schmerzten. Er hatte das Gefühl, der Druck würde sie aus den Höhlen sprengen. Aber noch mehr brannte seine Lunge. Er brauchte Luft!
An der Schiffsmühle in Minden treibt ein toter Mann auf der Weser. Doch schnell stellt sich heraus, dass er nicht in dem Fluss ertrank. Für die Mindener Kommissarin Marlene Borchert und ihren Kollegen Benno Erdmann aus Bielefeld beginnt quer durch OWL ein Wettlauf gegen die Zeit, der sie schließlich bis an die Abgründe der menschlichen Seele führt.

Von derselben Autorin

Meike Messal, Klippenfall
Fehmarn-Krimi
246 Seiten, Paperback ,ISBN 978-3-95475-228-7

Komm schnell. Jemand ist hinter mir her.
Als Sylke Harmsen diese SMS von ihrer Tochter bekommt,
glaubt sie zuerst an einen Scherz. Wer sollte Emilie an der
Steilküste Fehmarns verfolgen? Und warum? Ganz sicher läuft
da nur ein harmloser Jogger zufällig in dieselbe Richtung.
Doch sie folgt der Bitte ihrer Tochter und eilt zum Katharinen-
hof. Kurz darauf findet Sylke sich mitten in einem Albtraum
wieder. Sie muss um alles kämpfen, was ihr lieb und teuer ist.
Ihr Gegner treibt ein diabolisches Spiel mit ihr, schreckt vor
keinem Mittel zurück.

Nach dem viel gelobten »Düsterstrand« ist dies der zweite
Fehmarn-Krimi von Meike Messal. Auch in »Klippenfall« ist
Hochspannung garantiert. Ein Muss für alle Liebhaber der In-
sel, die nach einer atemlosen Urlaubslektüre suchen.